ALICE GUERRA

NON CHIAMATEMI JESSICA FLETCHER

DUE AMICHE
TROPPI FURTI
TRE VECCHIE *MARANTEGHE*

UN GIALLO
(più o meno)

Rizzoli

Pubblicato per

Rizzoli

da Mondadori Libri S.p.A.

ISBN 978-88-17-19103-6

Prima edizione: aprile 2025

Cura dei testi: Angela Lombardo
Realizzazione editoriale: Grand Publishing Hotel

NON CHIAMATEMI JESSICA FLETCHER

RISTORANTE DA ALBANO E ROMILDA
VENEZIA
AEROPORTO MARCO CACO
CENTRO NAVE
SANTTARIA
TIGOTASI
CANALE OSEIN
PARCO TOSSEGONI
viale COJ
via dei GOLDONASSI
POLLAIO
CASA DI TERESIN E ORNELLA
aglio
CASA DI LUIGINO
CASA DELLA ZIA ROSANNA
via dei M
CASA ERMANNO
VILLATORA DI SAONARA (PD)

MARGHERA
ZELARINO
CASA SIGNORA BEATRICE
OSPEDALE ALL'ANGELO BEPI
CHIESA DEI SANTI TONI E RENATO
CASA DEL COMMISSARIO
MIAO
MIAO
MIAO
MIAO
CASA DI ALICE
MUNICIPIO DI MESTRE
PIAZZA FERRETTO
BAR
via PALCASSO
RISTORANTE SICILY
EUROSPUSSA
POLIZIA
PRIGIONE
via TOMAREBEA

Prologo

Prigione di Mestre, domenica 16 luglio, ore 16.31

«Scusi, signora, posso farmi un bidet?»

«Agente!» puntualizza scocciata la guardia seduta alla piccola scrivania che c'è fuori dalle sbarre. È una donna in divisa sulla cinquantina. Con la messa in piega perfetta e il rossetto di una tonalità di rosa divorzio, sembra uscita da un post di Facebook con scritto *Non tutto quello che posto è frecciatina... ma tutto quello che ti tocca è coscienza sporca.* Mentre si rivolge a me, non mi degna di uno sguardo. Ha l'aria di chi vorrebbe essere alle Maldive, oppure anche al campeggio di Cavallino Treporti a prendere il sole mangiando sarde in saor sotto all'ombrellone... Insomma, ovunque tranne che lì dov'è, impegnata a sorvegliarmi e a leggere qualcosa su *Donna Moderna* in maniera maniacale, senza tralasciare nemmeno una virgola.

«Mi scusi, *agente*» la imploro, provando sempre di più la sensazione di avere tutta la spiaggia di Jesolo dentro le mutande. «È che ho avuto una nottata impegnativa, mi piacerebbe proprio farmi un bidet. La prego!»

«Ma dove pensa di essere? In un albergo a cinque stelle?» ribatte lei, alzando brevemente lo sguardo per lanciarmi un'occhiata storta, mentre io mi appoggio con le spalle al muro della cella. Mi sento un po' svenire, ho sonno, ho fame, sono tutta petaìssa,[1] ma la cosa più grave è che continuo a rivedere le immagini dei suoi capelli neri, delle sue labbra carnose, dei suoi addominali che brillano sotto la luna...

«No, per carità, non intendevo che...» mi affretto a risponderle, per non fare la figura della maleducata.

Però così non ce la faccio, veramente. Sento lo stomaco che gorgoglia e mi rendo conto che ieri sera ero troppo indaffarata ed emozionata per onorare come si deve tutto il ben di Dio che c'era a tavola per la festa del Redentore: ecco perché ora mi sento così! E poi queste refolate[2] di profumo da vero macho – di quelle che ti fanno immaginare lui a petto nudo che taglia la legna nei boschi mentre fuma un sigaro con una mano e tiene tranquillamente l'accetta con l'altra – che all'improvviso mi ritrovo addosso... Non è giusto!

«Ehm, almeno però potrebbe darmi un crackerino, non lo so, qualcosa da sgranocchiare... Due Pan di Stelle? La prego!» le chiedo.

«Certo, magari gradirebbe delle lasagne, signorina?»

«Eh, dai, volentieri!» rispondo speranzosa.

«Ma per piacere! Stia là e resti in silenzio, che ho da fare» mi dice nervosa tornando alla sua rivista.

Chissà cos'è che sta leggendo con tanto impegno...

[1] Appiccicosa.
[2] Zaffate.

Mi sporgo un pochino e intravedo il titolo dell'articolo: *Glow Up dopo il tuo divorzio per farlo impazzire? Evita gli errori di stile più comuni!* Noto che prende un fazzolettino e inizia a sfregarsi nervosamente le labbra per togliersi il rossetto, che però ora ha spalmato su tutta la faccia. La guardo. È diventata un ciclamino, ma non ho il coraggio di dirle nulla.

«Mi va bene anche un pacchetto di patatine delle macchinette, sa? Agente? Agente?»

Ecco: morirò sicuramente di fame e di sete dietro alle sbarre della prigione di Mestre, in uno stanzino grigio e vuoto, con le mutande di Winnie the Pooh insabbiate... Eppure siamo in Italia, la patria del bidet! Che imbarazzo.

Mia zia Rosanna me lo dice sempre: «Mettite e mudande bone, che no se sa mai, metti che te ciapa mae e ti ga da ndar in ospeal o chissà cossa pol succedar!»,[3] tipo, come in questo caso, passare una notte col commissario e poi essere arrestata e finire in galera... Ma io non le ho mai dato retta e ora guarda qua!

Ieri mi ero dimenticata di averle addosso, perché onestamente ormai non faccio più caso a come mi vesto, e comunque non avrei mai potuto immaginare che la serata sarebbe andata a finire così com'è andata a finire... Quando, presa dal momento, mi sono messa a fare uno spogliarello davanti al commissario sotto la luce della luna, a un certo punto ho intuito che il suo sguardo iniziava a farsi un po' stranito: solo in quell'istante mi sono resa conto che aveva gli occhi fissi sulle mie mutande. Quelle alte

[3] Mettiti le mutande buone, che non si sa mai, metti che ti prende un malore e devi andare in ospedale o chissà cosa può succedere!

fino all'ombelico, con Winnie con il barattolo del miele sul davanti e Pimpi con la maglia a righe rosa dietro.

Ecco, per ora comunque questo resta un segreto tra me e il commissario Salvatore Lo Cascio (almeno spero). Ma se oggi muoio qua, dovranno spogliarmi, e così tutti vedranno che a trent'anni Alice Guerra gira con i mutandoni di Winnie the Pooh che ha comprato in offerta all'Eurospussa.

In più qua dentro fa freddissimo, fuori ci sono cinquanta gradi, ma in questa cella penso ce ne siano quindici se è tanto, e ho l'aria condizionata sparata sul collo... Io volevo il fresco, per carità, però domani avrò un attacco di cervicali allucinante se non mi copro!

«Scusi,» chiedo nuovamente all'agente «non è che per caso potrei avere una copertina?», ma lei continua a far finta che io non esista. Adesso – sempre continuando a leggere con la massima attenzione la sua rivista – sta mangiando un pacchetto di biscotti. Come si permette di mangiare quei deliziosi biscottini davanti a me con tanta nonchalance? Ma che ore sono? Quando arriva il pranzo? O forse è già ora di cena? Sconsolata, insabbiata e affamata, mi rannicchio su me stessa e cerco di scaldarmi da sola. Ma perché la mia vita è sempre così complicata?

Anche se devo ammettere che, in effetti, a parte il freddo, la fame, il fatto di essere lurida e piena di sabbia, non posso dire che mi dispiaccia tanto stare qui, a dirla proprio tutta. In fin dei conti, io sono un muso da can[4] e non mi poteva capitare nulla di meglio: sono in galera per

[4] Una delle mie espressioni preferite (chissà perché!). La usiamo in Veneto per definire una persona scorbutica che vuole stare per i fatti suoi.

i cazzi miei, non devo parlare con nessuno e, soprattutto, sono giustificata dal non accompagnare mia zia Rosanna a comprare i bovoletti,[5] alla sanitaria, al mercato! Sono libera! Ho solo qualche sensazione che si riaffaccia dalla nottata passata e che mi scalda per un momento. Ma non va bene e non ci devo pensare, anzi, dovrei dimenticarmi di tutto quello che è successo, perché ora non ho la più pallida idea di come andremo avanti... E perché mai io e lui dovremo andare da qualche parte? Noi ci odiamo! Ma come cazzo siamo finiti a letto (o meglio sulla sabbia) insieme? Siamo due persone diversissime, non abbiamo niente in comune. Che futuro ci potrebbe essere per noi? È una cosa che proprio non ha senso.

Quindi mi sforzo di non pensare alla sabbia fresca, all'odore della brezza del mare, alla luce della luna, e per distrarmi allungo istintivamente la mano per prendere il telefono. "Nooo!" realizzo: prima, all'entrata, il commissario mi ha fatto lasciare tutti i miei oggetti personali in un contenitore e quindi adesso non posso guardare le mail, i messaggi su WhatsApp, né usare Instagram... Di sicuro se girassi dei contenuti in galera andrei virale. "Ste tenti, oggi sono in galera! Facciamo un tour della cella!" Che peccato non poterlo fare!

Ma ora come faccio a finire di montare il video pubblicitario per il supermercato Eurospussa che devo pubblicare domani?

E poi, ecco, in effetti la verità è che vorrei anche controllare se il commissario mi ha scritto qualcosa dopo la

[5] Tipica ricetta veneziana: lumachine di terra con prezzemolo e miliardi di spicchi di aglio crudo.

nostra nottata. Ah, no... Credo sia abbastanza improbabile dato che mi ha ritirato lui il telefono e se ne è andato, senza nemmeno salutarmi e senza guardarmi in faccia. Che poi, cosa dovrebbe dirmi? "Complimenti per le mutande di Winnie the Pooh"? O magari, anche se forse è fantascienza, "È stato bellissimo"?

Aiuto, flashback di stanotte andate via! Non voglio più pensarci, ma come faccio se ho ancora addosso il suo profumo, misto a salsedine e... mi annuso un'ascella, spussa de scagi,[6] che schifo.

Forse se cambio strategia con l'agente e le faccio qualche complimento mi darà una mano?

«Scusi, agente, che bei... capelli che ha! Comunque... io sto davvero bene qui, non voglio andare via, mi piace questa pace, glielo giuro, però posso farmi un bidet e avere una copertina? Per piacere!»

L'agente sbuffa e continua a sfogliare la rivista.

«Un tè caldo almeno?»

«Signorina, la smetta.»

Okay, mi sa che è meglio non farla incazzare ulteriormente. Credo che adesso stia leggendo l'oroscopo, e ha tutta l'aria di essere una Vergine: perfettina come mia mamma... Quanto abbiamo litigato quando vivevo ancora a casa sua, perché io sono il caos e lei invece è maniaca dell'ordine! Pensate se si accorgesse di avere tutto il rossetto sbavato sulla faccia!

"Chissà mia mamma, sarà arrivata? E il commissario si sarà ricordato di andarla a prendere in aeroporto come gli avevo detto? Vorrei tanto avere il mio telefono..."

[6] Puzza di ascelle.

E giusto mentre penso a queste cose, sento in lontananza le prime note della sigla della *Signora in giallo*: è proprio il mio cellulare che sta squillando! Qualcuno mi sta cercando! Dai, sarà di sicuro la zia che mi chiede di accompagnarla in giro… Oddio, e se invece non fosse lei, ma si trattasse di qualcosa di più grave?

«Agente, la prego, mi può dare il telefono? Mi stanno chiamando!»

«No.»

È davvero una Vergine, mi ha guardata proprio come mi guardava mia mamma quando la supplicavo duecento volte di uscire con i miei amici il mercoledì sera alle dieci anche se il giorno dopo avevo scuola.

Però che ansia, chi sarà? Il commissario? Impossibile: mi ha messa lui qui. Stamattina, quando mi sono svegliata in spiaggia abbracciata a lui, ero talmente a disagio e cotta dal caldo che, non sapendo come comportarmi, sono stata io a chiedergli di portarmi in galera.

Ieri sera mi ci stava portando, ma non capisco proprio perché invece all'ultimo abbia cambiato idea e abbia deciso invece di deviare verso la spiaggia per una notte romantica. Al risveglio c'era una confusione pazzesca… bambini urlanti, gente ovunque, caldo soffocante, e quando mi è arrivata una pallonata in testa è stato davvero troppo: i miei due neuroni devono essersi scontrati per un attimo, e ho pensato che effettivamente non valesse la pena subire così tanto fastidio per un uomo che tanto, fino a poche ore prima, voleva arrestarmi. Meglio la galera. Comunque, di certo non è lui che mi sta chiamando. Ma chi è? Adesso starò con l'angoscia finché non lo scopro. È tutta colpa della mia ansia generalizzata: e se fosse morto qualcuno? E se la mia casa avesse preso fuoco? E se stesse girando un video virale di me con le mutande di Winnie the Pooh? Magari fatto da dei tiktoker guardoni in spiaggia che mi hanno riconosciuta. Oddio, un mio video porno con le mutande di Winnie the Pooh!

Il telefono squilla di nuovo e sento arrivare una raffica di messaggi. Sto impazzendo, voglio capire cosa è successo, non mi trattengo: «La prego! Agen…» e, come se avessi un riflesso pavloviano della mia adolescenza, mi proteggo il viso per schivare la ciabatta di mia mamma. L'agente si gira e mi fulmina con lo sguardo, non riesco nemmeno a finire la frase. Va bene, me la metto via, tanto è inutile: ho capito che con le Vergini è meglio non insistere.

Ma che ora sarà? Mi sembra di essere qui da una vita. Che sonno! Stanotte non ho dormito nulla, potrei provare a fare un riposino… Sì, dai, appoggio la testa alla parete e… AAAAARRRGH! No, basta! Ricordi, andate via! Via, ho detto!

Continuo a pensare che, quando mi ha portata in galera, il commissario non mi ha detto nemmeno una parola. Maleducato. In fin dei conti avrebbe dovuto essere contento di avermi arrestata! E invece, niente. Non che io abbia parlato poi così tanto, però insomma, cosa dovevo dire? È stato tutto talmente inaspettato, sono ancora confusa.

Riprovo a chiudere gli occhi. Intorno a me c'è solo il rumore delle pagine della rivista girate dalla guardia, che devo dire mi concilia il sonno, e poi sono così stanca, sfibrata… Ma mi sveglio poco dopo con l'agente che batte dei colpi sulle sbarre: mi ricorda quando mia mamma la mattina entrava in camera urlando con l'aspirapolvere e alzava la tapparella facendo un casino assurdo. Ho ancora il trauma di quei risvegli.

«Tenga qua» mi dice porgendomi una copertina e un piatto.

«Ma... ma questo è purè e strachinea!» rispondo emozionata.

«Sì. Adesso stia zitta, che sono impegnata» mi dice tornando alla sua scrivania e riaprendo la rivista.

«Sì, scusa mam... ehm... agente. Scusi.»

Con la copertina sulle spalle, attacco a mangiare con grande foga e sento che mi si scalda il cuore. Quando ho quasi finito il pranzo (o è la cena?), sento un profumo che mi riempie le narici e mi provoca istantaneamente tachicardia e una cosa strana allo stomaco... È il profumo da boscaiolo a petto nudo. Ci metto un po' per rendermi conto che quello che sto sentendo è l'Ugo Bosso: il profumo del commissario.

Mi manca l'aria e quasi mi soffoco con l'ultimo cucchiaio di purè tiepido, mentre mi tornano davanti agli occhi le immagini della spiaggia, la luna, gli addominali... Intanto sento dei passi che si avvicinano e la sua voce bellissima, profonda (BASTA, ALICE! DATTI UNA CALMATA!), che a poca distanza sta parlando con qualcuno.

«Le ripeto che non sono d'accordo!»

Un altro uomo gli risponde: «La signorina Guerra deve tornare a casa».

«Ma come? Inquinare delle prove è gravissimo!» ribatte lui, mentre sento i passi dei due farsi sempre più vicini. Cerco di aguzzare le orecchie, perché ad alzarmi dalla panchetta e avvicinarmi alle sbarre non ci penso proprio, non sono ancora pronta a rivederlo.

«Non mi sembra un caso da Corte suprema, Lo Cascio. Le prove sono state compromesse, certo, ma non da chissà che genio del crimine, voglio dire.»

Mentre ascolto queste parole mi sale un nervoso... MA COME SI PERMETTE? Cioè, questo sta dicendo che non sono abbastanza furba nemmeno per delinquere?

«E poi, non vogliamo finire su un video su Instagram con milioni di visualizzazioni, giusto? Dobbiamo evitare i commenti negativi. Si ricordi sempre dell'importanza del buon nome del commissariato.»

«Con tutto il rispetto, dottore, lei sa bene che finalmente mi hanno autorizzato il trasferimento, quindi io tra un po' me ne torno in Sicilia e qua farete tutto quello che ritenete più opportuno, però le cose giuste sono le cose giuste, le regole sono regole e in questo caso la signorina ha compromesso un'indagine, anche se lei è convinta di essere la Jessica Fletcher di Mestre. Vogliamo anche consegnarle una medaglia al valore?»

«Ma su, Lo Cascio, non ci serve iniziare una guerra con i follower della signorina Guerra. Ah ah ah! L'ha capita? Una guerra... Guerra... Ah ah ah! E poi le ricordo che adesso mi serve la sua attenzione su ben altro! Qua non si può stare mai tranquilli, altro che la guerra con la Guerra! Si ricordi che c'è *quel* tir in arrivo da Parigi. Mestre avrà gli occhi di mezzo mondo addosso e noi non abbiamo un minuto da perdere! L'inaugurazione deve svolgersi senza intoppi, nel modo più sicuro, altrimenti lo sa bene che al minimo problema sul piatto ci sarà la sua testa... oltre alla mia. Perciò adesso concentriamoci sulle cose più importanti, dopo la lascio andare in ferie e quando si sarà sistemato in Sicilia la verrò a trovare con mia moglie. Ma tenga presente che, se adesso facciamo qualche cazzata con questa inaugurazione, il trasferimento a casa se lo potrà scordare: quelli ci sbattono tutti e due a guardare il panorama in qualche paese di cinquecento anime in Val d'Aosta. Lei scia, Lo Cascio?»

Nel silenzio che cade dopo queste parole sento chiaramente dei passi che si allontanano, altri che si avvicinano, voci confuse e infine l'agente della Vergine che si dirige verso di me con una chiave in mano.

«Signorina, venga, si sbrighi» mi esorta aprendo la cella. «E mi ridia la coperta.»

«No, la prego, io non voglio andare a casa! Non mi faccia andare via da qua! Sto bene, a me basta solo un caricabatterie, il cellulare, un po' di provviste e un bidet! Ovviamente preferirei la doccia, ma nel frattempo anche un bidet mi basta, perché sa, stanotte...»

E mentre dico quest'ultima frase mi volto: in fondo al corridoio su cui si affacciano le celle vedo il commissario che saluta qualcuno, presumo il vicequestore con cui stava parlando prima. A sentire le mie parole fa una smorfia strana, ma procede verso la cella tenendo gli occhi bassi, e in mano ha il contenitore con dentro le mie cose. Si è cambiato, lui, non come me che sono ancora conciata come ieri, ora è tutto pettinato ed elegante... Lui sì che si sarà fatto la doccia e si sarà tolto il mio odore di dosso. Magari non si ricorda già più niente di ieri notte; mentre io appena lo rivedo sento le vampate.

«Stia zitta e si tenga 'sto telefono» mi dice l'agente,

prendendo il contenitore dalle mani del commissario e restituendomi i miei oggetti personali.

Il commissario mi fa cenno di seguirlo e, mentre il suo profumo mi entra dappertutto, io gli vado dietro senza fiatare.

Saliamo nella sua macchina e partiamo, in silenzio, gelidi, come due sconosciuti in ascensore. Dopo che lui mi ha comunicato freddamente: «Sua madre è rientrata, tutto bene, ora è a casa» non ci diciamo più neanche una parola. Ma com'è possibile, se ho ancora addosso il suo odore? Forse speriamo entrambi che, ignorandoci, si cancelli la nottata appena passata? Spoiler: non funziona così. Infatti i flashback continuano a tornarmi alla mente, e ora inizio a sospettare che sia lo stesso anche per lui, visto che sta stringendo il volante con tanta forza che ho paura lo stacchi. Quasi come mi stringeva stanot... MA PORCO CAN! BASTA, CRICETI RINCOGLIONITI NEL MIO CERVELLO! PENSATE A QUALCOS'ALTRO!

Ma poi, perché fa così? È da quando mi ha portata in galera che fa il distaccato... Magari fa il distaccato perché dopo la notte che abbiamo passato insieme gli ho chiesto di portarmi in galera? O forse fa così perché si è pentito? E chissà se anche lui si sta chiedendo cosa dovrebbe succedere adesso: dovremmo iniziare a frequentarci? Sposarci? Fare bambini? Comprare una casa con una staccionata bianca? Due labrador?

No, okay, Alice, non corriamo, dai. Non essere ridicola. Magari ora diventeremo solo amici di... ravanate, sì insomma, avete capito. Ma è ovvio che sono dei pensieri assurdi: queste due persone, che si sono quasi odiate fino a ieri e che non riescono neanche a rivolgersi la parola, come potrebbero mai diventare un giorno una coppia, una squadra, una qualsiasi cosa? Impossibile. Lasciamo perdere l'effetto che mi fa il suo Ugo Bosso. Io sto bene da sola, a casa mia, con i miei gatti. Stavo bene perfino in cella...

Per fortuna, a distogliermi da questi pensieri arriva lo squillo del telefono. Un messaggio. Prima, quando mi era comparso davanti il commissario, mi ero confusa e mi ero dimenticata di tutte le chiamate e le notifiche: sono sedici chiamate perse e dodici messaggi su WhatsApp, per l'esattezza.

Apro la chat e ne trovo uno da un numero sconosciuto. Guardo l'immagine del profilo: una bellissima ragazza bionda su un red carpet che sorride accanto a un famoso cantante pop italoamericano. Faccio zoom per capire meglio e sono talmente sorpresa che dico ad alta voce: «Vespasiana? Dopo tutto questo tempo? Cosa vuole da me?».

Per la prima volta il commissario si gira e mi guarda. Il cuore mi batte a mille: finalmente mi vorrà dire qualcosa sulla notte appena passata? Tipo che è stato stupendo, o che ha fatto schifo, basterebbe una cosa qualsiasi, insomma. Invece, quando rompe il silenzio, lui mi dice solo: «Vespasiana? Ma che minchia di nome è?».

Così continuo a non capire se abbia qualche ragione per essere incazzato con me o se si senta semplicemente in imbarazzo.

«Cazzi miei» gli rispondo risentita, con le chiavi di casa già strette in mano.

E così, queste sono le uniche parole che io e il commissario ci rivolgiamo dopo la nostra nottata di fuoco. Poi, davanti al mio portone, lui mi indica la portiera della macchina e, senza nemmeno aspettare che io la richiuda, mette la retro e se ne va. A fanculo, probabilmente.

Io invece entro a casa, saluto i miei gatti, mi fiondo in bagno e guardo il mio bidet con amore. Devo decidere cosa rispondere alla richiesta che mi ha fatto Vespasiana, e mi chiedo che effetto mi farebbe rivederla adesso; ma ci penserò più tardi. Ora ci sono altre priorità. Mentre butto le mutande di Winnie the Pooh nel cesto della biancheria sporca, rifletto: forse dovrei iniziare davvero ad ascoltare la zia Rosanna e fare scelte migliori nel mio abbigliamento. Oppure no? Quelle mutande hanno visto un bel po' di azione stanotte, in fin dei conti.

Con questo pensiero, vado sotto la doccia a lavarmi il commissario di dosso.

1

Triste pensare che noi
Noi due non saremo niente

Calcutta, *Tutti*

Miami Beach, sabato 15 luglio, ore 18.30

«Sei in aeroporto, cucciolotto?»

«Sì, sono appena atterrato» continua lui, gelido e quasi stizzito.

«Benissimo, dove andiamo per cena? Ho visto sulle stories di Brianna che hanno aperto un nuovo ristorante di sushi sospeso, possiamo mangiare degli uramaki gourmet comodamente seduti su un'altalena posizionata a mille metri… Dai video pare che ti mettano un'imbracatura e ti allunghino il cibo attraverso un particolare meccanismo librato a mezz'aria, insomma, sembra una figata, che dici?»

«Mah… Non mi sembra molto allettante, e poi lo sai che detesto le stronzate che fa la tua amica Brianna.»

«Allora vuoi andare al nuovo ristorante che hanno aperto qua all'angolo? Quello dove ti servono le aragoste al burro del Maine che arrivano con i droni?»

«No.» E poi, dopo una pausa: «Senti, Vespasiana, io non torno a casa».

«Be', non esagerare, che drammatico! Possiamo andare

da Giuliano's, allora, era solo per cambiare. Non avrei voglia di pizza stasera, però mi adatto se la vuoi tu» gli risponde Vespasiana, allungando le gambe per controllare se lo smalto sui piedi è ancora perfetto (sì, lo è).

«Ves, io... Io stasera non torno.»

«Perché? Torni domani?»

«No.»

«Non ho capito. Quando torni?»

«Vespasiana, che cazzo! Quante domande mi vuoi fare? Non torno! Non voglio vederti! Non ho nessuna intenzione di passare un altro fine settimana di merda con te ad annoiarmi!» risponde lui all'improvviso, fuori di sé.

«Perché stai urlando? Annoiarti?» chiede Vespasiana. Poi, con la voce strozzata, aggiunge: «È per il sushi sospeso?».

«No, è finita, Vespy. Basta. Non ce la faccio più!»

«Io... Non... Ma... cosa ho fatto?» domanda Vespasiana iniziando a sentire le lacrime che le scendono sulle guance, ma senza fare un singhiozzo.

«Ecco... Stai piangendo?»

«Io? No, no, cosa dici?» replica lei, chiudendo gli occhi e cercando disperatamente di usare la respirazione profonda che a lezione di yoga le viene tanto bene. "Dentro di me c'è un posto perfettamente calmo" prova a dirsi, incrociando le gambe chilometriche sotto di sé sulla poltrona bianca e oro. "Perfettamente calmo." Ma le lacrime continuano a bagnarle le labbra, piovendole sul collo e sulla scollatura dell'abito di paillettes dai riflessi dorati.

«Giustino... Hai un'altra?» gli chiede con la voce più composta che può.

«No.»

«Dimmi la verità.»

«Non ho nessun'altra.»

«Non ti credo.»

«Te lo giuro.»

«Senti, stiamo insieme da dieci anni e ti conosco meglio di quanto tu conosca te stesso: non mi avresti mai lasciata se non avessi un'alternativa.» "Non sai neanche metterti le mutande da solo" pensa Vespasiana con un misto di rabbia e maledettissimo, dolcissimo amore. Ma non oserebbe mai farglielo presente. «Se lo scopro più avanti è peggio.»

«Oddio! Sei insopportabile! Vedi come fai? Sì, va bene, ho un'altra, okay?» sbotta lui infastidito.

«E chi è?»

«Non la conosci.»

«Chi è? Dimmelo...»

«No!»

Vespasiana scatta in piedi, si avvicina alla grande portafinestra, appoggia una mano sulla criniera del leone alato placcato oro e gli chiede: «È Taylor, vero?».

Silenzio.

«Non mi rispondi? È Taylor, vero?» "Maledetto bastardo" vorrebbe aggiungere, invece si limita a mordersi le belle labbra, guardando il mare fuori dalla portafinestra.

«Sì. Senti, Vespasiana, mi dispiace. Ma c'è un'altra cosa che devo dirti. Ecco... dovresti andare via da casa mia... insomma... Taylor vuole venire a vivere con me.»

«Taylor vuole trasferirsi... qui? Ma io ci vivo da dieci anni! Qui ci sono tutte le mie cose... Ma dove vado, poi? La mia vita è qui, con te!»

«Non lo so. Senti, mi dispiace. Devi andartene. Vai da qualche amica, non lo so. Oppure torna in Italia dai tuoi.»

«Ma, Giustino, lo sai che non posso tornare dai miei.»

«E poi, ecco… ho disattivato le carte di credito, non puoi più usarle. Mi dispiace.»

In sottofondo, una voce di donna che Vespasiana conosce molto bene adesso si sta rivolgendo a Giustino: «Amoreee! Sei ancora al telefono?».

E così Vespasiana, tutta agghindata con trucco smokey eyes, un vestito super sexy di paillettes oro e dei nuovi tacchi vertiginosi indossati appositamente per quella che si prospettava una magnifica serata romantica, si ritrova invece da sola, tremante, seduta sul bordo del grande letto nella camera padronale della lussuosa villa di dodici chilometri quadrati, con palestra, piscina e campo da golf del suo fidanzato, da stasera ex, a Miami, con il suo iPhone 32 Pro Max in mano.[1]

Dopo aver fissato lo schermo per dieci minuti, lo appoggia sul cuscino e ci si stende vicino, con gli occhi sbarrati. Chi se ne frega se le Louboutin tacco quindici sporcano le lenzuola in pregiata seta con ricami in filo d'oro.

Guarda il soffitto in silenzio, cercando ancora di respirare per placare il dolore e la rabbia, ma gli affreschi raffiguranti angioletti e leoni a tre teste, impreziositi da rifiniture in oro zecchino ventiquattro carati, la fissano in modo inquietante, dicendole: "Giustino merita di meglio". Lei cerca di non ascoltarli e sposta lo sguardo, cercando conforto nei candelabri dorati a sette braccia con cristalli pendenti, nelle

[1] Se vi state chiedendo se ci sia un errore di battitura: no, lei stava con Giustino Biberon, capite? Loro hanno le amicizie giuste, quindi Vespasiana ha davvero il modello 32 Pro Max, siamo noi comuni mortali che siamo indietro anni luce.

cornici di specchi con fregi dorati e putti intagliati, nella testa di leone dorata con occhi in rubini incastonati, nel divano in velluto cremisi con bordature dorate, nei tendaggi in seta con passamaneria dorata e nappe pendenti, nelle sculture di pavoni dorati con intarsi in pietre preziose:[2] cioè in tutto quello che per lei in questi anni è stato casa. Ma loro la fissano e ripetono quelle parole come un'eco martellante che le fa pulsare le tempie: "Giustino merita di meglio".

Il suo respiro si fa affannato e non sa più cosa fare: «BASTA! STATE ZITTI!».

Loro però non la smettono e, per la prima volta dopo tanto tempo, Vespasiana ha una sensazione strana che non aveva più provato da quando si era trasferita a Miami: si sente imprigionata. Chiusa a chiave in un mondo dove ogni cosa – i leoni, gli angioletti, i candelabri, le tende, i pavoni – ride di lei: "Sei andata via da dove sei nata per venire qui, ma tu non c'entri niente con questo posto, e lui ti ha lasciata per una al suo livello".

Finalmente, dopo essersi trattenuta fino a quel momento, Vespasiana scoppia in un pianto forsennato, in cui singhiozzi e lacrime amare navigano impetuose sul suo bellissimo volto, del valore di circa trentamila dollari.[3]

[2] Lo so, è impegnativo anche solo leggerla questa descrizione, ma in qualche modo dovevo pur rendere l'idea dello sfarzo nel quale vive Vespasiana, e voglio che voi sappiate che ho scritto queste frasi seduta al tavolo della mia cucina, che è ricoperto da una pellicola adesiva di finto marmo da dieci euro comprata online, con una scatoletta dei gatti aperta alla mia destra e con il culo su una sedia in vimini che apparteneva a mio nonno e ormai è un groviglio di fili: colpa del gatto, che ci si fa le unghie da anni.

[3] Sapete, il filler e il trucco semipermanente hanno costi esorbitanti, se si sceglie di affidarsi al migliore centro estetico di Miami.

Anche questa storia d'amore con il famoso cantante pop italoamericano Giustino Biberon è finita. Ma allora aveva ragione sua madre quando le diceva che gli uomini sono tutti uguali! Giustino, che per dieci anni è stato il centro del suo mondo e che lei pensava lo sarebbe stato per sempre, se n'è andato, per Taylor Swiffer poi, quella sciacquetta, che ha fatto pure finta di essere sua amica, sorridendole e scambiandosi con lei consigli sul chirurgo plastico, sull'eccellente parrucchiere dei vip di Miami, sui migliori locali sfarzosi della zona, mentre di nascosto si bombava ferocemente il suo ragazzo.

Vespasiana non ci può credere, deve essere un incubo, non può essere vero. Decide di darsi uno schiaffo per risvegliarsi, percuotendosi per errore esattamente nel punto in cui, due giorni prima, ha fatto il filler. Sente dolore, ma non è nulla paragonato a quello che si dirama nel suo cuore. Si alza e si dirige verso il mobile armadio impreziosito da inserti dorati. Apre un'anta nascosta, dove si cela un frigobar come quello delle camere d'hotel, solo molto più grande, e prende una bottiglia dello champagne più costoso, quello regalato a Giustino da Elton John e con la sua dedica sull'etichetta. Lo stappa e comincia a tracannarlo, come se fosse un succo alla pera fresco in una torrida giornata a Gardaland.

Ancora con la bottiglia in mano, si ributta sul letto e si asciuga le lacrime con la manica del vestito di paillettes, provocandosi anche uno sfregamento sull'oneroso viso, che però in questo momento è l'ultimo dei suoi pensieri, e va subito a esaminare i profili Instagram di Taylor e di Giustino. Le tremano le mani e diventa viola in faccia mentre osserva un post carosello, pubblicato tre minuti prima, che li ritrae insieme mentre si baciano a Parigi, a New York, in Messico e in tutti gli altri luoghi delle date del tour di Giustino, tutte date dalle quali poi lui tornava a casa e dormiva con lei, russando come una mietitrebbia, nello stesso fastoso letto d'oro in cui Vespasiana è accasciata in questo preciso momento.

Le viene un conato di vomito mentre la rabbia le sale inarrestabile in tutto il corpo e, aiutata dallo champagne, non riesce proprio a fermarsi e (anche se non è affatto da lei) scrive sotto a quel post un commento che non sarebbe carino riproporre in questo libro, con i peggiori insulti possibili e immaginabili riguardanti il nobile lavoro più antico del mondo, riferendosi a Taylor, e altri riguardanti la fruizione di tale servizio, riferendosi a Giustino.

Tre minuti dopo, se ne pente amaramente: lei queste cose non le fa, lei è una persona posata e a modo, una giovane donna matura ed evoluta che si occupa costantemente della propria crescita spirituale. Ma nell'andare a cancellarlo si rende conto che è troppo tardi: l'hanno bloccata. E si ritrova bloccata da Giustino e da Taylor anche su WhatsApp, Facebook, TikTok, Snapchat e X.

Solo allora, scolandosi l'ultima goccia dalla bottiglia di champagne, Vespasiana si ricorda che il fedifrago l'ha esortata ad andarsene. Pure! Ma dove?

Non può più attingere ai suoi conti, quindi adesso è povera in culo, perché la verità è che Giustino è talmente ricco che le aveva detto che lei non avrebbe mai più avuto bisogno di lavorare. In tutti questi anni le ha fatto usare senza remore le sue carte di credito, mentre lei doveva solo occuparsi di frequentare i corsi di yoga e le lezioni di meditazione.

E così, adesso, oltre a trovarsi senza fidanzato e senza dimora, si trova anche privata del suo capitale, o meglio, del capitale di Giustino, e senza alcuna prospettiva economica; allora apre subito l'applicazione della sua banca che non utilizza da anni e col pensiero ringrazia con devozione la Apple perché fortunatamente il telefono ha il riconoscimento facciale, visto che di certo non si ricorderebbe mai e poi mai il pin.

Vespasiana incrocia le dita sperando di trovarci almeno cinquantamila dollari, con i quali potrebbe vivere più o meno una settimana a Miami, in attesa di riconquistare il suo amore. Purtroppo però non ce ne sono cinquantamila; né quarantamila; né trentamila. Per la precisione, sul conto personale che Vespasiana ha aperto appena è arrivata in America, piena di sogni e sicura che lì finalmente sarebbe stato tutto più facile, ora restano a sua disposizione 752,43 dollari.

* * *

Miami Beach, sabato 15 luglio, ore 21.00

Più passano le ore, più Vespasiana vorrebbe chiamare Giustino per farlo ragionare e convincerlo a tornare da lei, o almeno dirgli di farle un bonifico di qualche milioncino di dollari per risarcirla dei danni, in fin dei conti a lui non costerebbe nessuno sforzo; ma è stata bloccata dappertutto e non sa come fare.

Cerca in ogni modo di respirare e di reprimere la rabbia, immaginando di camminare serenamente su una spiaggia a piedi nudi ascoltando le onde del mare; ma in quei pensieri si insinua prepotente il ricordo di un post divertente sull'essere bloccati che aveva visto nelle storie di Brianna mesi fa, quando ancora non si aspettava che un giorno le sarebbe stato utile. Allora ritorna metaforicamente dalla spiaggia, riprende in mano il telefono e dall'applicazione della banca manda un bonifico di 0,01 dollari a Giustino con la causale «*You are a fucking shit!*», poi appoggia il cellulare e, svuotata da tutta quella collera, ricomincia a piangere disperata. Ma è possibile lasciarsi dopo dieci anni in questo modo, senza neanche guardarsi in faccia? Mollata per telefono, tradita, umiliata, mandata via di casa, presa in giro, lasciata senza soldi e senza un posto dove andare. Ora le restano 752 dollari e 42 centesimi, per risparmiare non ha effettuato il bonifico istantaneo che sarebbe costato altri 60 centesimi, quindi Giustino saprà di essere una fottuta merda tra circa due giorni, dopo il fine settimana. Si sente terribilmente in colpa subito dopo e prova a revocare l'operazione, ma non ci riesce, ed è troppo ubriaca ormai per capire come si fa.

Comunque, bando alle ciance, adesso il problema più urgente è che ha proprio bisogno di qualcuno che la aiuti ad affrontare questo momento difficile e che la ospiti.

Qui in America non ha tante amicizie, il suo tempo lo passa tra la palestra e le feste cool con Giustino, ma per fortuna c'è Brianna! Seguono insieme il più celebre corso di yoga di Miami e ogni tanto vanno a mangiare delle gustosissime insalate healthy super dietetiche per pranzo, e quella volta che al Pokekàzz i camerieri per un grossolano errore hanno inserito nel piatto di Brianna delle nocciole, nonostante lei li avesse avvisati di esserne tremendamente allergica, Vespasiana le ha tenuto i capelli per farla rimettere e l'ha anche accompagnata al pronto soccorso.

Sicuramente lei non si girerà dall'altra parte ora che Ves ha bisogno di lei! Quindi, vedendoci doppio, le scrive: *Bri, scusami per l'orario, mi rendo conto che è sabato sera… Te la faccio breve. Giustino mi ha lasciata, sono straziata, posso stare qualche giorno da te per favore?*

Ciao Ves, è un periodo folle, domani ho la parrucchiera, poi c'è il matrimonio di Jennifer, e poi lo sai che sabato prossimo abbiamo la festa di Jo e Luke in piscina, insomma, non riesco, troppi impegni! Scusa! Ciao

Okay, tranquilla, grazie lo stesso

Ci resta malissimo, è un colpo al cuore. Brianna non le ha nemmeno chiesto come sta o se vuole bere una tisana alla curcuma con lei per parlare un po'.

Poi non resiste, la collera è troppo potente, e di getto le invia un altro messaggio: *Sei una stronza e tuo marito ha fatto bene a tradirti con Jennifer!*

Avrebbe dovuto lasciare che si strozzasse con le nocciole, ecco cosa si merita una persona del genere! Poi ferma subito quell'immagine e si rammenta che queste cose non è sano pensarle nemmeno per scherzo, anche perché poi nella vita torna indietro, quindi elimina il messaggio per tutti. Per fortuna non c'erano le spunte blu, quindi di sicuro non lo ha visto.

Vespasiana lo ha imparato leggendo *The Secret*: la legge di attrazione è potentissima, se pensi intensamente a una cosa poi la ottieni. Ma qualcosa non torna… Se fa tutte queste cose per attirare la positività, per quale motivo Giustino l'ha lasciata? Lei non voleva essere single! E allora fanculo anche a *The Secret*!

Inspira.

"Io sono calma, io sono rilassata."

Espira.

"Io sono calma, io sono rilassata."

"Sei una sfigata! Non ti vuole nessuno! Lo vedi che non hai amici?" le dice il candelabro, mentre lei lo ignora e continua i suoi esercizi.

"Io sono calma, io sono rilassata, io sono calma."

Però niente, non ce la fa, l'ansia si fa sempre più intensa, deve davvero trovare un'altra soluzione!

Il fatto è che, ora che ci pensa, non ha nessun altro amico lì: in questi anni ha vissuto per Giustino, tutto quello che ha fatto lo ha fatto solo per lui, e le altre uniche conoscenze che ha, a parte quella carogna di Brianna, sono gli amici di Giustino, e di certo ora staranno dalla sua parte, dato che già non erano proprio pazzi di lei, e lei questo lo aveva percepito.

E non può tornare in Italia! Con i suoi genitori è ai ferri corti, loro non hanno mai approvato il vile Giustino, né il fatto che se ne sia andata in America... Li sente per una telefonata veloce poche volte l'anno, giusto alle feste comandate. Non può tornare a casa loro! Che figura ci farebbe? Senza soldi poi, a farsi mantenere perché la sua storia d'amore è finita male. Sarebbe un dramma per loro: l'unica figlia che si riconferma sempre, solo ed esclusivamente, una delusione. Ma lei che ci può fare? Ci ha provato a lavorare al panificio di famiglia, avviato con gli sforzi di una vita, ma piangeva ogni mattina di nascosto tra una rosetta e l'altra servita ai clienti, così un giorno ha trovato il coraggio di deludere i genitori per seguire il suo cuore. Ed era sicura di aver fatto la scelta giusta; ma forse allora avevano ragione loro, vista la situazione in cui si trova ora?

Si distende di nuovo sul letto, affranta, e inizia a scrollare Instagram, come per cercare un aiuto divino. Tutte quelle foto delle coppiette amiche di Giustino intasano la sua bacheca, e sente una stretta al cuore pensando che lei non avrà più il suo amore, che non sentirà più il suo profumo e che non dormirà più nel suo abbraccio.

"Be', ormai era da tanto tempo che lui era distaccato" le dice il leone rampante che la sta fissando dal soffitto... ma lei affonda il viso nel cuscino per non ricambiare il suo sguardo, anche se deve ammettere, almeno con se stessa, che è vero.

"Negli ultimi due anni l'apatia nella vostra relazione è stata allucinante" continua 'sto felino, che ora che è partito non sta zitto un momento... "Giustino era sempre più distante, ti ricordi quando provavi a baciarlo sulla bocca e lui si scostava, così alla fine vi davate solo un bacio sulla guancia? E come lui si lamentava sempre di te?"

"Sì, lo so" gli risponde Vespasiana rannicchiando le gambe e stringendosi tutta con le braccia, come quando era piccola. "Però quanti ricordi dei primi anni bellissimi che abbiamo passato insieme... Il nostro amore era talmente forte e bello che non volevo nemmeno guardarlo quel distacco, quel piccolo buchino che si era aperto tra di noi." Chiude gli occhi mentre inizia a scivolare nel sonno e si chiede come abbia fatto quel foro minuscolo a diventare una voragine che li ha allontanati sempre di più, fino a spingerla in questo punto dove non avrebbe mai immaginato di potersi trovare.

* * *

Miami Beach, domenica 16 luglio, ore 10.35

«Ste tenti! Cose che ho imparato dopo essere stata lasciata dopo una storia di tanti anni. Te par de morir, ma no te mori, ti xe na larva, no te magni, ma no ti mori! Te pensi che no te passarà mai, ma dopo a te passa! Te pensi, gerimo anime gemelle, se fasevo cussì, o colà... Nooo, se me nono gaveva e rodee saria stà un careto! Se doveva finire, doveva finire e basta!»[4]

Vespasiana non ha la forza di alzarsi: da quando ha riaperto gli occhi è rimasta a letto, con addosso il suo vestito di paillettes (scomodissimo), il cuscino tutto macchiato di trucco e lacrime e il telefono in mano, scrollando un video dietro l'altro su Instagram. Questo qui che c'è adesso sembra proprio un segno, anche perché la ragazza che parla è una sua amica di infanzia, Alice, una che abita in Italia, proprio a Mestre, con cui ha passato molto tempo quando erano bambine e adolescenti. Adesso è diventata influencer, per carità, fa video in dialetto veneto, che imbarazzo... Vespasiana pensa che non farebbe mai una cosa del genere, sul suo profilo ci sono solo post in località fighissime, foto di lei in costume e di pranzi healthy, non vorrebbe mettersi in ridicolo in quel modo come fa

[4] Questo è un video che ho fatto su Instagram un po' di tempo fa. Il succo del discorso è: ti sembra di morire, lo so, ti senti male, ma doveva andare così, pensi che non passerà mai, ma ti passa! Il segreto è concentrarsi su se stessi, uscire con gli amici, leggere libri, tanto se doveva finire è perché doveva finire e basta: se mio nonno avesse avuto le rotelle, sarebbe stato un carretto.

Alice. Però pensa che forse quel video è capitato nel momento giusto, quindi continua a guardarlo.

"Ma vaffanculo, Alice" pensa Vespasiana. Lei sta male per davvero, lo sa bene che queste sono le solite cose che si dicono, i soliti consigli non richiesti che danno tutti, invece poi alla fine la verità è ben più complessa. Però, anche se vorrebbe prenderla a sberle, perché parla come se fosse facile, guardando il video per la terza volta si emoziona, perché le torna in mente il tempo trascorso con Alice in Italia.

Da quando se ne è andata da Mestre, le loro strade si sono separate, ma prima erano molto amiche. Hanno passato momenti importanti insieme ed entrambe hanno pianto tanto il giorno in cui lei è partita. Si erano ripromesse di non far sfumare la loro amicizia, e nel primo periodo ci hanno provato davvero a sentirsi spesso, ma poi si sa come vanno le cose, la distanza è subdola, e così hanno perso i contatti.

"Certo che Alice, però, è l'unica persona che si è dimostrata veramente amica nella mia vita" si dice Vespasiana trovando la forza per rimettersi a sedere sul bordo del letto. Ma l'hangover le fa girare la testa, quindi prende la decisione più saggia: alzarsi in piedi, appoggiarsi al muro e arrivare a tentoni fino al mobile. "È ora di fare colazione, non fa bene saltare i pasti" ricorda a se stessa con serietà; anche la perfida Brianna glielo dice sempre che da quando ha smesso di fare il digiuno intermittente si sente un'altra. Quindi apre lo sportello del frigobar e, con un piccolo botto, stappa un'altra bottiglia di champagne.

«Altro che quella stronza di Brianna» dice a voce alta con amarezza rivolgendosi al leone sul soffitto, mentre torna a sedersi sul letto. Lei e Alice si sono sostenute a vicenda in tanti momenti delle loro rispettive vite, tanti anni fa.

Così Vespasiana (che tra l'altro di solito beve pochissimo, perché l'alcol non fa bene alla pelle) è di nuovo sbronza, ha perso ogni pudore, non si rende conto che è davvero troppo tempo che non hanno contatti e non si trattiene: senza pensarci troppo su, riprende in mano il telefono che si era nascosto sotto il lenzuolo e la chiama.

Però Alice non risponde.

"Com'è possibile? Cosa vuoi che ci sia di così importante da fare a Mestre?" pensa innervosita.

La richiama. Una, due, dieci, sedici volte. Ma lei continua a non rispondere.

Così le manda un messaggio su WhatsApp. *Ci sei?*

E poi un altro: *Ti devo parlare.*

E un altro ancora, e altri nove, ma Alice la ignora. Okay, dai, non sarà certo un problema. Stiamo parlando di Alice, una delle amiche più care che lei abbia mai avuto.

Senza quasi accorgersi delle lacrime che le stanno scivolando sul viso, Vespasiana rischia di strozzarsi mentre ingurgita un'altra sorsata di champagne e contemporaneamente sorride fissando il vuoto. Davanti a lei in questo momento non ci sono più l'armadio con il frigobar, la poltroncina dorata e la portafinestra affacciata sul mare, ma due ragazzine che in un altro tempo – anzi, in quella che adesso le sembra un'altra vita – se ne stanno sedute sulla panchina di un parco di Mestre. Non bevono champagne ma Estathé, passandoselo a ogni sorso perché ne stanno condividendo uno solo in due, mentre si raccontano i loro drammi, i loro segreti, e poi si infilano i pattini a rotelle percorrendo tutto il parco, lei, slanciata come una gazzella, e Alice, senza freni come un pacco lanciato giù per le scale. Risultato: un braccio rotto e la vaga sensazione che in caso di emergenza forse sia meglio chiamare qualcun altro.

Vespasiana tossisce e si batte con la mano sul petto, mentre quel sorriso si spegne all'improvviso. Come ha potuto pensare realmente che Alice fosse una vera opportunità per lei proprio adesso? E poi è passato troppo tempo, non si sentono da una vita; chissà cosa è successo anche a lei, in tutti questi anni.

"Ah, quindi pensi di avere qualche alternativa?" le sussurra impertinente la bottiglia di champagne. Ma poi sembra pentirsi di avere infierito in questo modo, perché la consola dicendole con più dolcezza: "Se non serve a questo, una vecchia amica... A sostenerti nei momenti in cui non sai cosa fare della tua vita, anche se ti sei comportata da stronza e non la chiami da anni... O no?".

Stranamente, questo le dà un po' di coraggio.

Allora Vespasiana controlla di nuovo il suo saldo contabile e lo confronta con i prezzi dei voli per Venezia. Okay, in effetti può farcela. Così, senza nemmeno pensarci, ormai disintegrata, acquista un volo. Ora le restano 49,91 dollari. Poi invia un altro messaggio ad Alice, arrivando a quota dodici nel giro di un'ora: *Domani sarò a Mestre, atterro al Marco Caco, per favore mi vieni a prendere?*

Lo squillo della chiamata la fa girare e rigirare nel letto; per svegliarla veramente, all'una passata del giorno successivo, serve il bip del messaggio di Alice.

Ciao Vespasiana, scusami se non ti ho risposto ma ero in galera, storia lunga, ho provato a richiamarti ma non rispondi, certo, va bene, vengo a prenderti in aeroporto. A che ora arrivi?

2

Piangi sul telefono mentre scorri con le dita
Ma solo un po'
La smetti o no?

Mameli, *Mezz'ora d'amore*

Miami Beach, domenica 16 luglio, ore 13.31

Uscendo di casa per andare incontro all'Uber che la porterà in aeroporto, l'ultima cosa che saluta sul mobile dell'ingresso è una foto incorniciata che qualcuno ha scattato tanto tempo prima nel backstage di un videoclip: Vespasiana sta seduta con la faccia arrabbiata e la gamba destra allungata su un'altra sedia, mentre Giustino è accovacciato accanto a lei e le sta parlando. La prima volta in cui si sono rivolti la parola. Durante le riprese di un suo video lei si era fatta male a un ginocchio, e non potendo più ballare si era chiusa a piangere nel camerino; Giustino passando aveva sentito i singhiozzi ed era entrato. Lui aveva visto un cucciolo da proteggere, e lei un cantante pop italoamericano bello come il sole, e così da quel giorno non si erano più lasciati... Fino a ieri, o forse anche molto prima?

E com'è potuto succedere che una ragazza come lei, la stessa che a vent'anni aveva comprato un biglietto aereo di sola andata per realizzare il suo sogno di ballare, gli abbia dato ragione quando Giustino, lamentandosi sempre più per il fatto che gli altri potessero guardarla mezza nuda nei videoclip, l'ha convinta che sarebbe stato meglio concludere la collaborazione, tanto lui aveva la possibilità di mantenerla più che generosamente?

Adesso, a trent'anni, Vespasiana si ritrova senza niente. Con i sogni distrutti, senza il suo ragazzo – quello con cui avrebbe voluto invecchiare e costruire una famiglia –, senza una professione, senza ambizioni.

Appoggia il suo mazzo di chiavi sul mobile, proprio davanti a quella foto; poi chiude la porta per sempre e si lascia tutto indietro, piangendo, con il cuore spezzato.

Solo per un istante, mentre trascina il trolley sul vialetto, le lampeggia in testa una domanda: "Ma che ci faceva Alice Guerra in carcere?".

* * *

Miami Beach, domenica 16 luglio, ore 13.59

Mentre l'autista di mezza età carica la valigia nel bagagliaio chiedendole: «Dove deve andare?»,[1] Vespasiana si sente male al pensiero di aver messo nel trolley la borsa Chanel color pistacchio anziché quella color fragola. Con il petto che brucia al pensiero che non c'è il tempo

[1] Dovete tenere presente che tutti questi dialoghi sono ovviamente in inglese, ma io ve li sto traducendo in italiano perché non voglio crearvi problemi. Okay, dai, la verità è che poi dovrò registrare l'audiolibro e mi crea ansia dover parlare in inglese, quindi preferisco non affrontare le mie paure e fare finta che sto scrivendo in italiano per agevolare voi.

per tornare indietro a riprenderla, scosta delicatamente la catena color zafferano della borsa matelassé[2] e inizia a tirarne fuori le salviettine umidificate, lo specchietto e i trucchi per sistemarsi. Ha gli occhi gonfi e lucidi, e per giunta le restano ancora i dieci minuti più difficili da ieri sera: quelli in cui ha finito di sistemarsi, di truccarsi, e ora non le rimane che guardare fuori dal finestrino le strade della sua Miami e tutti i luoghi che ha amato con il suo Giustino in questi dieci anni. Si rende conto che sta veramente andando via dalla sua città del cuore... Per tornare a Mestre poi! Quel terribile posto che odia con tutta se stessa e dal quale è scappata appena ne ha avuto l'occasione.

«Signorina, siamo arrivati. Sono cinquanta dollari» esclama l'autista, per poi scendere dall'auto e porgerle la valigia.

«Senta, posso chiederle un favore? Potrebbe farmi uno sconto di nove centesimi e farmi pagare 49,91 dollari?»

«Va bene, per me non c'è problema.»

«Grazie» risponde lei accennando un piccolissimo sorriso di ringraziamento.

Ed ecco la bellissima Vespasiana, nonostante abbia addosso tutti gli strati di vestiti che non era riuscita a ficcare in valigia, nonostante tutto il delirio di queste ore, correre aggraziata, imbarcare la valigia e prendere in tempo l'aereo per Venezia, un aereo normale, pieno di gente

[2] Ovviamente non avevo mai sentito questa parola in vita mia, già è tanto che io abbia delle borse di plastica, comunque sapete che a volte cerco su Google dei termini importanti per darmi un tono, e il matelassé è un tessuto particolare, insomma, guardate su Google che non ho voglia di spiegarvi, mi serviva per rendere l'idea.

sconosciuta: plebei che fanno la fila per salire e che devono sedersi nel posto assegnato, dove il sedile non è reclinabile e nessuno ti offre neanche un calice di champagne.

Vespasiana è seduta dal lato del finestrino; davanti c'è una famiglia con due bambini piccoli che si mettono a urlare prima ancora che il volo parta, mentre accanto si sistema una signora anziana che inizia a raccontarle la storia della sua vita a partire dal 1938, interrompendo a un certo punto il monologo solo per guardarla dritta in faccia e chiederle a bruciapelo: «E tu, bella ragazza, quand'è che ti sposi e fai figli? Guarda che il tempo scorre veloce!».

* * *

Casa di Alice, Mestre, lunedì 17 luglio, ore 10.45

«Amore, mi accompagni a comprare i bovoletti?»

«Zia, scusami ma adesso non riesco proprio, devo andare a prendere la Vespasiana in aeroporto.»

Ecco appunto, ma voi lo capite quanto bene stavo in galera io?

«Ma la Vespasiana chi? So fia[3] dea Iole e Guerrino?»

«Sì, zia.»

«Ma no a gera in America co chel cantante famoso?»

«Eh sì, zia, però oggi torna.»

«Perché? Ghe manca Mestre?»

«Ma che ne so, zia, torna e basta.»

«Parlar co ti xe sempre na soddisfasion varda… xe

[3] Figlia di.

come ciucciar un nespoeo cruo.[4] Comunque più tardi devo vedere *Terra amara*, ma dopo mi accompagni a comprarli? Domani ho a pranzo il commissario Lo Casso. Quelle altre disgraziate della Ornella e della Teresina si organizzano per il loro pranzo col commissario da ieri, non posso essere da meno! Ti aspetto, allora?»

«Zia... è Lo Cascio... con la *sc*...»

«Eh, cossa go ditto mi? Lo Casso. Allora mi accompagni? È molto importante.»

«Ma che problemi avete voi? Non è mica il Papa, eh. Comunque penso di sì, dai. Sentiamoci dopo, zia, ora ho da fare.»

«Come che problemi abbiamo? Io voglio fare bella figura. Vieni anche tu domani a pranzo col commissario?»

«Per carità! No, zia... Dai, devo correre!»

«Non capisco che problemi avete voi due. Sabato sera dove siete andati che ti ha portata via dalla festa del Redentore e siete spariti? No go capio.»

«Ma niente, zia, dai, devo andare. Ciao.»

«Ti no ti me a conti giusta.[5] Ciao.»

È tardissimo. Devo andare a prendere la mia Punto scassata in garage e partire subito, devo muovermi perché Vespasiana dovrebbe atterrare alle 11.15.

Stamattina mi sono svegliata anche in orario, però avevo un brufolo sulla punta del naso e ho perso mezz'oretta allo specchio a esaminarlo e a torturarlo, perché una delle soddisfazioni più grandi della mia vita è schiacciare

[4] Parlare con te è sempre una soddisfazione, come ciucciare una nespola acerba: inutile e frustrante.

[5] Non me la racconti giusta.

brufoli e punti neri. Ormai, avendo trent'anni, ne ho pochissimi, quindi quando capita per me è una festa e devo subito cogliere la palla al balzo per divertirmi un po'.

E poi devo aver davvero preso freddo ieri in prigione perché ho tutto il collo bloccato, tanto per cambiare: perciò un altro quarto d'ora l'ho utilizzato per mettermi il Voltaren e per usare il mio massaggiatore elettrico per collo e spalle.

Sapete, essendo donna, vivendo da sola ed essendo single, ormai sono super organizzata e ho tutto il necessario per vivere la mia vita chiedendo meno aiuti possibili.

Quindi, ho anche imparato a:

- cambiarmi da sola le lampadine della macchina. Ho una Punto Evo del 2010 ed è molto impegnativo, ma sono davvero bravissima;
- comporre il numero del meccanico quando cambio le lampadine della macchina da sola e le monto storte;
- pulire da sola il filtro della lavatrice, ho guardato vari tutorial su YouTube finché non ho imparato;
- comporre il numero dell'idraulico quando allago la casa perché ho pulito da sola il filtro della lavatrice;
- fare buchi sul muro da sola per appendere i quadri;
- andare al Leroi Merlino a comprare lo stucco e la cazzuola per sistemare le voragini che creo facendo i buchi sul muro da sola;
- cucinare le zuppe surgelate completamente da sola e mettere i burger vegetali nella friggitrice ad aria;
- comporre il numero dei pompieri per quando do fuoco alla casa cucinando le zuppe surgelate da sola;

- fare la ricerca dei canali sulla televisione quando la sposto dalla camera al salotto e viceversa;
- chiamare il tecnico della televisione quando la televisione non si accende più perché ho smanettato da sola facendo la ricerca dei canali.

Quindi insomma, direi che sono abbastanza rodata e sto proprio bene nel mio appartamentino con i miei gatti, ho tutto sotto controllo... o quasi.

Sono già le 11.05, devo andare; mentre saluto i gatti[6] e scendo le scale penso a questa fissazione della zia Rosanna per i bovoletti, deve veramente cucinarli ogni settimana altrimenti non è contenta.

E adesso poi, cos'è questa storia che è diventata pappa e ciccia con il commissario? La cosa non mi piace per niente, mi fa sentire tremendamente a disagio sapere che l'uomo con il quale ho passato la notte andrà a pranzo da mia zia Rosanna, e che lei potrebbe addirittura raccontargli degli aneddoti sulla mia infanzia. Oddio, spero non le scappino dettagli intimi imbarazzanti, oppure chicche sulle storie coi miei ex... Me la vedo già che gli racconta di quanti mesi ho passato a piangere quando Piercoglione mi ha lasciata, o cose simili. Per fortuna almeno mia mamma, tra

[6] I miei gatti si chiamano Camillo, il maschio, trovato in un fosso a quindici giorni di vita e allattato da me (non dai miei seni, lo dico perché ogni tanto qualcuno fa una faccia strana quando racconto questa storia), e Isotta, la femmina, soprannominata Bisontini. Ci si rivolge ai Bisontini con il plurale maiestatis, è molto importante, altrimenti Loro non rispondono, in quanto membri di alto rango di famiglie di gatti salvati dalle peggiori situazioni.

il lavoro e i suoi viaggi, non va a pranzo dalla zia spesso, e questo per me è confortante, perché una volta ha raccontato al mio primo fidanzatino di quando alle olimpiadi della scuola, alla gara di salto in lungo, ho saltato su me stessa e i giudici hanno fatto finta di misurare i centimetri per non ferirmi. Non voglio che il commissario sappia queste cose, già le mutande di Winnie the Pooh sono state sufficienti.

Comunque, non ci voleva, oggi sono incasinatissima, piena di lavoro e più tardi quando torno dovrò occuparmi anche dei bovoletti...

Ci mancava anche Vespasiana, stamattina! Spero di sbrigarmela in fretta, ovviamente mi fa piacere rivederla eh, sono passati dieci anni dall'ultima volta, però oggi è proprio la giornata sbagliata: troppe cose da fare, troppo poco tempo, troppe notifiche sul telefono! Per un attimo rimpiango il silenzio della mia cella di ieri. Lo so, che ci posso fare? Sono muso da can e sto bene da sola, a casa mia, con i miei gatti. Ma non è che potrei commettere un altro piccolo reato, così da farmi dare almeno una pena part-time in prigione e avere la scusa per non essere obbligata a scarrozzare la gente in giro? Basta portarsi una sciarpetta, qualche pacco di Pan di Stelle e sarebbe assolutamente perfetto. Là finalmente potrei stare tranquilla, in compagnia della guardia che non mi caga...

Con questi pensieri in testa, parto con la mia Punto. Come sempre c'è un caldo atroce in questa città, e a coronare il tutto ho l'aria condizionata della macchina rotta, non vi dico che delizia. Fortunatamente abito abbastanza vicina all'aeroporto, poi credo che comunque lei dovrà aspettare i bagagli, quindi dovrei fare in tempo, anche se invariabilmente a ogni angolo mi ritrovo addosso il malefico sorrisetto che mi guarda dai poster giganti affissi dappertutto, annunciando la mega inaugurazione che faranno fra qualche giorno. Infatti la città è già piena di transenne che mi costringono duemila volte a deviare percorso, zigzagando per tutta Mestre, e quando arrivo al parcheggio dell'aeroporto ovviamente non trovo un posto che sia uno. Dopo dodici minuti di giri su me stessa e insulti che preferisco non ripetere qui, trovo un buco lontanissimo dall'ingresso, e intanto mi dirigo a piedi verso gli arrivi.

Ho dei bei ricordi di Vespasiana, siamo cresciute insieme; quando ero piccola abbiamo passato davvero tantissimo tempo al parco, e poi da adolescenti a uscire la sera e a fare merdon.[7]

Quando ha deciso di partire per l'America ammetto di averne sofferto parecchio, mi è mancata da morire. Mi sono sentita abbandonata. Quando la chiamavo lei rispondeva una volta su dieci, e comunque era sempre a feste pazzesche con gente famosa e non poteva stare al telefono; così, piano piano, abbiamo iniziato a sentirci sempre meno. Io invece ero quella di sempre, a Mestre, con la mia routine consolidata:

- il solito rapporto con il fitness; distendermi sul divano e, alla fine della *Signora in giallo*, mettermi a cambiare canale alla televisione a ripetizione allenando il pollice;
- il solito rapporto con il cibo; comprare verdure che entrano in frigo come vegetali e ne escono come reperti archeologici;

[7] Non ve lo voglio spiegare, son sincera.

- il solito concetto di socialità; gli stessi amici da vedere ogni tanto, tipo ogni tre mesi, sia mai che io esca troppo di casa o che la gente mi si attacchi troppo;
- il solito concetto di lusso; comprare strafanti inutili nei negozi dei cinesi, tipo lo stampo per l'uovo all'occhio di bue a forma di cuore, usato una volta e nel cassetto da cinque anni;
- il solito rapporto con gli uomini; Piercoglione. Non serve dire altro.

Non è più tornata in Italia, e non so per quale motivo lo stia facendo proprio ora. I messaggi che mi ha mandato ieri erano un po' strani, ma non ho avuto troppo tempo di pensarci: diciamo che tra la galera, la sabbia nelle mutande e l'incontro con il commissario, c'era altro che richiedeva la mia attenzione.

Mi guardo attorno – ci sono tante persone che vanno e vengono con le valigie – finché non la vedo: è sempre perfetta, ancora più bella di un tempo, i suoi lunghi capelli biondi sono raccolti in una coda alta, porta degli occhiali da sole grandi, il rossetto rosso, e col suo fisico atletico sta trasportando il trolley, leggiadra come una libellula.

«Vespy!»

«Ohi, ciao Ali!» mi dice lei con un sorriso immenso, mentre cammina verso di me saltellando con il trolley Louis Vuitton. La guardo e penso che solo i suoi occhiali da sole costano più della mia auto.

* * *

Aeroporto Marco Caco, Tessera, lunedì 17 luglio, ore 11.25

«Mamma mia, da quanti anni! Vieni qua che ti abbraccio!» le dico avvicinandomi.

«Ma certo! Scusami, sai, sono un po' presa male, questi aerei in cui la gente puzza tantissimo e poi ti impregni anche tu! Che schifo! Scusa se non tolgo gli occhiali, ma ho un po' di congiuntivite» esclama lei disgustata, anche se io la vedo perfetta e profumatissima, pronta per una foto da mettere su un post di Instagram.

«Non preoccuparti, Vespy! Purtroppo non ho trovato parcheggio vicino, dobbiamo camminare un pochino.»

«Nessun problema, Ali. Ma scusami, toglimi una piccola curiosità... perché eri in galera?» chiede lei mentre sembra un lievore[8] che corre e io, pur non avendo nemmeno una borsa, una bambina con le gambe corte che cerca di starle dietro ma non ci riesce.

«Ah, diciamo che... ti ricordi, no, che io faccio un po' di casini di solito.»

«Certo, come posso dimenticarlo!»

«Diciamo che ho inquinato delle prove di un'indagine, ma non è grave come sembra, e con il commissario di Mestre, insomma... storia lunga.»

«Ma come, hai inquinato delle prove?»

«Allora... Un vecchio è scomparso da Mestre, ti ricordi di Luigino?»

«Quello con le galline?» mi chiede sconvolta e divertita allo stesso tempo.

«Brava! Un giorno è sparito da Mestre e si pensava

8 Leprotto.

fosse morto, rapito, ucciso, boh… Così ho iniziato a indagare, e pensavo che il poveretto fosse solo scappato e non volesse rotture di palle, allora ho falsificato una lettera in cui lui confessava di essersi suicidato. Dopo invece si è scoperto che era semplicemente andato a Bari in treno a farsi una vacanza.»

«Ma che storia assurda è?»

«Eh, lo so. Però mi sono dovuta immischiare per forza, per dare una mano alla zia Rosanna.»

Gli occhi di Vespasiana si accendono per un momento a sentire quel nome, e il sorriso da post su Instagram diventa immediatamente più dolce. «Tua zia Rosanna! Come sta?» mi chiede. «Quante volte sono venuta con te a mangiare a casa sua… Mamma mia che buoni i suoi bovoletti!»

«Li prepara ancora! Sta bene, e i bovoletti sono sempre la sua passione, non potrebbe vivere senza. Negli ultimi giorni per aiutarla con questa faccenda di Luigino ho passato un sacco di tempo con lei e le sue amiche. Ti ricordi tipo la Beatrice, l'ex moglie di Luigino, una signora dolcissima, bella, sempre curata, che si mette il rossetto pure per andare in palestra? E poi la Ornella, la Teresina, te le ricordi?»

«Mmm, mica tanto… Però aspetta, la Ornella e la Teresina sono quelle che curavano le tegoline[9] in giardino?»

«Proprio loro! E lo fanno ancora, sai! Dovresti vederle quando sono tutte insieme a guardare *Terra amara*, sono proprio delle maranteghe![10] Pensa che…» Sì, dai,

[9] Fagiolini.

[10] Marantega è un termine dialettale veneto che si usa per indicare una vecchia signora un po' impicciona.

non è un pettegolezzo, è una cosa bellissima da raccontarle. «Pensa che l'altro giorno, alla festa del Redentore, la Ornella e la Teresina hanno annunciato a tutti quanti che loro due non vivevano insieme per dividere le spese come tutti pensavamo, ma perché si amano! Sono molto felici e addirittura qualche anno fa sono andate a sposarsi di nascosto in Spagna. Se capiti a casa loro, ti tengono almeno mezz'ora a guardare l'album di nozze. Che cosa tenera, vero?»

«Tenerissima, sì» risponde Vespasiana ma, chissà perché, sembra quasi si incupisca un po'… Bah.

«Comunque, insomma, sono successe un sacco di cose, e in tutto questo il commissario si è incazzato con me, e niente, siamo in una situazione un po'… diciamo… Dai, te la racconto un'altra volta. Intanto eccoci, siamo arrivate.»

«Nooo, hai ancora questa macchina? Ti giuro, non me lo aspettavo! Mamma mia, quante ne abbiamo fatte con la Punto! Ma ti ricordi quando venivi a prendermi con quella canzone di 50 Cent a palla, *In da Club*?» ride mentre solleva senza nessuno sforzo la valigia per incastrarla nel mio bagagliaio.

«Ah ah ah! Non si può dimenticare» le dico togliendo cinque pacchi di carta igienica per fare spazio al trolley. «Ma senti, come stai?»

«Benissimo, Alice! E tu?»

«Eh, bene dai, un po' incasinata, ma si va avanti. Ma, scusami se te lo chiedo, cioè, io sono contentissima eh, ma perché sei tornata? È successo qualcosa?» le domando avviando la macchina.

«Ma scherzi, Alice? Assolutamente no! Tutto alla grande! Sono qui per fare un giro, mi mancava… casa.»

«Ah, okay, che bello! Ti porto dai tuoi, quindi?»

«No!» esclama, e dalle sue labbra scompare improvvisamente il sorriso. «Anzi, per favore non dire a nessuno che sono qui, per il momento.»

Lei sta cercando di simulare tranquillità, ma anche se non ci vediamo da tanto io la conosco troppo bene: c'è qualcosa che non va.

«Nemmeno a tua zia» aggiunge.

Ehm.

«Ves… Io l'ho già detto alla zia.»

«Ma, Alice! Okay, dille però che non lo racconti in giro!»

«Ma perché?»

«Ali… Non voglio che i miei lo sappiano per ora.»

«Ah, okay. È perché vuoi fargli una sorpresa?»

«Diciamo… di sì» conferma senza molta convinzione.

«Okay, allora… dove ti porto? Hai prenotato un hotel?» le chiedo fingendo di non essermi accorta del suo cambiamento, per non metterla a disagio.

«Ehm… In effetti avevo pensato… Puoi ospitarmi tu, solo per qualche giorno?» mi domanda, sorridendo speranzosa.

«Io?» dico mentre continuo a guidare impassibile su viale Cojonaldi, anche se mi sta per venire un attacco di panico al solo pensiero di trovarmi una persona in casa mia dove ora, finalmente, dopo anni di casino, sono riuscita a trovare un equilibrio con i miei gatti, e ogni minimo cambiamento potrebbe romperlo.

«Sì! Dai, stiamo un po' insieme e ci divertiamo!» propone imitando un balletto disco anni Duemila.

«Ma, io… cioè… non lo so… non sono abituata… la mia casa… è piccola e…» Girandomi verso di lei per spiegarle la situazione noto che si sta torturando le mani e che nel suo volto è comparso il terrore, anche se cerca di nasconderlo con un sorriso forzato. Così, inaspettatamente, sebbene tutto il mio corpo e la tachicardia vorrebbero fermarmi, sento queste parole che mi escono dalla bocca e spezzano subito la tensione: «Certo, Vespy, vieni da me!».

«Wow, che bello! Non vedo l'ora di farmi una doccia, appena arrivo!» annuncia lei con entusiasmo.

«Ovvio, certamente!» rispondo, cercando di mascherare il panico al pensiero che il mio bagno sarà utilizzato da un'altra persona.

«Senti, ma in questa macchina non c'è l'aria condizionata?» mi chiede boccheggiando.

«Eh, si è rotta.»

«Ah. Pensa che, nella Lamborghini di Giustino, ti giuro che se accendiamo l'aria sembra inverno!»

«Come va con lui?»

«Benissimo! Uh, guarda, ma questo negozio in viale è nuovo?» cambia discorso lei, mostrando interesse per la vetrina di un negozio di sanitaria specializzato in plantari, poltrone con alzata assistita e calze antitrombosi, guardandosi intorno meravigliata e forse anche nostalgica. «Ma cosa sono tutte 'ste transenne e tutti 'sti manifesti con la Gioconda?» domanda improvvisamente.

«Eh, Vespy, fanno una mostra sulla Gioconda.»

«Un'imitazione intendi?»

«No no, quella vera. La portano da Parigi a Mestre con un tir» dico come se fosse la cosa più naturale del mondo. Tanto ormai ho capito che nulla è troppo assurdo a Mestre.

Momento di silenzio. Vespasiana si gira e mi guarda sotto shock. Un piccione ci passa davanti sulle strisce pedonali, contribuendo all'atmosfera surreale.

«Sì, certo. E la Muraglia cinese la portano a Marghera in mezzo alle fabbriche. Ma cosa stai dicendo, Alice?»

«Vespy, ma che ne so io. Non hai guardato la televisione negli ultimi giorni? Siamo sui telegiornali di tutto il mondo. Il sindaco ha fatto un super discorso in tv dicendo che è il momento di riqualificare e rilanciare Mestre... cose così.»

«Ma Mestre è il buco di culo del mondo! Come è possibile che il Louvre, tra tutti i posti disponibili sulla faccia della Terra, possa anche solo pensare di mandare la Gioconda per una mostra proprio qua?»

«Non so cosa dirti. Io so solo che mi hanno chiuso tutte le strade e devo fare cinque chilometri in più per tornare a casa girando come uno stornello dappertutto.»

«Sono sconvolta» ribatte lei.

«Dai, smonta, siamo arrivate.»

* * *

Casa di Alice, Mestre, lunedì 17 luglio, ore 12.10

Appena entriamo a casa e appoggiamo il suo trolley di Vuitton, Vespasiana sistema sul mobiletto dell'ingresso la borsa di Chanel, avvolgendo la catena con precisione maniacale, e poi inizia a guardarsi intorno con aria velatamente schifata. Non me lo fa capire, però lo intuisco io. Ci sono i gatti, un po' di casino, la casa non è molto grande, però insomma, ha insistito lei: quindi cerco di non farci troppo caso, prendo gli asciugamani puliti e la accompagno in bagno. Subito Bisontini e Camillo vanno ad annusare la sua valigia e guardano Vespy con ostilità; lei contraccambia il loro sguardo e restano per un minuto a fissarsi con aria di sfida.

«Ecco, tieni qui, lavati pure.»

«Cos'è quello?» mi chiede lei incuriosita, indicando il bussolotto sopra alla doccia.

«È il boiler per l'acqua calda. Quando finisce poi si deve ricaricare e ci mette un'oretta.»

La sua espressione mi lascia intendere un certo orrore a questa mia risposta.

«Ah, okay. Tanto nel tuo bagno ce n'è... un altro, no?»

«Ehm... no, Vespy, questo è *il* bagno. Vedi, questa qui è *tutta* la casa.»

«A Miami non credo che ci siano proprio, questi *boiler*. Pensa che in camera io e Giustino abbiamo una vasca immensa con idromassaggio, una cosa stupenda! Poi nei bagni delle altre camere ci sono altre vasche, e in giardino abbiamo una Jacuzzi da dieci posti dove nelle sere d'estate andiamo a bere champagne. È bellissimo!»

«B... bene. Mi fa piacere. Vespy, la mia casa è così, però c'è tutto» le rispondo già sul piede di guerra.

«No, ma certo! Non volevo dire che... Be', dai, vado a fare la doccia!» E sparisce saltellando in bagno con la sua gigantesca trousse dorata e chiudendosi a chiave.

Mentre Vespy è chiusa nel bagno e canta a voce altissima (a quanto pare si era lasciata alle spalle tutto dell'Italia, tranne la musica), mi viene una mezza crisi di panico. Io, abituata a stare da sola, mi trovo a ospitare una persona che non vedo da dieci anni, che sembra la direttrice di *Vogue*, che guarda casa mia con aria di sdegno e che ora sta cantando nella mia doccia. Non penso di potercela fare.

E poi c'è una cosa che non è chiara: ma per quanto tempo ha intenzione di fermarsi?

Spero al massimo una settimana. Da quello che ho capito, credo stia pensando di fare una sorpresa ai suoi genitori, visto che non vuole che si sappia che è qui. Mi auspico però sia un soggiorno breve, perché lo sapete che io ho tutte le mie manie e le mie cose organizzate e programmate. "Vabbè, dai, ci sta!" mi dico, cercando di autoconvincermi. Durante questa settimana in cui resta qui, mi impegnerò a essere tollerante: alla fine sono prove della vita e io posso farcela. Se sono riuscita a viaggiare in autostrada sotto la tempesta con il finestrino completamente spalancato perché si era rotto al casello, potrò superare anche questa!

Intanto speriamo che si sbrighi, così poi faccio la doccia anche io. Nel frattempo provo a concentrarmi sul mio lavoro. Adesso devo pubblicare quel famoso video per l'Eurospussa, e purtroppo, presa da questa cosa, non mi accorgo che Camillo sta girando incuriosito sulla valigia di Vespy e all'improvviso inizia a farcisi le unghie sopra. Quando me ne rendo conto è troppo tardi: adesso il trolley Louis Vuitton di Vespasiana è personalizzato.

Lo prendo e lo chiudo nello sgabuzzino, al sicuro. Il bagaglio, non il gatto.

Un paio di ore dopo, con il video appena pubblicato e la vescica che esplode, mi avvicino per la terza volta alla porta del bagno. «Vespy, sono le due passate, sei in bagno da due ore, mi scappa la pipì!»

«Ah, scusa, mi sto facendo una maschera!» risponde lei tranquilla, come se fosse in una spa a farsi fare un massaggio.

«Posso fare la pipì un attimo?»

«Tranquilla, dieci minuti e ho finito!»

«Vespy, sono quasi le tre, non ce la faccio più, me la sto facendo addosso, ti prego, posso entrare?»

«Ho quasi finito. Cinque minutini!»

«Vespy, sto morendo, mi fa malissimo la pancia, ti prego, fammi entrare!»

«Mi asciugo e ti apro! Un minutino!»

«Okay, ti prego. Devo andare da mia zia!»

«E vorrei essere un computer... per potermi riformattareee... disinstallare il nostro amoreeee... per poi poter dimenticareee... come si faceva ad amareee... prego inserire floppinooo...»[11] canta lei dal bagno. «Senti, Alice, ma qui a Mestre chi mi consigli per il filler?» aggiunge mentre io me la sto facendo sotto e vorrei strozzarla, altro che filler.

Ed è così che è iniziata la convivenza tra me e Vespasiana.[12]

[11] Frah Quintale, *Floppino*.

[12] Spoiler: no, non è durata una settimana. Ci avevate creduto?

3

> I giorni passano, passano, passano
> E tu non torni qui
>
> Gazzelle, *Non sei tu*

Commissariato di Mestre, mercoledì 19 luglio, ore 18.20

«Pronto, chi parla?» risponde secco al telefono il commissario. Quando sente la risposta, impallidisce improvvisamente e senza nemmeno accorgersene appallottola per il nervoso un foglio di carta sulla scrivania, incurante del fatto che si potrebbe trattare di un'importante prova per qualche indagine in corso o del mandato d'arresto per un pericoloso criminale che ora invece per colpa sua resterà a piede libero. «No, non è il momento» annuncia dando un tono particolarmente autorevole alla sua bella voce profonda. «Ci sentiamo un altro giorno. Sono impegnato in una riunione della massima importanza.» E butta giù.

«Tutto bene?» gli chiede l'agente Antonio Volpaton, seduto di fronte a lui dall'altra parte della scrivania.

«No!» fa il commissario, alzandosi di scatto e mettendosi alla finestra a contemplare il traffico su via dei Maroni, che a quest'ora inizia a farsi più intenso. «È la terza volta che chiamano. Ma che vogliono questi da me?» commenta a voce più bassa.

Preoccupato, anche l'agente Volpaton (che in realtà non è più un semplice agente, visto che, dopo l'annuncio di trasferimento del commissario, ha ricevuto una promozione a commissario capo che però, essendo arrivata solo da pochi giorni, non è ancora effettiva, per cui lo chiameremo ancora così) si alza dalla poltroncina e si avvicina a lui, portando con sé il panino al salame che stava mangiando e spargendo briciole ovunque.

«Commissario, non mi dica... Sta ricevendo delle... minacce?» gli chiede fissandolo con gli occhi sgranati. «C'entra qualcosa Parigi? È per la Gioconda?»

«Minacce? Ma no, che dice, Antonio? Sono quelli dell'assistenza Ikea. La cucina nuova è pronta ed è da stamattina che mi stanno addosso per sapere quando possono venire a montarla.»

«Ma commissario, lei l'ha pagata la cucina, no? Perché non li fa venire?» domanda Antonio stupito.

«No, sì, certo, adesso mi organizzerò...» risponde il commissario tornando a sedersi alla sua scrivania. «Insomma, le stavo dicendo, subito dopo la festa del Redentore – senza nessunissima deviazione, che sia chiaro – l'ho sbattuta dritta in prigione. Esattamente come da regolamento» chiarisce, iniziando a grattarsi furiosamente il collo, come se avesse appena avuto una reazione allergica alla sua stessa bugia. «Poi il vicequestore ha voluto farla uscire, ma io non ero d'accordo. Quella disgraziata!»

Anche Antonio lascia la postazione davanti alla finestra per tornare a sedersi di fronte a lui. «Continuo a non capire! Alice è così simpatica, io la seguo su Instagram...» gli dice con aria innocente, prendendo subito dopo un boccone più grande della sua faccia.

«Antonio, ora che anche lei sta per diventare commissario, se lo ricordi sempre: non si inquinano le prove di un'indagine! Le cose giuste sono le cose giuste e le regole sono regole! Noi siamo qua per questo, no?» risponde Lo Cascio battendo un pugno sul tavolo.

«Commissario, io non voglio mancarle di rispetto, non dico che sia una cosa di poco conto, però guardi, le faccio vedere le sue storie di oggi. Ah ah ah! Ecco, qui sta andando al bar...»

«Mi faccia vedere» gli intima il commissario, sporgendosi per guardare meglio il telefono di Antonio. Lui ovviamente ha scelto di non seguirla su Instagram: già è il suo peggior incubo, ci mancherebbe solo dover vedere la sua faccia pure al cellulare.

«Eh sì, vede, queste sono le storie di stamattina, qui è al bar, qui è andata a fare la spesa, qui sta accarezzando il gatto, qui è al bagno...»

«Al bagno? Antonio, mi sta dicendo che questa pubblica delle storie ogni volta che fa qualcosa? Ma racconta anche le cose sue private?» chiede il commissario diventando nervosissimo tutto d'un tratto.

«Mmm, non saprei, sì, qualche volta...» risponde Antonio tranquillamente, prendendo un altro morso dal panino.

«Tipo? Cosa racconta?» insiste il commissario, sforzandosi di nascondere il suo terrore e ricominciando a grattarsi il collo.

«Be', magari qualche fatto che le capita... L'altro giorno, per esempio, ha parlato di uno che le ha scritto in direct per provarci con lei. Ah ah ah!»

«Ma come? Parla anche degli uomini che frequenta?

E cosa dice?» chiede agitato il commissario al povero Antonio, che improvvisamente si sente sotto interrogatorio e ingurgita il boccone con gli occhi sbarrati.

«Commissario, non lo so, ma perché mi fa queste domande?»

«No, no, così, niente, ero solo curioso. Ha detto qualcosa ultimamente su degli uomini con cui ha avuto incontri?»

«Non mi pare… A parte quello che ha raccontato quel giorno…»

«Mmh… Lo sa che questa Alice Guerra io l'avrei lasciata in prigione a riflettere su quello che ha combinato.» Lo Cascio cerca di riprendere il controllo, mentre le sue dita non riescono a smettere di tamburellare sul tavolo.

«Dai, commissario, tanto tra poco non la vedrà più, visto che andrà in Sicilia! Mi mancherà, sa.»

«Sì… In Sicilia… Anche lei mi mancherà, Antonio» risponde il commissario con un velo di malinconia.

«Intanto, quand'è che parte per le ferie? Vedrà che un po' di riposo le farà bene» gli dice Antonio con dolcezza, scambiandosi uno sguardo con l'immenso poster della Gioconda affisso sul palazzo di fronte, con un enigmatico sorriso e la scritta a caratteri cubitali: CI VEDIAMO PRESTO, MESTRE! VIENI A CONOSCERMI IL 21 LUGLIO. «Ha avuto tante pressioni in questo periodo, tra il narcotraffico, la scomparsa del signor Luigino e ora quest'inaugurazione… Mi dica come posso aiutarla, eh, mi raccomando!»

«Le ferie…» sospira il commissario, accasciandosi su se stesso. «Non me ne parli, tanto finché non completiamo questa missione qua» e con un cenno del capo indica il poster fuori dalla finestra «non se ne parla proprio di scegliere le date e comprarmi un biglietto. Ma il servizio viene prima di tutto, che ci vogliamo fare? Anzi, Antonio, a proposito di servizio: cerchi di fissare al più presto la festa per la sua promozione, mi dispiacerebbe molto non partecipare se nel frattempo sarò tornato giù in Sicilia... Anche perché, a questo punto, penso che ormai le ferie coincideranno con il trasferimento, per cui una volta che scendo mi sa che non torno più a Mestre. Quindi mi raccomando, mi faccia sapere come ci organizziamo per festeggiare!»

«Ah... Be', okay. Sì, certo, la festa. Organizziamo» farfuglia Antonio abbassando lo sguardo per scrollarsi una briciola dalla giacca della divisa.

Per un attimo il commissario strizza gli occhi e la sua mente da sbirro lo porta a chiedersi come mai Antonio sia così poco entusiasta di festeggiare la promozione a commissario; e poi gli sembra così distratto, preoccupato, in questi giorni... Ma ora non ha tempo per indagare oltre. Quando nota l'orario sul computer quasi urla: «Antonio, deve andare! È tardissimo, avevo un appuntamento in call più di mezz'ora fa!», mentre già inizia ad aprire il link.

L'agente Volpaton non se lo fa ripetere due volte; con quello che resta del suo panino, lascia velocemente la stanza.

«Mi scusi, dottoressa» dice il commissario con un tono tra il suadente e il colpevole, da bambino beccato con le mani nella marmellata, rivolgendosi alla persona che lo stava pazientemente aspettando dall'altra parte dello schermo. È una donna mora sulla quarantina; alle sue spalle si possono intravedere due piante e vari attestati appesi al muro. «Ho ricevuto una telefonata che mi ha fatto perdere un sacco di tempo... fatalità, è arrivata la cucina nuova. Ironia della sorte.»

«Sì, Salvatore. La cucina nuova per la sua casa a Mestre. Quando lunedì mi ha chiesto di riprendere le nostre sessioni, mi stava dicendo che, per l'appunto, non sa come gestire questa situazione» riprende lei, molto pacata, con un'espressione empatica, ma professionale. «Sembra che tutto si stia accumulando su di lei e non sa cosa fare, mi diceva.»

«Sì, sono in difficoltà» risponde il commissario abbassando gli occhi.

«Cosa la tormenta di più?»

«Non capisco più cosa voglio. Tornare in Sicilia è il mio sogno, è la mia terra, c'è la mia famiglia. Ma proprio quando ho ricevuto la notizia del trasferimento, che era la cosa che desideravo di più al mondo, ho sentito solo un peso sul cuore! Non riesco a capire perché. Dovrei gioire! Non l'ho detto nemmeno a mia mamma, anche perché, da quando sono arrivato qua, io ho sempre pensato che Mestre faccia schifo, che sia una città di merda, però ora non lo so... Il lavoro mi piace, qui sto bene, avevo appena ordinato la cucina nuova... E poi tutto il resto non aiuta. L'ultima poi...» dice ricominciando a tamburellare nervoso con le dita sul tavolo. «È successa una cosa gravissima. Ho passato la notte con una ragazza che dovevo arrestare... un'*influencer*... La stavo portando in prigione e... invece l'ho portata in spiaggia. Ma cosa mi è preso?! È stato molto bello in verità, però...» Si tormenta i capelli, poi si vede nella finestrella di Zoom e si spaventa, allora subito si pettina con la mano come faceva sempre sua madre quando era bambino. «Però a essere sincero ci sono rimasto troppo male quando dopo quei momenti così... piacevoli, lei all'improvviso mi ha chiesto di portarla in prigione» confessa con gli occhi spenti. «E poi...» Qui il commissario cambia completamente tono ed espressione, passando dalla mestizia alla rabbia. «E poi ho paura che faccia delle storie su Instagram raccontando tutto. Lei capisce cosa potrebbe succedere se viene fuori questa storia? Ho avuto a che fare con lei per un caso su cui ho lavorato e si è comportata malissimo! Quindi so già che non mi posso fidare!»

«In effetti c'è tanta carne al fuoco, sento molta collera nelle sue parole. Cosa prova riguardo alla notte che ha passato con quella ragazza?»

«Come mi sento... Be', innanzitutto non si inquinano le prove di un'indagine! Quella è una stronza! Sono veramente arrabbiato con lei e soprattutto deluso, perché ha pensato di prendersi gioco di me. Sono incazzato nero!»

«Non è che forse è più arrabbiato con se stesso che con gli altri? Forse sta combattendo contro quello che lei sente di dover fare, che magari è diverso da quello che invece *vorrebbe* fare?»

«Ma... cosa significa?»

«Ci ragioni. Salvatore, il tempo è quasi finito per oggi. Ma ci pensi in questi giorni: lei cosa desidera davvero? Magari ne riparliamo mercoledì prossimo?»

«Certo, a mercoledì.»

«Cerchi di arrivare puntuale, *se può*» sottolinea lei con dolcezza. «Così avremo un po' più tempo.»

«Eh, dottoressa... Lo sa com'è, qui in commissariato. Non abbiamo un attimo di respiro» farfuglia lui riprendendo in mano il foglietto che aveva appallottolato poco prima: una multa presa per eccesso di velocità portando l'influencer a Jesolo sabato sera.

* * *

Casa di Alice, Mestre, giovedì 20 luglio, ore 00.30

Giorni di convivenza con la mia amica Vespasiana: 3
Borse di Chanel tutte uguali ma di colori diversi: a occhio e croce almeno 6 (ma come ha fatto a portarle nel trolley?)
Sorrisi finti elargiti per quieto vivere: 19
Parolacce pensate ma non dette: 163

«Vespy, mi fai entrare in bagno?»

«Cinque minuti!»

Ma porco can! Neanche a mezzanotte posso fare pipì in pace, ma si può vivere così? È ancora in bagno, e io qui fuori che mi contorco, io non ci posso credere. Ma cosa fa lì dentro? Sta creando un'azienda di maschere per il viso? Sta progettando una strage? Cosa fa?

Passa in bagno dalle due alle tre ore al giorno e, ironia della sorte, io sto assumendo un drenante alla betulla per sgonfiarmi. Lo avevo comprato con grandi speranze la settimana scorsa e l'ho pagato un fracco di soldi, non voglio essere costretta a smettere di prenderlo solo perché lei è un'egoista maleducata!

Mio Dio, sto morendo, se poi finisco in ospedale per problemi alla vescica io giuro che la denuncio, voglio vedere dopo se fa ancora così!

«Vespy, ti prego, sto male!»

«Cinque minuti e ci sono!»

Oddio, me la sto facendo addosso. Cosa faccio?

No, io vado in giardino. Non ce la faccio più. Non posso reggere nemmeno un altro minuto! Basta. E così faccio una cosa che non avrei mai pensato di fare prima nella mia vita: la pipì nel giardino condominiale.

Scendo le scale, sperando che nessuno mi veda, e mi metto dietro a una siepe... Praticamente sono diventata un cane che deve espletare i suoi bisogni sull'erbetta! Quant'era bella la libertà quando il mio bagno era MIO!

Per fortuna è tardi, non c'è nessuno, altrimenti come potrei spiegarlo ai vicini? Spero con tutto il cuore che non mi abbiano vista, altrimenti pensate che figura. Comunque, nella mia vita precedente io devo essere stata tanto cattiva per meritarmi questo adesso, perché non è possibile. Risalgo le scale, entro in casa e lei è ancora in bagno. Hai voglia ad aspettare.

Responso: non voglio mai più invitare persone a casa mia. O meglio, non permetterò mai più che qualcuno si autoinviti a casa mia.

Non sono abituata ad avere gente per casa, è una vera e propria invasione della mia privacy e sto impazzendo! Eppure non mi ricordo di averle mai detto: «Fai come se fossi a casa tua». Invece indovinate cosa sta facendo Vespasiana?

Ripercorriamo i punti salienti di queste tre giornate infernali:

- ha degli orari assurdi. Di giorno dorme e di notte sta sveglia, guarda Netflix, scorre video su Instagram a volume alto, ascolta musica e si mette ad aprire il frigo e a farsi le maschere su qualsiasi parte del corpo. Mi sveglia dalle sette alle otto volte a notte, sono distrutta;

- canta. Canta continuamente, è un incubo. Sembra di avere il Cantatù in casa… Per carità, non è stonata, ma anche se la guardo male per cercare di farle capire che mi dà fastidio lei non smette, anzi, sorride e canta ancora più forte perché pensa mi piaccia;
- il mio bagno non è più un bagno, è diventato un TigoTasi.[1] Pullula di prodotti. Io pensavo di essere ossessionata dalle maschere viso, ma fidatevi, non è niente. Lei ha: maschere per il viso, maschere per le labbra, maschere per il contorno occhi, maschere per i capelli, maschere per i piedi, maschere per le dita delle mani, maschere per le unghie, maschere per i gomiti, maschere per il cuoio capelluto, maschere per sbiancare i denti. Se trovassi anche una maschera per il buco del culo non mi stupirei. Ma come ha fatto a portarsi tutta 'sta roba in quel trolley? Cos'è, la borsa di Mary Poppins?
- la prima cosa che ha fatto, il giorno stesso in cui è arrivata (dopo una doccia di tre ore, naturalmente), è stato chiedermi di fornirle un cassetto per mettere le sue cose. Educatamente io l'ho portata nel mio studio/guardaroba, ho aperto un'anta dell'armadio e le ho mostrato un cassetto, dal quale ho tolto una decina di berretti di lana, appoggiandoli sopra alla scrivania. Nel frattempo sono uscita per accompagnare la zia a comprare i bovoletti, e quando sono tornata

[1] Catena molto famosa in tutto il Veneto di negozi specializzati nella vendita di prodotti per la cura della persona e per la pulizia della casa.

tutti i suoi vestiti erano piegati e appesi nell'armadio, mentre i miei cappotti invernali erano ammassati sopra i berretti sulla scrivania. Quindi, oltre al bagno, si è appropriata anche dell'armadio;

- tenendo in considerazione che i miei gatti la odiano perché è un'intrusa che sta distruggendo i nostri ritmi, ha detto che ne è leggermente allergica, quindi vorrei anche comunicarvi che, oltre alle altre rotture di scatole, si soffia il naso duemila volte al giorno e ha sempre gli occhi gonfi;
- mi chiede continuamente di fare delle cose. Soprattutto quando mi sono appena seduta sul divano, ovviamente. Mi porti i fazzoletti? Mi passi il telecomando? Mi presti un pigiama? Mi porti un bicchiere d'acqua? Mi metti la maschera sui capelli? Ma porca puttana! Ma arrangiati, dico io!

Ed ecco il motivo delle 163 parolacce.

Insomma, non la sopporto più. Per carità, le voglio bene, però così è davvero troppo. Spero che questi giorni passino in fretta e Vespasiana torni presto nel suo habitat naturale di lusso e vasche Jacuzzi.

* * *

Centro commerciale Nave de Verze, Marghera, giovedì 20 luglio, ore 9.35

Stamattina sono stata OBBLIGATA a portare le tre maranteghe a fare shopping. Mi ha chiamata mia zia Rosanna alle sette, tutta agitata: «Ah, Maria Vergine, no go gnanca un vestito bon par l'inaugurasion dea Gioconda! Bisogna che ti me porti a comprarlo!».

A tutto ciò, si sono aggiunte la Ornella e la Teresina, e ora siamo in un negozio di abiti eleganti per signore di alta classe, ma con prezzi accessibili.

«Zia, secondo me, potevi anche metterti il vestito quello blu del battesimo del nipote della Graziella...»

«Ma ti schersi?! Finalmente un grande evento in sta città dove che no i fa mai un casso, e vado vestia da singana? Te pol mainarte!»[2]

«Ha ragione la zia, Alice... Metti che ci riprendono i telegiornali? Dobbiamo essere preparate, cara» dice la Ornella, ottenendo un «eh ciò!» di approvazione delle altre due maranteghe, che stanno esaminando vari completi di colori improponibili appesi alle grucce del negozio.

«Allora, amore, la Vespasiana cossa ga dito de Mestre, dopo tanti anni?» mi chiede la zia, mentre prende un abito verde pisello e se lo avvicina al viso guardandosi allo specchio e facendo una smorfia schifata.

«Xe tornada a Vespasiana? So fia dea Iole?» si intromette subito la Teresina, aguzzando l'orecchio per carpire informazioni.

Oh no. In mezzo a tutto il trambusto mi sono dimenticata di dire alla zia di tenersi questa cosa per sé.

«Sì... è tornata, tutto bene, ma... per ora non ditelo in giro che... non vuole si sappia. Da quello che ho capito vuole fare una sorpresa ai suoi genitori...» chiarisco io.

«Ma cossa ti pensi, che noialtre disemo e robe dei altri in giro? Ti sa che semo bravissime coi segreti!» afferma la

2 Vado vestita da zingara? Puoi immaginarti!

Ornella risentita, mentre sta provando un abito arancione orrendo con gli strass. «Secondo vialtre questo me sta ben con le scarpe ortopediche?»

«Ah, che spettacoeo, Ornella, ma ti xe un fiore! Varda che bea!» le risponde subito la Teresina, reggendosi al deambulatore e continuando il suo discorso. «E insomma, prima gero drio dirve, che Nane Pissacan xe drio ndar dal pissicologo perché ga divorsià daea Maria Tetona...»

«Ma dai?! No a savevo questa...»

«Eh sì ciò, el gaveva più corna de na cesta de bovoetti!»

«Ahpparcarità... poareeetto Nane...» Alla fine, la zia Rosanna opta per un tailleur rosso fuoco da first lady, abbinato al sandalo ortopedico, la Ornella quello arancione, e la Teresina è ancora indecisa.

«Ma se metto e calse a compressione graduata e se vede sotto a questo vestito qua secondo vialtre?»

«No, no, Teresina, varda, ti sta benissimo!»

«Allora xe deciso! Semo pronte!»

Mentre usciamo dal negozio a passo di tartaruga per stare dietro alla Teresina col deambulatore, io penso che, effettivamente, tra la viabilità che è stata resa impossibile e tra il fatto che devo fare da badante e da taxi alle maranteghe, prima ancora di arrivare a Mestre 'sta Gioconda mi ha già rotto i coglioni.

* * *

Casa di Alice, Mestre, venerdì 21 luglio, ore 3.10

«Ti amo dal momento in cui abbiamo gareggiato insieme in quel parco. Ti ho amato a ogni ballo, in ogni passeggiata, ogni volta che siamo stati insieme e ogni volta che siamo stati lontani. Non devi accettarlo, non devi abbracciarlo o nemmeno permetterlo, anche se so che mi ami anche tu.»

«Io... Io non so cosa dire.»

«Non devi dire nulla. Devi solo fidarti che, qualunque cosa accada o qualunque cosa io faccia, ti amerò.»

No, figuratevi, non è un dialogo con nessun uomo della mia vita. Sarebbe fantascienza. È semplicemente quella stronza di Vespasiana che si sta guardando *Bridgerton* a volume altissimo. Seconda stagione, puntata sette: dialogo tra Anthony e Kate. Li conosco a memoria, ormai.

Però non possiamo continuare così! Cioè, io domani mattina ho un appuntamento di lavoro e invece sono qui alle tre di notte a cuccarmi discorsi d'amore immaginari contro la mia volontà! Eh, finora sono stata zitta e buona, ma adesso basta! Ora mi alzo e gliene dico quattro!

Mi dirigo verso il salotto, perché è lì sul divano che l'ho messa a dormire, di certo non la voglio nel mio letto. Sono imbestialita e cammino con il dito alzato, pronta a cantargliele, ma la scena che mi trovo davanti mi blocca: Vespasiana non lo sta nemmeno guardando, Netflix.

È rannicchiata sul divano, con le ginocchia al petto, che piange a singhiozzi.

Oddio, cosa faccio? È talmente disperata che non mi ha neanche vista arrivare... Torno in camera mia e faccio finta di niente? Oppure vado da lei e le chiedo come sta? Credo sia il caso di verificare cosa sta succedendo.

Mi avvicino piano, come si fa con i gatti randagi per strada, e mi siedo vicino a lei toccandole una spalla.

«Vespy, ma che succede?» le chiedo prendendo il

telecomando e abbassando il volume di *Bridgerton* (mio Dio, che sollievo per le mie orecchie).

«Niente» risponde asciugandosi le lacrime e cercando di ricomporsi, mentre dal naso le cola una riga di moccolo.

«Ma come niente? Perché piangi così?»

«Credo sia l'allergia.»

«Ma cosa dici? Come stai?»

«Alice...» Ricomincia a piangere come un fiume in piena, singhiozzando talmente forte che sembra la stiano sgozzando.

«Adesso mi spieghi cos'è successo. Ti prego» le dico abbracciandola stretta a me.

«Gius... Giustino...»

«Aspetta, prendi questo fazzolettino. No, okay, vado in cucina a prendere lo scottex, credo che i fazzolettini non bastino, guarda quanto moccolo ti sta scendendo.»

Questa mia uscita la fa sorridere e per qualche secondo smette di piangere, poi prende fiato e con un filo di voce, mentre ritorno dalla cucina con il rotolone, spara: «Giustino mi ha lasciata».

Le sue parole mi sconvolgono. Non è il momento per parlarne con lei, ma sento tutto il suo dolore perché l'ho vissuto anch'io e so cosa significa.

«Ma quando? Mi hai parlato tanto di lui in questi giorni e mi hai detto che andava tutto bene...»

«Non avevo il coraggio di raccontartelo. Mi vergognavo» dice scuotendo la testa con gli occhi gonfi.

«Ma sei scema? Di cosa ti vergogni?»

«Di essere un fallimento. Non riesco a combinare niente nella vita. Mi ha lasciata! Capisci? Mi ha lasciata!»

sibila ricominciando a piangere, mentre io mi sento impotente e cerco di abbracciarla, e i miei gatti mi guardano innervositi perché volevano dormire.

«*Tu* sei un fallimento perché un uomo ti ha lasciata?»

«Sì. La mia vita è finita. Niente ha più senso. Non so cosa fare, Alice. Sono tornata in Italia perché non so cosa fare.»

«Stai tranquilla. Intanto c'è una cosa che puoi fare: supite chea nappia.»[3]

Che stupida che sono! In questi giorni di prigionia a casa mia non mi sono accorta di niente! Ecco perché aveva sempre gli occhi gonfi e rossi... Non era l'allergia... Ed ecco spiegata anche la playlist di canzoni di Calcutta e Gazzelle. È ovvio che certe cose le ascolti per deprimerti ancora di più, se sei stata mollata.

«Vespy, perché ti ha lasciata?»

«Per quella puttana di Taylor Swiffer!»

«Ah. Ehm... Non credo che lei sia una putt...»

«Sì! È una puttana!»

«Ma, sai, non è proprio così, non si può dare colpa alle donne, cioè, queste sono convinzioni del patriarc...»

«È una puttana!» urla diventando viola in volto.

«Okay, scusa, è una puttana.»

«Grazie, sei davvero un'amica. Per fortuna ci sei tu» mi dice forzando un sorriso, asciugandosi le lacrime e abbracciandomi forte, come se fossi la sua ancora di salvezza.

«Dai, vado a prendere due bei bicchieri di tè freddo, così ti tiri un po' su.»

[3] Soffiati il naso.

«Okay, intanto mi fai vedere il profilo Instagram di Giustino?»

«Ehm... Sì, certo, tieni il mio telefono.»

Mentre le lascio il cellulare e vado in cucina, mi rendo conto che probabilmente a questo punto la convivenza non sarà breve.

Okay, io sono amica di Vespasiana, e in più penso di essere una persona abbastanza buona e magnanima, che per giunta sa cosa vuol dire soffrire per amore, quindi sono felice di aiutarla dandole ospitalità e facendole compagnia. Ci tengo a esserci per lei, voglio starle vicina; e allora come mai allo stesso tempo mi sembra che mi manchi l'aria? Sono sempre io questa persona egoista che si sente totalmente privata dei suoi spazi e della sua privacy? E quindi? Cosa si fa adesso? Chi vincerà tra le due me? Sta cominciando a salirmi l'ansia, forse è meglio prendere una pastiglietta alla lavanda.

Mentre mi dirigo in salotto coi bicchieri in mano, penso che dai, comunque Vespasiana è una persona forte, si riprenderà in un battibaleno, e poi è così bella, tra pochissimo si troverà un altro e io potrò di nuovo fare le mie cose a casa mia, riavere il mio armadio, il mio bagno e soprattutto il mio divano.

O forse no?

Quando arrivo in sala vedo che ha ricominciato a piangere rannicchiata su se stessa, come un neonato che tra i singhiozzi non riesce a respirare.

Ho idea che la questione sarà più lunga del previsto.

* * *

Casa di Alice, Mestre, venerdì 21 luglio, ore 4.15

«Vespy, tesoro, ti prego, bevi questo e cerca di tranquillizzarti» le dico mentre poso i bicchieri sul tavolo. «Andrà tutto bene, ce la farai.»

«Alice, invece non ce la faccio, non ce la faccio!»

«Ma certo che ce la fai! Dai, bevi un po'!»

«Io muoio! Muoio senza di lui!»

«Tesoro, ma ti ricordi quella canzone di Battisti? "Che non si muore per amore, è una gran bella verità..."»

«Ma cosa vuoi che ne sapesse Battisti! Giustino era tutto per me! Io non sono niente senza di lui! No... Non ce la faccio» continua singhiozzando.

«Tesoro, tu adesso sei poco lucida, ti assicuro che ce la fai!»

«Ma che cazzo dici? Non capisci, io sto male!» ripete tirando su col naso.

«Sì che ti capisco, fidati, ho passato anche io queste cose...»

«Ah sì? Anche tu? E cos'era successo?» mi chiede rialzando la testa e illuminandosi per un istante.

«Ti ricordi che quando tu vivevi ancora qui io frequentavo Piercoglione?»

Lei si soffia un'altra volta il naso e annuisce lentamente. «Come no, Piercoglione. Era un tipo carino, no?»

«Bah... *Carino*, non direi proprio. Mi ha disintegrata, sai. O meglio, mi sono fatta disintegrare. Lui e i suoi palloncini di merda. Comunque, dopo di lui...»

«I *palloncini*?»

«No, niente, lascia stare, sono un suo fetic... ehm, niente, cose sue.»

Lo sguardo di Vespasiana si accende di malizia per il tempo di un istante, poi annuisce seria. «Ah, sì, i palloncini. È un *looner*, certo» commenta come se si trattasse di una cosa normalissima di cui si sente parlare tutti i giorni. «Anche la mia amica Brianna… cioè, *ex* amica, me ne parlava con tanta gioia… Vabbè. Scusa. Dicevi?»

«Eh, ti stavo raccontando che dopo Piercoglione ho avuto una relazione molto importante, lunga, però poi sono stata lasciata per un'altra… Lui per me ormai era la mia famiglia, quindi lo so cosa provi.»

«E dopo è tornato da te? Io voglio che Giustino torni da me.»

«No. Ma ti assicuro che poi non te ne fregherà più niente. Tutte le situazioni sono diverse, però nel mio caso lui, lasciandomi, in realtà mi ha fatto un piacere, era una cosa che si trascinava da troppo tempo… Ora sto meglio. E starai meglio anche tu.»

«Ma cosa dici? Giustino era l'unico per me. Io non starò mai più bene in vita mia.»

«Ehm… sssì. Anche io lo dicevo…»

«Dopo quanto tempo ti sei ripresa?»

«Ma non conta quanto ci ho messo io a stare bene, capisci, ognuno ha i suoi tempi e così deve essere.»

«Io non mi riprenderò mai, lo so già.»

«Vespy, lo so che adesso fa tanto male, lo so che ti senti morire, ma fidati, non morirai e ti riprenderai. E adesso poi sei qui, con me, e ti aiuto io.»

«Grazie. Grazie veramente, ma io mi sento male. Mi manca l'aria. Ora mi fai vedere il profilo Instagram di Giustino?»

«Ves, l'hai appena guardato, piuttosto cosa ne dici

di provare con un po' di psicoterapia? Magari vai a fare due chiacchiere e ti senti un pochino meglio...»

«Ma io non so se me la sento, cioè... e poi... ora ho dei problemi di liquidità... Giustino mi ha tolto le carte.»

«Tesoro, non preoccuparti, te li presto io i soldi. Per me è più importante che tu stia meglio.»

«Okay. Mi fai vedere il profilo Instagram di Giustino?»

«NO! Non ti fa bene! Ti faccio una bruschetta con due pomodorini?»

«Non ho fame.»

«Te la faccio e te la mangi, punto e stop. Da adesso decido io. Ora mangi la bruschetta e domani senti uno psicoterapeuta. E adesso ti do anche una pastiglietta alla lavanda perché, Vespasiana, io tra quattro ore ho un incontro di lavoro.»

«Mi sento in colpa, non volevo tenerti sveglia. Aaah, sono un disastro, lo vedi, sbaglio tutto...» dice ricominciando a piangere disperata.

«Dai, non dire così, è tutto okay» la consolo accarezzandole un braccio.

«Per favore, puoi dormire qua?» mi chiede speranzosa, con la faccia ormai screpolata e gli occhi rossissimi.

«In che senso?»

«Qua sul divano con me, ti prego, mi sento morire.»

Mi guardo intorno disperata e controllo l'ora sul cellulare: le cinque meno un quarto.

Alle nove ho appuntamento in centro con un'azienda a cui devo consegnare un lavoro importante, sono tre notti che dormo male, i miei occhi sono quasi uguali a quelli di Vespasiana: con la differenza che con tutte quelle maschere lei poi di giorno è sempre stupenda, mentre i miei sono rossi e stanchi perché sono esaurita. Eppure, nonostante tutto, dalla mia bocca esce un: «Ma certo».

«Grazie» dice rannicchiandosi e facendomi cenno di stendermi vicina a lei.

«Tranquilla, vedrai che presto ti passerà, tu sei una donna forte, bellissima, simpatica, gentile, educata, hai un sacco di pregi, starai bene tra poco tempo. Le relazioni sono così, iniziano e finiscono, l'amore a volte fa male, però tu hai tutte le carte per stare bene, e poi ci sono un sacco di aspetti positivi di cui ancora non ti rendi conto in realtà! Potrai dedicarti di più a te stessa, alle cose che ti piacciono, alle tue passioni, puoi riscoprirti! È stupendo!» dico sorridendole, soddisfatta per essere riuscita a fare un incantevole discorso motivazionale nonostante l'ora.

«Mi puoi far vedere il profilo Instagram di Giustino?»

«Tu domani chiami uno psicoterapeuta.»

* * *

Municipio di Mestre, via Palcasso, venerdì 21 luglio, ore 13.30

«Devo scappare in commissariato, a dopo!» dice Antonio a Lo Cascio, seminando sul red carpet immacolato le briciole del panino con la mortadella che sta mangiando con gusto.

Il commissario si ferma un secondo a osservare Antonio, poi guarda nervosamente l'orologio. In teoria doveva essere già tutto perfetto per l'inaugurazione della mostra della Gioconda di quella sera con le massime autorità di

Mestre, invece ci sono ancora tantissime cose da organizzare, decisioni da prendere. Ma la verità è che questo per lui è solo rumore di fondo. L'unica cosa su cui riesce a concentrarsi sono le parole della psicoterapeuta che gli risuonano in testa, e lo tormentano da due giorni e due notti. "Lei cosa desidera davvero?", "Non è che forse è più arrabbiato con se stesso che con gli altri?", "Cosa prova riguardo alla notte che ha passato con quella ragazza?", "Forse sta combattendo contro ciò che lei sente di dover fare, che magari è diverso da ciò che invece *vorrebbe* fare?".

Il più crudele degli interrogatori, che lo mette di fronte a decisioni che lui non avrebbe mai voluto prendere. E se davvero non ci volesse più andare, in Sicilia? Se alla fine si fosse in qualche modo affezionato a Mestre? Ma se deciderà di rifiutare il trasferimento, il suo unico amico perderà la promozione a commissario, e sarà tutta colpa sua... È una situazione tremenda.

«A più tardi, Antonio. Cerchi di raggiungermi appena possibile, che qua tra un po' si scatenerà l'inferno.» Lo saluta con gli occhi tristi, poi si siede sulla grande scalinata di marmo nell'atrio del municipio di Mestre, prendendo il telefono per rispondere all'ennesima mail del sindaco che gli è appena arrivata.

Rialzandosi per tornare alla sala grande, il commissario Lo Cascio sale nervosamente al primo piano, con il pensiero che va al primo cassetto della sua scrivania, in ufficio, dove – accuratamente riposta in una cartelletta verde scuro chiusa da un elastico in tinta – adesso c'è la famosa lettera di trasferimento firmata. "Ti devi concentrare sulle cose giuste" ordina a se stesso, entrando nella grande sala dove gli addetti del fiorista stanno sistemando delle composizioni floreali gigantesche, mantenendosi però ben lontani dal piccolo palcoscenico centrale su cui è stata montata una quinta, coperta da una tenda di broccato celeste e presidiata da centinaia di telecamere, raggi laser a reticolo mobile sincronizzati per cambiare posizione ogni due secondi, infrarossi, rilevatori di umidità, laser a pressione calibrata, un getto di nebbia di sicurezza e da quattro militari francesi in alta uniforme con il pennacchio in testa, che sembrano tutti gemelli e da ieri sera si alternano ogni tot di ore, tenendo in mano ciascuno una lancia lunga almeno due metri con lo sguardo fisso nel vuoto, senza apparentemente muovere neanche un muscolo.

Tormentandosi il ciuffo con una mano, il commissario esce ad affacciarsi al balconcino per prendere una boccata d'aria, quando sente il telefono che gli vibra in tasca: una chiamata. Sicuramente sarà ancora il sindaco che vuole attaccargli uno dei suoi discorsi sull'incredibile opportunità che l'inaugurazione di quella sera costituisce, l'occasione di rivalutare finalmente Mestre agli occhi del mondo, l'importanza di mostrarsi all'altezza delle aspettative e bla bla bla...

Gli risponde subito: «Siamo quasi pronti, è tutto perfetto, vuole venire a vedere?» mentre lancia un'occhiata disperata alla sala, dove ci sono ancora centinaia di sedie accatastate e continuano ad arrivare persone con altri fiori da sistemare. Poi si volta di nuovo verso lo spiazzo di fronte al municipio, sentendo la familiare fitta della gastrite alla vista dell'enorme tir di massima sicurezza con i colori della bandiera francese, parcheggiato proprio di fronte al comune e circondato dalle camionette più piccole delle televisioni di tutto il mondo, con i vari giornalisti appostati lì dalla sera prima e sparpagliati sotto di lui.

La fitta diventa una tenaglia, quando la voce che gli risponde non è quella del sindaco.

«Ma chi ti facisti in testa?»[4]

«Mamma...» guaisce il commissario.

«Madunnuzza bedda, mi facisti vergognare stamattina. Ti ho visto su Al Jazeera e parevi pazzu completu!»

«Al Jazeera?»

«Te ne devi andare dal barbiere SUBITO. Mi hai capito? SUBITO. Ma scusa, stai per avere il tuo momento di gloria e tu anziché metterti in mostra t'apprisenti come un barbone?»

«Mamma, io...»

«Mi raccomando, Totuzzo, non mi fari abbiliari.[5] Questa è la tua grande occasione! Altro che trasferimento in Sicilia, quelli ti mandano A ROMA! Vedrai! Ti fanno subito ministro della Giustizia, come ti meriti! E io e papà non ti lasciamo da solo, ce ne veniamo pure noi a vivere a Roma insieme a te. Sei contento? Perciò mi raccomando, facci fari bella figura a questa madre che ti ha cresciuto portandoti sempre in palmo di ma...»

«Ti voglio bene, mamma. Tranquilla. Tutto sotto controllo» la blocca prima che lei scoppi nel solito pianto lamentoso con cui è riuscita a estorcergli qualsiasi tipo di promessa fin da quando era bambino. Poi fa un respiro profondo, risponde con un sorriso agli sguardi dei giornalisti sotto di lui e infila una mano nella tasca interna

4 Cos'hai fatto ai capelli?
5 Non mi dare un dispiacere.

della giacca, benedicendo l'intera industria farmaceutica e cacciandosi in bocca il penultimo Maalox di questo blister. Al Jazeera o CNN che sia, deve necessariamente trovare un momento per andare a comprarsene un'altra confezione.

* * *

Balconcino del municipio di Mestre, via Palcasso, venerdì 21 luglio, ore 13.45

Lo Cascio prende il telefono, per qualche secondo scorre il feed di Instagram, ma lo richiude subito, per paura di vedere qualcosa che riguardi *quella là*. ("Cosa prova riguardo alla notte che ha passato con quella ragazza?")

Cristo santo, ma come gli è venuto in mente di mettersi a fare certe cose con quell'influencer, che cosa gli è preso? Un commissario di polizia rispettabile come lui che si ritrova a commettere atti osceni in luogo pubblico con una sospettata, anzi perdipiù un'influencer che fa le storie su Instagram anche per avvisare la gente che è andata in bagno. Figuriamoci se una come lei riuscirebbe a tenersi questa cosa per sé! E lui perderà il lavoro, se questa storia viene fuori! E quella è pazza completa, ha scavalcato un cancello, ha scritto una lettera finta per inquinare le prove di una *sua* indagine, lo ha preso in giro, quella non sta bene... Chi glielo dice a lui che non farà una storia su Instagram: "Sono andata a letto col commissario di Mestre: Voto dieci!"?

Lo Cascio continua a toccarsi nervosamente i capelli, cercando di aggiustarseli meglio che può. Perderà il lavoro.

Perderà la faccia. Lo verrà a sapere tutta Italia, quella ha seicentomila follower! (Okay, è andato sul suo profilo a controllare, ma solo per un dovere di precisione che nel suo ruolo è imprescindibile, non certo per la curiosità di vedere i suoi contenuti...) In più, proprio adesso che Mestre si trova sotto i riflettori di tutto il mondo!

Però potrebbe andare anche peggio di così... E se il voto invece fosse appena sufficiente? Magari un sei meno? O ancora peggio un cinque e mezzo? No! Che figura che farebbe. Perderebbe il lavoro e anche ogni possibile appeal sulle donne. Un cinque e mezzo lo distruggerebbe per sempre.

Vede già gli articoli in prima pagina sul giornale, con i titoli a caratteri cubitali in tutte le edicole di Mestre: *Salvatore Lo Cascio, di giorno fa la guerra al crimine, di notte si fa la Guerra.* Mamma mia, se scoprissero che è andato a letto con una che si mette in testa le fasce leopardate con le orecchie, che porta le ciabatte fucsia col pelo e che mangia purè e strachinea... Che figura di merda! Anni di onorato e impeccabile servizio rovinati da un video su Instagram, per non parlare dei possibili risvolti internazionali.

Facendo un piccolo cenno con la mano al giornalista di Al Jazeera che lo ha intervistato poco prima, il commissario si appoggia stremato alla balaustra. E se il voto fosse addirittura tre? Questo spiegherebbe perché, quella mattina, appena sveglia, lei gli ha detto: «Senta, mi porti in prigione, che qua fa caldo». Niente, non c'è speranza, è rovinato. Gli tornano in mente le immagini di quella notte. "No dai, non può essere un tre" si consola. "Non è decisamente un tre."

Per un momento, pur non volendo, si ritrova a sorridere pensando alle mutande di Winnie the Pooh. Che cosa dolce. “No, no, no, fermi tutti” si dice mentre fa un passo indietro sul balconcino ornato di fiori rossi, bianchi e blu e si ferma a osservare le grandi bandiere che sventolano sulla città, promettendo ordine, pace e sicurezza. Lui è il commissario di Mestre: un uomo adulto, un ufficiale, una persona seria e per bene. Se gli hanno affidato un incarico di tale importanza come l’inaugurazione di quella sera, vorrà ben dire che a maggior ragione sarà in grado di gestire la relazione con un’influencer. No? “Qua bisogna trovare una soluzione.”

Allora riprende il telefono, apre le chat e le scrive un messaggio. *Dobbiamo parlare.*

Poi cancella e digita: *Ciao Alice, credo che noi due dovremmo parlare.*

No, lo cancella di nuovo e scuote la testa: niente, non farà niente. Se lei non si fa sentire, non deve farsi sentire nemmeno lui, sennò poi magari quella si mette in testa che lei gli piace e che è un sottone, ma lui ’ste figure non le vuole fare. Però chissà cosa pensa, Alice. Sarebbe curioso di saperlo. E chissà se c’è qualcuno che lo ha chiesto anche a lei. “Cosa provi riguardo alla notte che hai passato con il commissario Lo Cascio?”

“Speriamo di no” decide risoluto. Comunque adesso la strategia è chiarissima: lui non le scriverà, non la chiamerà e continuerà a ignorarla in ogni modo, così lei si dimenticherà di quello che è successo e il suo buon nome di uomo e di commissario sarà protetto. Anzi, farebbe bene a dimenticarsene pure lui. Forse effettivamente è proprio il momento giusto per andarsene in Sicilia; ma tanto, anche se proprio dovesse decidere di rimanere a Mestre, bene o male la città è grande. Non è poi così facile incontrarsi.

* * *

Municipio di Mestre, via Palcasso, venerdì 21 luglio, ore 21.05

Le tre maranteghe e io arriviamo all'ingresso principale della mostra della Gioconda.

Loro, tutte imbellettate coi vestiti nuovi e profumate con una quantità a livelli tossici di Chanel N°5 tarocco comprato al TigoTasi, che attaccano bottone con chiunque a ogni metro.

«Ciao, Bruna! Come staeo Arnaldo?»

«Ciao, Patrissia! Eora come va co l'artrite?»

Io vestita come sempre, tanto la Gioconda l'avevo già vista al Louvre, e poi penso che a lei non freghi assolutamente niente di come sono conciata io.

Vespasiana ha deciso di non venire, dice che non se la sente, che sta troppo male e che ha solo voglia di piangere. Ho insistito un po', poi l'ho lasciata a casa. Mi spiace, ma non potevo mica trascinarla di peso. Comunque non è sola, ci sono i gatti con lei... Okay, loro la odiano, ma in qualche modo le faranno compagnia.

La folla è ovunque, mai vista così tanta gente a Mestre in tutta la mia vita: telecamere, giornalisti di ogni etnia che parlano ai microfoni, sembra quasi l'elezione del nuovo Papa.

Le maranteghe si fermano a parlare con due signori anziani, tutti tiratissimi, in camicia, scarpe eleganti e con la brillantina che tiene ben saldi i quattro capelli che hanno in testa.

«Ciao, Gino! Ciao, Nane... Niente bar, oggi? No pensavo ve interessasse l'arte!» esclama la Teresina stupita.

«Come l'arte? Noialtri semo qua perché i ne ga dito che ghe gera na mona...[6] I parlava tutti de sta mona... A mona il 21 luglio al municipio... Eora semo qua par vederla sta bea mona!» dice uno dei due pettinandosi i capelli, mentre l'altro annuisce sistemandosi il colletto della camicia e guardandosi dal riflesso della porta del municipio per controllare di essere perfetto per l'occasione.

«Ma che mona e mona! A xe a Mona Lisa, el quadro! Deficienti!» li rimprovera la Ornella prendendo le altre due maranteghe sotto braccio e allontanandosi.

«Ahpparcarità... tutti compagni i omeni»[7] esprime la zia Rosanna con disgusto.

Il sindaco sale sul palco e le maranteghe si spingono prontamente tra la folla. «Permesso, permesso, abbiamo una persona invalida col deambulatore, dobbiamo passare!»

Che disgraziate.

Io resto un po' indietro, in disparte; troppa calca, mi manca l'aria, sapete che troppa gente mi fa sentire male. Intanto vicino al sindaco arrivano gli ufficiali di polizia, i carabinieri, i giornalisti.

Tra di loro, ovviamente intravedo *lui*: il commissario. Ero sicura che ci sarebbe stato, non potrebbe mica

[6] Mona in veneto in questo caso significa grandissima gnocca.
[7] Tutti uguali gli uomini.

mancare il commissario di Mestre a una cerimonia del genere, ma fortunatamente c'è troppa gente perché possa notarmi e sapevo che sarei riuscita a mimetizzarmi senza difficoltà. Ma che capelli ha oggi? Si è pettinato coi petardi? Forse dovrebbe andare dal barbiere…

«Per troppo tempo Mestre è stata all'ombra di Venezia» annuncia pomposo il sindaco. «Ma oggi no! Oggi è il momento di ribaltare tutto! Oggi dimostriamo al mondo il nostro valore!»

Applausi.

«Gera ora!» grida qualcuno.

«Ah, Maria Vergine, che emossion, go parfin e scaldanee!»[8] dice una signora davanti a me, mentre si fa aria con un ventaglio.

Io da dietro non vedo niente, così mi sposto, ma le persone intorno a me sono troppo alte e io troppo bassa: distinguo solo i parrucchini con la permanente delle signore anziane che ho davanti.

«Signore e signori… Vi presento…»

Il sindaco, col petto gonfio, ordina ai suoi assistenti di spostare la tenda. «La Giocond…»

Io continuo a non vedere niente, ma succede qualcosa.

Sento la folla sussultare. Una signora vicina a me si mette una mano sulla bocca ed esclama a bassa voce: «Ah, Signore…».

Tutti restano immobili, in silenzio, impietriti. Cercando di rimanere sempre un po' nell'ombra, mi inserisco tra due cespugli enormi di fiori per spiare il commissario e capirci qualcosa. Lui si mette le mani in testa.

[8] Vampate di calore.

Sembra veramente sotto shock. Provo a farmi strada per capire cos'è successo, e niente, sussulto pure io: la Gioconda non c'è. Dietro il tendone c'è solo un muro bianco, vuoto, con un chiodo solitario piantato dentro.

Qualcuno urla: «Ma dove casso xea?». Riconosco la voce, è la zia Rosanna.

«O savevo mi! Me so messa e calse a compression par niente!» esordisce la Teresina.

«Ma roba da no credar! Go parfin i sgrisoi!»[9] aggiunge la Ornella, indicando alle altre due di guardarle il braccio con la pelle d'oca.

«Eh, niente gnanca stavolta Nane...» commenta Gino con delusione. «Andemo al bar.»

Il sindaco vacilla, così il commissario si avvicina a lui e lo prende per un braccio, in modo che non cada, e inizia a urlare: «Fuori! Fuori tutti, non c'è niente da vedere! Sgomberate la sala!».

I poliziotti fanno uscire le persone, c'è un gran vociare e, tra le facce sconvolte e le vecchiette arrabbiate, ritrovo le mie maranteghe.

«Aaahpparcarità. Una volta che succede na roba a Mestre, anca questa i ne a ga ciavada»[10] dice la Teresina con delusione, mentre si avvicinano a noi delle signore.

«Ti ga visto, Bruna? Cossa te par?»[11] chiede la zia alla signora che aveva salutato appena arrivate.

«Eh, ma gera da vedarla! Semo a Mestre... Co uno

[9] Brividi.

[10] Anche questa ci hanno rubato.

[11] Cosa ne pensi?

nasse sfigà... Ghe piove in cueo anca da sentà...»[12] risponde lei.

Le maranteghe annuiscono con aria mesta, e in quel momento ci raggiunge Luigino che passava per di là in bicicletta, con il mangime delle galline nel cestino.

«Cossa xe successo? Perché ghe xe tutta sta gente?»

«Luigino, i ga rubà a Gioconda! El quadro!»

«Eh, va ben dai, cossa sarà mai! Te pol ricomparlo ae bancaree! Varda là, i vende i quadretti a diese euro. I xe bei sa!»[13]

Io e le maranteghe ci guardiamo, vorremmo controbattere, ma poi decidiamo di stare zitte.

«Va ben, ciao Luigino, noialtre ndemo casa va là.»

Mentre ci dirigiamo al parcheggio...

«Ghe xe un ladro a Mestre! Oh, Signore, ma no xe gnanca robe permesse al mondo! No se pol mai star tranquii qua!» urla la zia, terrorizzata.

E io so già cosa mi aspetta.

«Alice, accompagnami fin sulla porta di casa sai, che go paura!»

Ecco, appunto.

[12] Quando uno nasce sfigato, gli piove nel culo anche da seduto.

[13] Eh va bene, cosa sarà mai, puoi ricomprarlo alle bancarelle. Guarda là, vendono i quadretti a dieci euro! Sono belli!

Lumache, lumachine,
venite in fila qui sul lavandino.

Marciate tutte belle ordinate,
e così la pace a me portate.

Ora faccio tre giri su di me,
e quando avrò contato fino a tre
potrò ritornare nella mia casetta,
conchiglia perfetta che sempre mi aspetta.

Lumache, lumachine,
mostratemi il passo che riporta vicini,
dove ogni amore ha rifugi divini.

4

E un po' mi penserai, ma saremo lontani
Coez, *Le parole più grandi*

Casa di Alice, Mestre, sabato 29 luglio, ore 12.30

Giorni di convivenza con Vespasiana: 12
Parolacce dette ad alta voce: 1
Parolacce dette a mente: 427
Coglioni girati: a 1000

Vivere con Vespasiana si sta rivelando più difficile del previsto; in questa assurda situazione che stiamo passando, ci sono delle costanti e delle novità:

- Costante: Vespasiana piange venti ore su ventiquattro dal giorno in cui è venuta a vivere a casa mia. Prima cercava di nasconderlo con la scusa dell'allergia, ma da quando l'ho scoperta non ha più ritegno e purtroppo non c'è modo di farla smettere.
- Costante: Vespasiana controlla ottantasette volte al giorno (ma forse anche di più) il profilo di Giustino

dal mio account Instagram. Ogni giorno trova qualche storia o post che ritraggono Giustino e Taylor insieme e alterna reazioni di rabbia e disperazione, poi si mette a meditare, poi respira, poi fa yoga, e poi piange di nuovo. Sto cercando di farle capire che forse sarebbe meglio smettere di spiarli, ma appena provo a dirle qualcosa mi aggredisce, quindi per quieto vivere ho deciso di stare zitta. Anzi, addirittura le ho dato il pin del mio cellulare, cosa che in vita mia non ho mai fatto con nessun altro, così almeno si arrangia, perché sentirmi ripetere continuamente: «Mi fai vedere il profilo di Giustino? Mi fai vedere il profilo di Giustino? Mi fai vedere il profilo di Giustino?» stava diventando un po' troppo per me.

- Novità terribile: io e Vespasiana dormiamo insieme. Siccome aveva iniziato a obbligarmi a rimanere ogni sera sul divano con lei, e capirete bene che era una situazione davvero scomoda, ho ceduto e adesso dormiamo entrambe nel mio letto matrimoniale, dove lei mi abbraccia piangendo dalle quattro alle cinque volte a notte. Inoltre, tenendo in considerazione il fatto che ha sempre il naso chiuso per il troppo piangere, russa. Come un trattore ingolfato. Questo è il motivo dell'ottanta per cento delle parolacce che dico a mente. Il restante venti per cento riguarda l'inadeguata condivisione degli spazi comuni, ovvero in particolare la mia impossibilità di fare la pipì quando voglio.
- Novità frizzante: a proposito di pipì... l'altra sera, tornando dal lavoro, un mio vicino di casa mi ha

vista accovacciata in giardino e si è avvicinato non capendo cosa stessi facendo e chiedendomi se avessi bisogno di aiuto. Quando i nostri sguardi si sono incrociati, a entrambi è preso un coccolone. Gli ho detto che non era come pensava, che stavo raccogliendo dei funghi. A luglio. A Mestre. Pisciando. Lui se ne è andato coprendosi gli occhi con le mani. Forse chiameranno il centro salute mentale a breve. E non voglio immaginare quale sarà l'oggetto della prossima riunione condominiale.

- Novità severa ma giusta: Vespasiana e io abbiamo litigato. Il motivo è stata quell'unica parolaccia che mi è uscita a voce alta. Vespasiana, mentre si lavava i capelli stava cantando «lo riconoscerei il tuo nome, tra quasi otto miliardi di personeee», una canzone di Frah Quintale, e io, ormai sfinita, le ho urlato: «Eh, ma basta, hai rotto i coglioni!». Vespasiana è scoppiata a piangere e non mi ha parlato dalle 12.53 del 25 luglio alle 16.32 del 26, fino a quando non le ho portato a casa una maschera al propoli e miele argentino per il contorno occhi e se l'è fatta passare.
- Novità positiva: Vespasiana ha iniziato ad andare da uno psicoterapeuta! Ha già fatto due incontri, lo so perché le sto dando io i soldi per pagarlo, e devo dire che, dopo la prima seduta, sembrava stare già meglio! Certo, piange ancora venti ore al giorno, però mi sembra più propositiva. Sono sicura che presto starà bene!
- Novità davvero rassicurante: ha iniziato anche a uscire, oltre che per questo anche per svago, poco

e sporadicamente, bardata come una psicopatica, con cappello, occhiali da sole e foulard fino al naso, ma è comunque qualcosa! Non mi è dato sapere dove vada, ma credo stia andando a fare qualche piccola passeggiata nel quartiere con le cuffiette, però secondo me già prendere un po' di aria le fa bene. Sono soddisfatta di questo, mi ricordo che quando sono stata lasciata io, dopo la mia storia lunga, andavo a camminare al parco con le cuffiette ascoltando musica triste. Un giorno cantavo, un giorno piangevo, e le vecchiette con le badanti sedute sempre alla stessa panchina non sapevano cosa aspettarsi, però di certo in quel periodo avevo fatto due belle gambette e mi sfogavo, quindi al ritorno a casa mi sentivo meglio.

Per esempio, poco fa Vespasiana si è messa le scarpe da ginnastica ultraleggere, ha sistemato la catena della borsa di Chanel color mirtillo e gli occhiali da sole da diva, muso duro e barretta fraccada[1] e se n'è andata a fare un giretto, così finalmente mi sono potuta riappropriare del mio comodissimo divano!

Oh, quanto mi mancava sedermi qua, col mio ventilatore sparato addosso e la maschera all'anguria in faccia! Che meraviglia. In attesa che inizi la puntata di Jessica Fletcher, giro tra i canali alla velocità della luce perché, come al solito, in tutti i telegiornali ancora non si vede altro che la faccia della Gioconda, oppure l'ennesimo appello del direttore del Louvre

[1] Faccia incazzata e berretto tirato giù fino al naso.

che cerca di convincere i ladri che l'hanno rubata a restituirla, di solito seguito da un'intervista dove il commissario, con le occhiaie sempre più profonde e i capelli sempre più pazzi, assicura che stanno facendo tutto il possibile per ritrovarla, con l'aiuto dell'FBI, del KGB e dei servizi segreti francesi. Quindi bisogna andare velocissimi con il telecomando perché non lo voglio vedere manco nello schermo della tv. Per fortuna appaiono le mani di Jessica che battono sulla macchina da scrivere e affondo felice nel divano. Ma non faccio in tempo a rilassarmi, che subito la sigla della *Signora in giallo* suona pure dal telefono: è la zia Rosanna.

«Alice! Alice!» urla come una pazza dall'altro capo.

«Dimmi, zia» rispondo io allontanando il telefono dall'orecchio, visto che mi ha assordata.

«Ah, Signore! Ah, Maria Vergine! Xe successa na roba terribile, amore!» mi dice con la voce tremante.

«Cossa xe successo, zia?» Mi metto seduta sul divano, mentre inizia a battermi il cuore dall'ansia e ho un déjà-vu di Luigino, il vecchietto che recentemente era scomparso, scombussolando tutto il quartiere per una settimana.

«I me ga rubà i bovoetti!»

* * *

Casa di Alice, Mestre, sabato 29 luglio, ore 12.45

«Cosa?» chiedo per essere sicura di aver capito bene.

«Sì, i me ga rubà i bovoetti, Alice! Qualcuno mi ha rubato i bovoletti! Li stavo lavando in cortile, li ho coperti con una canovassa[2], mi sono assentata e quando sono tornata non c'erano più!» mi risponde sconvolta.

«Zia, dai, li avrai messi da qualche parte…»

«Varda che no so miga deficiente! Me li hanno rubati!» dice incazzata.

«Ma zia, ma che cosa se ne fa uno dei bovoletti?» le chiedo mentre già inizio ad alzare gli occhi al cielo. Vi prego, no, un altro dramma non posso sopportarlo adesso.

«Non lo so, sti disgrassiati maledetti! Ormai questa città non è più sicura come una volta! Quando ero giovane io, Mestre era un bel posto, via Piave era la via dei ricchi, adesso guarda che degrado, guarda che disgrassiati! Prima la Gioconda e adesso i bovoletti… Bisogna trovare il ladro!»

«Dai, zia, della Gioconda si occuperà il commissario, ma tu adesso non vorrai mica aprire un'indagine per trovare il ladro di bovoletti?»

«Certo! Guarda che li avevo pagati dieci euro! Di questi tempi anche dieci euro sono importanti! Sai che io con la pensione faccio fatica! Adesso chiamo subito il commissario e gli dico di venire qua, che ho paura del ladro! Vieni subito anche tu!»

«Vabbè, adesso, senti, zia… il commissario… insomma… non scomodiamolo per una cosa così piccola… avrà robe più importanti a cui pensare.»

«Alice, ma stai scherzando? È una cosa gravissima! I bovoletti i me ga rubà! Tu sai quanto ci tengo, sono la più brava di Mestre a fare i bovoletti, lo sanno tutti!»

«Sì, ma dai, non serve chiamarlo, davvero, fidati di me…»

2 Uno strofinaccio.

«Tasi. Fai presto che il ladro potrebbe essere ancora in zona. È lo stesso che ha rubato la Gioconda, me lo sento!»

«Ma no, zia... Secondo me stai esagerando!»

«Dai, mettiamo giù il telefono che chiamo il commissario Lo Casso.»

«*Lo Cascio!* Comunque no, zia. Per dei bovoletti, non ha senso che lo chiami, e poi fa caldissimo, ti prego, non farmi venire fino a là...»

«Movate, e no sta rompar i maroni.»

«Fff... Va bene. A tra poco.»

«Ciao. Ah, 'sti disgrassiati. I me bovoletti!»

Oh no, vi prego no, un'altra volta non posso sopportarlo. Siamo usciti solo da un paio di settimane (e non del tutto indenni) dalla storia del serial killer, visto che mia zia era convinta che ci fosse un *sera triglie* che girava per Mestre e che avesse assassinato il povero Luigino... Adesso che abbiamo la città piena di gente assurda per la faccenda della Gioconda, non possiamo iniziare pure con la psicosi del ladro di bovoletti, non penso di potercela fare stavolta. Innanzitutto, io non sono Jessica Fletcher e non ho nessuna voglia di lasciarmi trascinare di nuovo in un'indagine. Non ha senso, non c'è niente su cui indagare questa volta, la Gioconda non è un problema mio, i bovoletti nemmeno e comunque ho troppi impegni importanti; in più, con il fatto che con Vespasiana non sono più libera a casa mia né di giorno né di notte, già sto facendo fatica così a fare tutto quello che devo!

E poi no, vi prego, non voglio rivedere il commissario. "Ma come faccio a non andare dalla zia?" mi chiedo mentre già ho spento la tv e ho quasi finito di prepararmi per uscire. Comunque sono sicura che, anche se lei l'ha chiamato, è praticamente impossibile che lui venga davvero a casa sua per una stupidata del genere, a maggior ragione in un momento critico come questo. Quindi non rischio di incontrarlo.

Dopo la notte che abbiamo passato insieme e quella bella giornata di pace che ho trascorso dietro le sbarre, ora mi sentirei a disagio se lo rivedessi, infatti all'inaugurazione ho fatto di tutto per nascondermi in mezzo ai vecchietti e non farmi notare. A parte il fatto che lui avrebbe potuto mandarmi almeno un messaggio, no? Come minimo un po' di educazione! Un: "Tutto okay?". Voglio dire, siamo adulti; dopo avermi portata a casa in quel modo becero post galera, poteva quantomeno interessarsi e chiedermi come stavo.

Forse invece dovrei essere io a mandargli un messaggio. Potrei scrivergli, per esempio: "Buongiorno, manteniamo un rapporto professionale?".

No, meglio di no, dai. Non voglio che pensi che sono presa da lui e che sono una sottona, per carità. E poi ha visto le mie mutande di Winnie the Pooh, mamma mia che figura, chissà cosa avrà pensato.

«Ah eccoti, Vespy. Come è andata la passeggiata?» Il mio pensiero viene interrotto dalla chiave che gira nella serratura e Vespasiana che entra in casa.

«Tutto bene» risponde lei correndo verso il bagno con in mano la sua trousse sempre più rigonfia di cose che si compra coi miei soldi,[3] senza degnarmi di uno sguardo.

[3] Io e Vespasiana abbiamo fatto una sorta di patto: fino a quando non si troverà un lavoro, la manterrò e le darò una paghetta per lo psicoterapeuta e per le sue stronzate, e poi, quando avrà i primi stipendi mi restituirà i soldi piano piano.

Mmm, non è un buon momento, mi sa.
«Vespy, io devo uscire.»
«Okay, ciao!» mi urla dal bagno.
Mi metto addosso un paio di ciabatte e scendo, trovandomi immersa nel solito caldo infernale di Mestre in estate, con gli stessi vecioti al bar che bevono le ombre, con le stesse tre persone alla fermata del bus e con gli stessi alberi di viale Cojonaldi, che, poveri, anche loro non sopportano più questi cinquanta gradi. L'unica cosa diversa dal solito sono i poster con il sorriso della Gioconda su cui in questi giorni i ragazzini del paese hanno scritto e disegnato di tutto: cazzi, baffi e cose simili.
Mentre cammino verso casa della zia penso che mi ci mancava solo Vespasiana per farmi passare le pene dell'inferno… Non parla, piange sempre e quando non piange si va a comprare le cose da TigoTasi con cui poi si chiude in bagno per giornate intere.
Eppure devo ammettere che la capisco, eh, poraccia.

* * *

Casa della zia Rosanna, Mestre, sabato 29 luglio, ore 13.30

Sono arrivata. *Dlin dlon*.
«Chi è?» risponde la zia dal citofono.
«Sono io, zia.»
«Vieni su, amore.»
Salendo le scale di quel vecchio condominio, sento un odore tremendo di cipolla, fino ad arrivare alla porta della zia che è venuta ad aprirmi e già mi aspetta. Ha la sua solita traversa rossa per cucinare e l'aria agitata e sconvolta.

«Zia, allora?»

«Vien, vecia.» Mi fa cenno di entrare, accompagnandomi verso il salotto, dove si trova lui, proprio lui. Quando me lo trovo davanti mi sento svenire.

«B... b... buongiorno» mi dice, strozzandosi, il commissario Salvatore Lo Cascio, sempre più figo – malgrado i capelli fuori controllo –, con i muscoli che pompano nella sua divisa da poliziotto (aaarrrgh, datti una calmata, Alice). È seduto a tavola ed è tutto intento a mangiare i bigoli in salsa di mia zia Rosanna – ecco spiegato l'odore di cipolla, che per fortuna è talmente forte da riuscire a coprire quello da boscaiolo a petto nudo –, ma per un secondo incrocia il mio sguardo e poi lo distoglie subito, mentre continua a tossire e la zia gli porge un bicchiere d'acqua. Forse devo chiamare il 118. "Sì, buongiorno, mandate un'ambulanza perché l'uomo con cui ho passato la notte due settimane fa mi ha vista e sta morendo soffocato da quanto gli ho fatto schifo." Che tristezza, e che maleducato! Capisco tutto, ma potrebbe anche trattenersi un po'. Vabbè, tanto comunque che mi importa di lui? Io sto bene da sola e non ho bisogno di nessuno.

«Buongiorno» rispondo educatamente, mantenendo un'aria di superiorità.

Intanto lui smette di tossire e ricomincia a mangiare come se nella stanza fosse entrata una tigre e lui avesse tre secondi per finire tutto il piatto. Be', insomma, anca manco,[4] commissario.

«Allora, Alice, stavo dicendo al commissario Lo Casso che mi hanno rubato i bovoletti!» esclama agitata la zia,

[4] Anche meno.

pulendosi nervosamente le mani sulla traversa. «Ci tenevo così tanto a cucinarglieli oggi! Che figura che ho fatto anche nei suoi confronti! Cosa si può fare, commissario?»

«Eh, signora Rosanna, insomma, guardi che anche questa pasta è buonissima...» risponde lui imbarazzato e nervoso, deglutendo e pulendosi la bocca col tovagliolo senza mai guardarmi... Sia mai che stavolta si strozzi per davvero. «Comunque non saprei, ecco. Come dire, in questo periodo così frenetico sembra che possa succedere davvero di tutto...»

«No, ma voi capite che è una cosa grave? Un ladro di bovoletti! Lei e il sindaco ci avevate promesso che Mestre avrebbe rialzato finalmente la testa di fronte a Venezia e a tutto il mondo, e invece questa città è pericolosa!» dice la zia nel panico.

Nonostante io e il commissario stiamo cercando disperatamente di ignorarci, a questa esclamazione della zia non possiamo fare a meno di scambiarci al volo un'occhiata di disperata rassegnazione.

«Zia, sappiamo che il commissario ha molto lavoro al momento, non credo sia il caso di disturbarlo per questo» cerco di farle capire io. Anche se è uno stronzo, e questo è certo, visto che non si è mai più fatto sentire dopo la notte che abbiamo passato assieme, ci manca solo che debba occuparsi di un furto di bovoletti, proprio adesso che sta indagando su quello della Gioconda e deve giustificarsi ogni giorno con tutte le televisioni del mondo per qualcosa che è accaduto sotto il suo naso.[5]

[5] Ci tengo però a precisare che non sto difendendo lui: sto proteggendo me stessa, altrimenti poi la zia impazzisce e ci manca solo quello.

«Ma cosa stai dicendo? No, bisogna fare qualcosa, commissario!» continua imperterrita lei.

«Sì, è che non saprei come giustificare l'apertura di un'inchiesta per dieci euro di bovoletti. Capisce, signora Rosanna? Deve mettersi nei miei panni» risponde il commissario cercando di mangiare le ultime forchettate in velocità, con l'aria affranta e una gamba già pronta in modalità di fuga.

«Ma no xe una questione economica, è una questione di principio!»

«Zia, dai, te li compro io i bovoletti, lascia stare...»

«No! Non lascio stare, ma ti schersi?»

«Senta, mia cara signora Rosanna, per ora ho le mani legate. Non abbiamo abbastanza elementi. Facciamo così: lei mi tenga monitorata la situazione e mi chiami se vede qualsiasi cosa, sa che io arrivo subito da lei. Comunque grazie, sempre tutto ottimo! Non lo dica alle altre signore, ma lei è la mia cuoca preferita!» esclama lui cercando di cambiare discorso e di tranquillizzare la zia. Si è appena scolato l'ultimo sorso di gingerino e si è alzato da tavola quando gli squilla il cellulare.

«Buongiorno, vicequestore, posso richiamarla fra cinque minuti dalla macchina?»

«No, Lo Cascio. La macchina la deve prendere per venire direttamente da me. Ci sono novità da parte dell'FBI, abbiamo una pista.»

Lo sguardo del commissario si illumina. «Bene!»

«Bene? Lei forse non si rende conto, Lo Cascio. Se gli autori del furto della Gioconda fossero veramente quegli acrobati circensi ungheresi che contorcendosi sarebbero riusciti a intrufolarsi negli interstizi dei raggi laser a reticolo mobile e che risultano registrati in un hotel a Venezia proprio in quei giorni per un "viaggio di famiglia", poi glielo spiega lei al ministro della Cultura ungherese? Quello poco fa mi ha attaccato un pippone di un'ora, sostenendo che esiste una teoria secondo cui Leonardo da Vinci era di origine magiara e che dunque, anche se fosse, si tratterebbe solo di una riappropriazione del tutto legittima per cui è pronto a rivolgersi alle Nazioni Unite? Perciò venga SUBITO QUA!»

E in tre secondi il commissario mette il piatto nel lavandino, butta il tovagliolo nella pattumiera, prende le chiavi dell'auto ed è già alla porta, chiedendosi dubbioso ad alta voce come questi acrobati abbiano potuto cavarsela anche con gli infrarossi, con i rilevatori di umidità, con la nebbia di sicurezza e con i quattro militari super addestrati.

«Davvero le piace come cucino?» gli chiede la zia.

«Assolutamente! Lei è una cuoca incredibile! Grazie del pranzo, signora Rosanna, non può immaginare cosa significhi per me in questo momento. Ora però sono mortificato, mi spiace essere maleducato, ma il lavoro mi chiama.» Stringe la mano alla zia, poi mi guarda di sfuggita e mi fa un cenno con la testa, che ricambio, guardandolo anch'io schifata.

«Va bene, commissario, grazie. Buon lavoro. Allora se vedo qualcosa la chiamo» gli dice richiudendo la porta, mentre io resto in salotto con la gatta della zia, che si piazza di fronte a me, osservandomi con aria interrogativa.

* * *

Casa della zia Rosanna, Mestre, sabato 29 luglio, ore 14.02

«Ma cossa gavì vialtri do?»[6] mi chiede la zia Rosanna, riferendosi a me e al commissario. In effetti eravamo visibilmente in imbarazzo, se ne sarebbe accorto anche un sasso.

«In che senso?» rispondo facendo finta di niente.

«Me parè do deficienti, siete strani.»

«Ma assolutamente niente, zia! Scherzi?» mento io.

«Ahpparcarità, ti no ti me a conti giusta.»

«Zia, ti prego, tu ti metti in mente troppe cose assurde.»

«Sarà. E che disgrazia! Ho sentito da voci in quartiere che adesso Lo Casso tornerà in Sicilia per le ferie e rimarrà a lavorare lì, quindi non sarà più il nostro commissario, lo sapevi?»

«Ehm… no…»

«Ma ti no ti sa mai un casso?»

«No, zia, io mi faccio i cazzi miei.»

«Va ben. Scolta, desso inissia a puntata de *Terra amara*, vado a vedarla dalla Ornella e dalla Teresina, te vien?»

«No, zia, sono piena di cose da fare, e poi non mi interessa *Terra amara*, dai.»

«No te ne frega niente de to zia, te me assi sempre da soea. Ti xe na nipote disgrassiata. E ho paura del ladro.»

«Ma Signor… Perché devi sempre fare così, non è vero! Dai, va bene, andiamo.»

Scendiamo in cortile e passiamo davanti alla casa di Luigino, che si trova attaccata a quella della zia. Lui è in giardino che gira con le sue galline, il viso abbronzato

[6] Ma cos'avete, voi due?

e rilassato, la sua bellissima camicia con le angurie, dei bermuda rossi e un paio di infradito.

«Ciao, Luigino!» lo salutiamo noi.

«Ciao, belle tose! Come state?» risponde lui sorridendo felice attraverso la rete, mentre una gallina svolazza dietro di lui.

«Bene, bene, e tu?»

«Ah, benissimo! So un omo libero e indipendente e mi sto concentrando su me stesso! A proposito, avete ricevuto il volantino del corso di yoga?» ci chiede emozionato, cercando qualcosa in tasca e dandoci un volantino tutto spiegazzato e sporco.

«Mmm, no...»

«Cossa xe?» risponde schifata la zia Rosanna fissandolo come se fosse un pezzo di carta igienica usato.

«A settembre iniziamo il corso di yoga in oratorio, tutti i giovedì! Vi aspetto, tose! Adesso vado a comprare la paglia per le galline! Dove xea a bicicletta? Ah, eccola là.»

«Okay. Ciao, Luigino!»

«Aaahpparcarità, el corso de yoga me manca!» esclama la zia con aria di scherno appena Luigino si allontana, continuando a camminare verso casa della Ornella e della Teresina.

«Ma dai, zia, non vorresti provare?» le dico guardando il volantino.

«No, porcarie.»

«Va bene, zia, oggi è meglio non contraddirti, ho capito.»

Mentre ci dirigiamo verso il palazzo delle due signore, sentiamo urlare e, più ci avviciniamo, più le urla diventano forti.

Nel grande cortile del condominio ci sono la Ornella e la Teresina che litigano tra di loro e sembrano veramente arrabbiatissime. Bisticciano come due oche starnazzanti, solo che a un certo punto vedo partire una mano, così mi spavento e inizio a correre verso di loro per dividerle: queste sono ottantenni, capite? Se una cade, chi la tira più su?

«Signore, cosa avete?» dico ansimando mentre arrivo da loro. Sapete, trenta metri di corsa per me sono tanti e faticosi. Poco dopo arriva anche la zia Rosanna.

«La Ornella è una deficiente!» esclama la Teresina, tenendosi stretta al deambulatore.

«No, ti xe ti che ti xe rincoionia!» risponde la Ornella, lanciandole un'occhiataccia.

«Ma cosa è successo?» provo a domandare.

«La Ornella ha buttato via tutte le foto del matrimonio.»

«Mi no go mai fatto una roba del genere! Sei stata te, sei talmente rincoglionita che le avrai buttate via per sbaglio!»

«Ti giuro che io non le ho buttate!»

«Ti vol farme credar che el Signore xe morto dal fredo, eh Ornella?!»[7]

«Mi?! Ti xe ti che ti xe na FALSA!»

«Ma, signore, come fate a pensate una cosa del genere?» chiedo cercando di mitigare la situazione.

«Ci sono le scatole aperte sopra al letto senza nessun album dentro!»

«Non sono stata io, Teresina!»

«Nemmeno io! Ornella, non te diria mai una bugia. Sai che ti amo!»

[7] Vuoi farmi credere che Gesù è morto di freddo?

«Te amo tanto anca mi, amore, le nostre foto sono troppo importanti per me! Non lo avrei mai fatto.»

La zia, in silenzio, mi guarda. E io mi sento male perché ho già capito tutto, anche se è una cosa che non mi riguarda e non mi deve riguardare, perché io non sono Jessica Fletcher. Ma so che la zia mi toglierà la vita per davvero, ora che è iniziata ufficialmente la seconda stagione: quella del ladro di Mestre.

Albumino, albumetto,
lo specchio e i ricordi vanno a braccetto.
Il passato lo sfoglio con un'occhiata,
osservando il riflesso che mi guarda sciupata.

Sono i ricordi degli altri a brillare più forti,
ma i miei desideri non possono essere morti!

Allora mi dico tre complimenti con sincerità,
perché l'amore deve far rima con la verità.
E mentre richiudo il loro album perfetto,
il mio futuro è già qui, stampato nel petto.

Albumino, albumetto,
sfoglia per me delle pagine nuove,
dove l'amore mi vede e mi trova.

5

> Mostrami dove ti fa male
> così so dove amarti più forte.
>
> Piercoglione

Casa del commissario Salvatore Lo Cascio, Mestre, sabato 29 luglio, ore 16.30

Vibra il cellulare del commissario Lo Cascio, che oggi è di riposo e sta seduto sul divano a fissare con lo sguardo perso la sua cucina da cambiare e ad ascoltare il rumore della lavatrice che fa la centrifuga. Non ha ancora risposto all'assistenza Ikea, ha detto che era partito per qualche giorno, anche se tutto il pianeta sa benissimo che invece si trova a Mestre, visto che viene intervistato davanti al municipio ogni giorno da tutti i telegiornali.

Il problema è che non sa davvero cosa fare.

Forse più che pensare alla cucina per questa casa dovrebbe cercare un corso di sci per prepararsi alle inevitabili ripercussioni che certamente lo aspettano dopo questa plateale figura di merda internazionale. Altro che "rivalutare Mestre" come voleva il sindaco. Però, con tutti i guai che gli sono cascati addosso nell'ultimo periodo, almeno oggi vorrebbe cercare di non ossessionarsi né con la Gioconda, né con la Val d'Aosta, né con l'influencer, né tantomeno con la cucina dell'Ikea. Anzi, forse farebbe meglio a stare bene attento alle telefonate che arrivano, nel caso fossero loro che continuano a stressarlo con questa cazzo di data disponibile per consegna e montaggio. Invece distrattamente risponde senza nemmeno guardare, con un gesto automatico, scordandosi che quello è il suo telefono privato e che potrebbe essere chiunque, da un agente del Mossad a un giornalista di *Vanity Fair*, alla segretaria del direttore della biennale di Venezia. «Lo Cascio, polizia.»

La voce inconfondibile della signora Rosanna lo fa tornare nel mondo reale.

«Commissario Lo Casso, sono Rosanna. Mi scusi se la disturbo ancora, ma ghe xe un altro disastro!»

«*Lo Cascio*... signora Rosanna, comunque mi dica pure» dice schiarendosi la voce e mettendosi seduto un po' meglio sul divano, come se lei potesse vederlo.

«Hanno rubato gli album delle foto della Ornella e della Teresina! Tutti! Un disastro, un disastro vero!»

«Gli album delle foto?»

«Sì, commissario! Gli album della Ornella e della Teresina, con le foto del matrimonio, delle vacanze, della vita intera! Roba preziosa, momenti importanti, sa?»

Salvatore si passa una mano sulla fronte, iniziando già a sudare e rivedendo nella mente tutta la storia per il vecchio Luigino. Queste signore sono troppo anziane, troppo rimbambite. «Non potrebbero averli messi da qualche parte, magari spostati per errore?»

«Ma cosa sta dicendo, commissario? Quee xe do donne precisissime! E xe ordinatissime, pulite, persone per bene, le ha conosciute, no? Si rende conto? I me ga rubà i bovoletti e adesso gli album alla Teresina e alla Ornella! Questa xe na roba gravissima!»

«Capisco... signora Rosanna... Non saprei... Non hanno sentito nulla? Nessuno ha visto niente?» chiede assecondando la zia Rosanna e arrendendosi al suo destino: quello di fare il commissario in una città in cui le vecchiette hanno tanto tempo libero. Anche quando ci sarebbe ben altro di cui preoccuparsi. Anche quando Mestre è sulla bocca di tutti, nel mondo, e non per i tramezzini e per le virtù di via Piave, patria degli spacciatori di tutta Europa. Anche mentre il mondo intero sembra implodere sulle sue spalle.

«Ah, crede che a Mestre ghe sia a gente che sta col naso fora dalle finestre per spiare? Siamo persone riservate qua, no semo gente che ficca el naso dapertutto! Aaahpparcarità, ga da essar a stessa man dei bovoletti e della Gioconda, commissario. Un ladro disgrassiato che ne ga tolto[1] de mira a noialtre signore per bene!»

Salvatore Lo Cascio vorrebbe sbuffare, ma si trattiene, cerca di mantenere la calma. «Signora Rosanna, io capisco che sia fastidioso, ma per il momento non ho prove concrete che possiamo usare per aprire un'indagine seria. Se riesce a trovare qualche dettaglio in più, mi faccia sapere, ma così...»

«Ma come? Nol fa niente? Le pare possibile che un ladro venga, rubi tutto, e no ghe succeda niente?»

«Signora Rosanna, farei del mio meglio, ma serve qualcosa di concreto. Ho le mani legate capisce, gliel'ho già spiegato...»

1 Preso.

«Va ben, ma no so d'accordo. Me despiase commissario Lo Casso, ma qui la situazione è seria! Comunque, adesso devo mettere giù, andrò a parlare col prete, vediamo se lui almeno HA VOGLIA di fare qualcosa!» dice scandendo bene le parole in tono di rimprovero. Poi riaggancia bruscamente, lasciando Lo Cascio col telefono in mano a guardare la cucina e ad ascoltare il rumore della lavatrice.

Immerso nei suoi pensieri, si distende, ed ecco un messaggio su WhatsApp. È Giusy, la sua amica di letto, con furore dalla Sicilia. *Ho visto su TikTok quell'intervista alla tv australiana... Che figoooo! Quando torni, tesoro? Non hai le ferie adesso? Vieni a casa a rilassarti un po'!* Emoticon di tromba, emoticon di cuore, fiamma rossa, tromba, banana, cuore, tromba, tromba, banana, melanzana, cuore, banana.

Poi Giusy invia una foto visualizzabile un'unica volta: è lei in reggiseno e mutandine.

Lui la guarda e, cosa mai successa prima, quella foto non gli fa nessun effetto. Il commissario sorride tra sé e sé, ripensando a Winnie the Pooh sotto la luna, ma poi la sua espressione si fa di nuovo più seria. No, non è quello. Si chiede da quanto tempo abbia perso lo slancio che era abituato ad avere nei confronti di Giusy, e la verità è che la sua mente va molto più indietro di quella notte del Redentore. "Però non gliene ho mai parlato" si rimprovera; e gli crollano le spalle quando si ritrova ad aggiungere: "Non solo con lei. Non ne ho mai parlato neanche con me stesso". Intanto, però, improvvisamente tante cose sono più chiare per lui, ed è giusto essere chiari pure con lei. Deve assolutamente togliersi quel peso ed essere sincero.

E così, le risponde: *Giusy, credo che non dovremmo vederci più. Se vuoi chiamami stasera così ne parliamo a voce.*

Senza melanzane, senza banane, senza fiamme rosse e senza trombe.

Ma Giusy è Giusy, ed è una che non si arrende.

«Hai fatto bene a chiamare adesso, ti proponevo di sentirci stasera solo perché pensavo che tu fossi impegnata» le dice lui con voce un po' spenta, rispondendo al suono imperioso del telefono che si è messo a squillare un istante dopo che sul suo messaggio sono apparse le due spunte blu.

«Dimmi solo perché» esordisce lei con un tono freddo, distaccato, quasi professionale. «Non ti piaccio più?»

«Ma no, Giusy, cosa dici… tu sei bellissima.» Nel dirle questo il commissario non mente. Lei è ovviamente una donna stupenda, una vera siciliana doc, con tutte le sue cose al posto giusto, intelligente, simpatica e solare, ed è da parecchi anni che portano avanti questa specie di amicizia di letto regolata da direttive ben precise, che non sono mai cambiate e non hanno mai creato problemi né patemi d'animo a nessuno dei due. Le regole sono regole, in polizia come nella vita: permettono di mettere ogni cosa al suo posto e di vivere bene, riducendo al minimo le rotture di coglioni. Ma il fatto è che, mentre guardava quel messaggio con tutte le emoticon ammiccanti, Salvatore ha sentito un peso crescergli nel petto, una sensazione di vuoto, di tristezza. La realtà è che non prova nulla per lei; ovviamente le vuole tanto bene, però non ha più voglia di portare avanti questa amicizia di letto.

«E allora spiegamelo con chiarezza, siamo due persone adulte, no? Cosa c'è che non va?»

«Mi devi scusare, Giusy. Se c'è qualcosa che non va deve essere sicuramente in me, non in te.»

«Direi!» conferma lei piccata. «Ti rendi conto che tu sei una persona completamente incapace di connetterti con qualcuno? Non ce la fai proprio, e lo sai qual è il fatto? Che tu non *vuoi* connetterti, né con me, né con nessun'altra...» Adesso la voce della donna inizia a incrinarsi, appena appena, ma Salvatore che la conosce da tanto tempo non può fare a meno di accorgersene, anche se lei procede come un treno senza quasi riprendere fiato. «Tu sei bravissimo a fare il carino, il gentiluomo e tutte quelle belle cose, ma la verità è che poi non hai nessuna intenzione di lasciare davvero entrare le persone nel tuo mondo! Sono sicura che in un modo o nell'altro riesci sempre a farti terra bruciata intorno con tutte le ragazze che conosci, non solo con me... è vero o no?»

Il commissario si sente completamente annientato, disperato, smascherato.

«Sì, Giusy, è vero. Cosa vuoi che ti dica? Hai ragione. È andata sempre così nella mia vita, non lo so perché.»

«Perché aprire il proprio cuore è sempre rischioso e tu vuoi fare il grande paladino della giustizia, ma invece ti caghi sotto, ammettilo!» lo incalza lei, questa volta perdendo completamente l'aplomb e mettendosi quasi a urlare.

Salvatore si sente male, e non solo perché tutto quello che lei gli sta dicendo è la pura, limpida e sfacciata verità. Il fatto è che c'è un altro problema: da almeno un paio di minuti sullo schermo del cellulare lampeggia un avviso di chiamata da parte del vicequestore, e si tratta di una telefonata alla quale lui non ha per niente voglia di rispondere. Piuttosto preferirebbe lasciarsi insultare ancora un'ora e mezza da Giusy.

«Vabbè, comunque non ha neanche senso alla nostra età parlare di queste cose per telefono, scusa. Quand'è che arrivi in Sicilia? Tanto adesso vieni giù per le vacanze e poi ti trasferisci, perché non ci vediamo e ne parliamo di persona?»

Lui respira profondamente e non sa bene da dove iniziare.

«Giusy...» attacca, mentre il vicequestore non smette di chiamarlo e sta iniziando a tempestarlo di messaggi su WhatsApp.

Lo Cascio! Perché non mi risponde?

Sono emerse delle informazioni significative su quei fachiri indiani che avrebbero rallentato il battito cardiaco per ingannare i sensori dell'allarme a infrarossi

Mi richiami IMMEDIATAMENTE

Ancora non mi chiama! IO LA DENUNCIO!

Il commissario infila un dito nel collo della maglietta. Oggi c'è un caldo troppo umido e lui fa fatica a respirare.

«Vedi, il mio trasferimento... Ecco, diciamo che è stato sospeso, mi hanno chiesto di ritardarlo per un po', ma per il momento è tutto molto confuso, anche le ferie, perché c'è questa situazione fuori controllo con la Gioconda e il mio capo mi sta pregando di rimanere, però c'è un collega, anzi un amico che...»

«Quindi? Ancora una volta lasci che siano gli altri a decidere per te? Ma *tu*, che cos'è che vuoi?»

Salvatore Lo Cascio darebbe più che volentieri il suo distintivo da commissario, la sua maglia di Buffon con l'autografo e l'ultimo pacco al mondo di brioscine

Tomarchio al cioccolato, in cambio di una risposta a questa domanda.

* * *

Casa di Alice, Mestre, martedì 1° agosto, ore 15.30

Giorni di convivenza con Vespasiana: 15
Parolacce dette ad alta voce: 98
Parolacce dette a mente: 256
Visite al profilo di Giustino: 934
Iscrizioni a Tinder: 1

«Mi fai vedere il profilo di Giustino?»

«Vespy, adesso mi hai sfracassato le palle, però.»

«Ti supplico, sto morendo dentro. Voglio vedere cosa fa, se è con lei…»

«Vespy, ascoltami. Non ha senso. Senti, secondo me è il momento che tu ti distragga un pochino. Dammi il tuo cellulare.»

«No, mi ha bloccata, col mio cellulare non si vede Giust…»

«Ma cosa vuoi che me ne freghi di Giustino?»

Le prendo il telefono dalle mani con quel sorriso da pazza di chi sta per combinarla grossa.

«Sorridi che ti faccio una foto.»

«Perché?» chiede con gli occhi sgranati e la faccia terrorizzata.

«Sorridi e basta.»

Simpatica, amo lo yoga e il fitness.

«Ecco, ti ho iscritta a Tinder.»

«Ma sei fuori di testa? E se lo scopre Giustino? Non tornerà più da me!» urla, cercando disperatamente di strapparmi il telefono dalle mani, mentre mi dimeno per svincolarmi.

«Amore, ti devi dare una svegliata. Giustino sta in America, io ho messo un range di trentacinque chilometri. Al massimo, qui, di Giustino puoi trovare il contadino di Campagna Lupia. Ma poi chi lo vuole Giustino! È pieno di uomini prestanti, belli, simpatici, e magari anche meno stronzi di lui. È il tuo momento, Vespasiana, è ora.»

Lei mi guarda con la stessa espressione che ho io quando scopro che in pasticceria hanno finito le sfogliatelle.

«Ma io non credo di...»

«Smettila. Allora, vediamo un po'... questo qui. Andrea. Carino, no?» le chiedo scorrendo con nonchalance le foto di un ragazzo moro con gli occhi verdi che ha scritto che ama fare trekking e arrampicata. (Mamma mia che palle, su Tinder tutti che si arrampicano ovunque, ma andate a cagare. Io non mi sveglierò mai alle sette di mattina per fare trekking, che sia chiaro.)

«Bah, non lo so, non mi interessa nessuno, Alice! Perché mi devi obbligare?»

«Perché sei ossessionata e hai bisogno di capire che esiste altro al di fuori di Giustino.»

Approfitto del momento in cui le ho smollato il telefono in mano e l'ho lasciata a scorrere il catalogo di Tinder, che lei guarda svogliata premendo col dito o a destra o a sinistra sbuffando, per alzarmi e andare in bagno, ora che finalmente è mio per qualche minuto.

Lei intanto sfoglia, perché sì, ormai pure l'amore sulle app di incontri è diventato un catalogo: sembra di ordinare una pizza.

- La Margherita: quella semplice, pomodoro e mozzarella. Una persona sana, risolta, che magari fa pure terapia. Oppure magari non è del tutto risolta, ma almeno ne è consapevole e vuole lavorarci. Se ti capita quello, hai vinto il superenalotto, perché alla fine la Margherita è la più buona di tutte.
- La Capricciosa: lui prima ti dice che sei la donna della sua vita, poi sparisce, poi ritorna, poi sparisce di nuovo, facendo un'escalation in successione di tutti i possibili metodi di manipolazione, uno dopo l'altro. Di solito si comincia con il love bombing (ovvero: ti sommerge di attenzioni) per poi passare al ghosting (non risponde ai messaggi), al gaslighting (ti fa credere che tutta la vostra storia te la sei sognata), per decollare infine nell'orbiting (non vuole una relazione con te ma continua a controllare ogni tuo movimento, soprattutto sui social, lasciandoti like a caso). Obiettivo: mantenere il controllo su di te per puro ego, pur non volendo assolutamente stare con te.
- La Quattro stagioni: eh sì, la quarta tipa con cui si vede *sei tu*. Lo scopri dopo mesi, perché una delle quattro se ne accorge e avvisa le altre.
- La Maialona: mozzarella, salsiccia, pancetta, patatine fritte. Il tipo che vuole solo divertirsi, e te lo dice pure. E noi donne lo apprezziamo, fidatevi: almeno è onesto. Solo puro divertimento consensuale!

- La Diavola: eccolo. È quello che ti dice: «Io con te voglio una cosa seria. Tu sei speciale. Non sei come le altre». Invece vuole solo scopare, infatti dopo un paio di volte sparisce per sempre. Amo, va bene sai, bastava dirlo prima! Non serviva fare tutta 'sta manfrina!

«Allora?» chiedo a Vespy appena ritorno in salotto.

«Stasera esco con Andrea.»

«Wow, sei stata velocissima! Dove andate?»

«Dice che per le dieci e mezza, appena finisce di lavorare, ci vediamo al bar in laguna.»

«Che lavoro fa?»

«Il pizzaiolo.»

«Benissimo. Allora chiedigli subito se gli piace la Quattro stagioni o la Diavola, così ti regoli.»

«Bah, okay» dice lei scrollando le spalle e aggiustandosi una ciocca di capelli. «E tu, ti sei vista con qualcuno ultimamente?» mi chiede poi, mentre divento viola in faccia e mi viene una vampata ricordandomi di *quella* sera.

«No. Perché?» le rispondo con nonchalance.

«Dai, Alice, non sono scema... Controllando il profilo di Giustino mi sono accorta che nella tua barra delle ricerche su Google c'erano otto domande diverse con il nome di Salvatore Lo Cascio... e lui è il commissario di Mestre, no?»

«Vespasiana... è una lunga storia...»

«Capisco. Vai a preparare due tisane fredde, così me la racconti. Nel frattempo mi lasci il telefono, che guardo il profilo di Giustino?»

* * *

Casa di Alice, Mestre, mercoledì 16 agosto, ore 5.10

Giorni di convivenza con Vespasiana: 30
Malattie sessualmente trasmissibili probabilmente contratte in casa mia senza nemmeno aver fatto sesso: numero in fase di definizione
Parolacce dette ad alta voce: 654
Parolacce dette a mente: 0

La convivenza con Vespasiana è addirittura peggiorata; ormai è passato un mese, e vi assicuro che il bagno è l'ultimo dei problemi. Anzi, rimpiango i tempi in cui la cosa più complicata a casa mia era fare pipì.

Insomma, sentite le ultime news, così capirete perché.

Come volevasi dimostrare, la Ornella, la Teresina, o la zia, o forse tutte e tre insieme, hanno detto all'intero quartiere che «xe tornada a fia dea Iole e Guerrino dall'America», finché la voce non è arrivata proprio a loro, che l'hanno chiamata incazzati neri perché non li aveva avvisati, dicendogliene di ogni. Questo l'ha mandata via di testa, e probabilmente per consolarsi, o non so per quale motivo, ha iniziato a intensificare le sue... "attività". A casa mia.

Una sera sono tornata a casa prima del previsto, ero stanchissima, perciò sono andata direttamente in camera, togliendomi i vestiti perché non vedevo l'ora di mettermi la camicia da notte di Bambi e fiondarmi a dormire, e invece cosa ho trovato? Vespasiana nel mio letto con uno.

Sì, proprio così. Lei nel *mio* letto con il suo tipo del momento. Andrea? Gian? Federico? Non si sa, non è dato saperlo. So solo che all'improvviso ho visto lei e questo sconosciuto che ci davano dentro come due conigli, allora ho fatto un urlo talmente forte che lei ha urlato, il tipo ha urlato, e i gatti hanno iniziato a correre e sono andati a nascondersi sotto al divano. Ero imbestialita.

Ma questo non è niente! Lui uscendo, mi fissa e fa: «Scusa, tu sei Alice Guerra? Quella di Instagram? Possiamo farci un selfie?».

Io lì, con gli occhi fuori dalle orbite, l'ho guardato, ho fatto un respiro profondo e gli ho detto: «Vai fuori dai coglioni».

Poi mi sono girata verso di lei. «Ma che cazzo fai, Vespasiana? Ma ti sembra normale? Non puoi portarmeli nel letto! È il *mio* letto!»

E lei, come se niente fosse, con l'aria da cucciolotto indifeso: «Ma non sapevo dove andare...». E ha avuto pure il coraggio di aggiungere: «Eh, però se tu hai deciso di vivere come santa Maria Goretti non è colpa mia! Perché non chiami il tuo bel commissario, una sera?». E mi ha lanciato dal divano uno sguardo furbetto e un sorrisino insopportabile, incrociando quelle gambe lunghe dieci metri nella posizione del loto, come la chiama lei (a me ricorda più una specie di nodo da marinaio, come quelli che facevamo agli scout nell'Era del Bue Muschiato).[2]

[2] Un'epoca della mia vita che coincide più o meno con gli anni delle scuole medie, quando tutte le mie compagnette erano delle principessine, e io invece assomigliavo, appunto, a un Bue Muschiato.

Il fatto è che non la capisco più. È come se si fosse chiusa in se stessa, e c'è un nuovo elemento preoccupante, o meglio, io ne sono contenta, ma è strano: non mi chiede quasi più di Giustino, non mi parla più di quello che sente davvero. Mi dice solo: «Stasera esco», «Domani vado in discoteca», e poi «Esco con uno nuovo». È come se volesse riempire un vuoto che non riesce a guardare, però secondo me lo sta riempiendo con altri vuoti, perché non vorrete mica dirmi che tutti 'sti ragazzi possono lasciarle qualcosa?

Quando l'ho iscritta a Tinder, l'ho fatto perché si distraesse un po'; non pensavo che sarebbe diventata una droga, una cosa che le sta sfuggendo di mano. Si vede anche con dei tipi che già sa che non le piacciono, ci esce lo stesso, così, tanto per occupare il tempo. Pur di non passare una serata da sola in compagnia di se stessa.

E come glielo dici che dovrebbe fermarsi e guardarsi dentro? Che tutti questi tipi non bastano a riempire il vuoto che sente? Che l'unico modo di riempirlo è con se stessa?

Adesso addirittura sono le cinque del mattino e sto sentendo rumori di sacchetti, cose strane, voci dal salotto… Mi sveglio di botto, agitata perché non capisco cosa sta succedendo; schizzo giù dal letto con la fascetta con le orecchie da gatto, il pigiama con gli orsetti, gli occhi insgarbellati, arrivo in salotto e chi mi trovo? Vespasiana seduta sul divano con un tipo che ha la mano piena di sangue e lei che gliela sta medicando con l'acqua ossigenata e il cotone, come se fosse la cosa più naturale del mondo medicare la mano a uno sconosciuto sul mio divano. Una scena da pronto soccorso. Ho perfino strabuzzato gli occhi strofinandomeli con le mani, per capire se fosse un sogno o la realtà.

«Ma che cazzo state facendo? Che cos'è successo? Perché c'è del sangue sul mio divano?»

«Eh, è una storia lunga...» mi risponde lei senza nemmeno degnarmi di uno sguardo.

«Ma che storia lunga, Vespasiana? Cosa stai facendo?»

«Eh, abbiamo scavalcato un cancello. Siamo andati a vedere il mare e poi siamo rimasti chiusi dentro...» E me lo dice pure con aria scocciata, perché la sto disturbando dal suo lavoro di crocerossina.

«Ma sei seria? Tu stai andando via di testa! E se ti becca la polizia?»

«Eh, ma dai, è stato divertente.»

«Tu non devi più portare sconosciuti in questa casa!»

«Poverino, si è ferito, non sapevamo cosa fare...»

Questa è Vespasiana. Capite come sto vivendo? È tipo una diciannovenne in Erasmus, che però non va all'università e non fa niente dalla mattina alla sera. Ogni santo giorno esce con tipi diversi. A volte le uscite durano mezz'ora, torna a casa e mi dice: «No, quello di stasera non mi interessava», altre invece rientra alle cinque di mattina macchiandomi il divano con il sangue di sconosciuti. Capite cosa devo subire io?

* * *

Casa del commissario Salvatore Lo Cascio, domenica 20 agosto, ore 9.45

Il commissario oggi ha invitato le maranteghe a casa sua

a bere il caffè, per essere gentile e ricambiare i loro inviti a pranzo, che in questo periodo – vista la situazione attuale e lo stress che sta provando – gli stanno salvando la vita.

«Signore, benvenute, accomodatevi» annuncia il commissario aprendo la porta, mentre loro subito iniziano a guardarsi intorno come i Nas… Figuratevi, per tre impiccione come loro questo è stato un invito a nozze, così possono farsi gli affari suoi e vedere come e dove vive il famoso commissario di Mestre.

«Permessooo. Varda che bea casetta, commissario!» dice la Teresina, spingendo il deambulatore e guardandosi attorno curiosa, mentre le altre due sono già in mezzo alla stanza a ispezionare le mensole.

«Grazie!» risponde lui, restando fisso davanti al mobile del soggiorno e pentendosi già di averle invitate.

«Allora, non ci fa vedere bene la casa?» esclama la zia Rosanna, che ha quasi le mani che le prudono a furia di trattenersi per non aprire tutti i cassetti.

«Certo, certo, seguitemi» risponde il commissario facendo strada alle signore.

«Ma commissario, che bea netta[3] sta casa!» afferma la Ornella, complimentandosi per i vetri delle finestre che brillano.

«Ma l'ha comprata, commissario?» chiede la Teresina, esaminando il divano blu.

«No, no, sono in affitto, non sapevo per quanto tempo sarei stato a Mestre…»

«E butta via i soldi dell'affitto?» inizia a chiedere la

[3] Pulita.

Ornella guardando l'armadio della camera, mentre parte una raffica di domande da tutte e tre.

«Ma che classe energetica xe?»

«A ga el riscaldamento autonomo almanco?»

«E sto pavimento xe legno finto o vero?»

Il commissario si ritrova letteralmente sotto interrogatorio, con le spalle al muro nella sua stessa casa.

«Dai, signore, venite in cucina che ho comprato le pastine!» dice cercando di svicolare e iniziando a fare il caffè.

Mentre il commissario si siede a tavola portando il vassoio con le paste e le tazzine, si chiede cosa diavolo gli sia venuto in mente di fare quella domenica.

«Ma iu sa cusinar?» domanda la Teresina, addentando un cestino di frutta sotto alla dentiera.

«So fare la pasta alla norma.»

«Ma el xe proprio bravo eora!» risponde la zia, e tutte e tre sorridono in segno di approvazione.

«Eh, sapete, ho comprato la cucina nuova, ma devo ancora farla arrivare, perché non so se resterò qua a Mestre... Quindi...»

«Eh be'? Che problema ghe xe? Che staga qua un mese o un anno, almanco se la gode!» dice la Teresina, mentre la Ornella e la zia Rosanna annuiscono.

Il commissario a queste parole ci pensa un po' su, ed effettivamente le signore hanno ragione.

«E allora commissario, ma non va in ferie?»

«Eh no, perché con questo caso della Gioconda, sapete...»

«Poareto! Sempre sotto col lavoro... El ga un bon stipendio almeno?»

«El versa i contributi all'Inps?»

«E come va con le donne?»
«E a quanti anni ha avuto la sua prima morosetta?»
«E quando xe che el se sposa?»
«Xe vero che i omeni a quarant'ani i vol soeo a libertà?»
«Se fusse obbligà a sposarse doman, chi sceglierebbe?»

Il commissario è inerme, davanti alle signore. Non sa più cosa rispondere, e così alza la mano. «Scusate, posso andare in bagno?»

«Perché lo domanda a noialtre? Xe casa sua.»

Appena raggiunge il bagno si chiude dentro a chiave.

Antonio, mi chiami tra cinque minuti e mi dica di correre in commissariato per un'urgenza.

Ma lei oggi è di riposo.

No no, voglio venire al lavoro.

* * *

Casa di Alice, Mestre, domenica 27 agosto, ore 12.00

Giorni di convivenza con Vespasiana: 41
Cuori spezzati: sempre 1
Canzoni di Calcutta: in loop

«Perché piangi?» chiedo a Vespy che è rannicchiata sul divano col suo pigiamino bianco e oro, come faceva i primi giorni in cui è arrivata.

«Perché sto male per Andrea» mi risponde con lo sguardo perso, e singhiozza come se le stessero tagliando un braccio.

«Ma Andrea quello che suona la chitarra? Quello che ti aveva detto: "Voglio solo divertirmi"? La pizza Maialona?»

«Sì. Proprio lui. All'inizio ero convinta fosse solo divertimento, niente di più, ed ero sicurissima di riuscire a continuare così, ma poi è cambiato qualcosa.»

«Sei presa da lui, ora? Ma te l'avevo pure detto di stare attenta! Avevamo parlato delle pizze... E sapevi...»

«Sì, me lo diceva che non voleva niente di serio, dopo però mi cantava le canzoni di Calcutta, e poi mi diceva quanto mi desiderava... Così io ho iniziato ad affezionarmi, ma appena provavo ad andare in profondità con i discorsi, lui tirava il culo indietro.»

«E quindi?» le chiedo.

«E quindi non ce la faccio più, Alice. Davvero. Mi fanno tutti un male atroce, e io ogni volta mi sento sempre più debole. Poi ovviamente mi sento una merda. Perché penso che magari non vado bene così come sono. Non sono abbastanza bella, abbastanza interessante, abbastanza boh, non lo so neanche io. Però è sempre così, sempre lo stesso copione. E mi manca terribilmente Giustino.»

«Vespy, smettila. Davvero. Sei stupenda, intelligente e sei una bella persona. È ovviamente un momento di transizione, non puoi pretendere che in due mesi tu possa esserti ripresa del tutto, chiaramente sei ancora instabile e ci vorrà del tempo per riequilibrarti, ma devi pensare a te ora. Basta ragazzi.»

«Mi fai vedere il profilo di Giustino? E anche quello di Andrea, per favore.»

Bene. Perfetto.

Mentre le do il mio telefono, senza nemmeno lottare, guardo Vespy e rifletto. La mia amica si incastra sempre con 'ste persone che non la meritano nemmeno un po', ma non perché lei sia cretina, eh. Oddio, un pochino forse anche sì, ma il problema è un altro. Lei non si ama abbastanza.

E ha questo vuoto dentro che da fuori non si nota, perché se tu la vedi pensi: "Wow che solare, che sorridente, come sta bene, che simpatica, che ragazza forte", ma se la ascolti meglio quel vuoto si sente, e attira persone che lo allargano ancora di più. Lei si butta via perché non crede di meritarsi qualcuno che la scelga davvero, fino in fondo. E allora si accontenta di chi le dà solo le briciole.

Quando anch'io sono stata mollata, ho passato il primo periodo praticamente come un verme, e sarebbe andata avanti così chissà per quanto tempo, se i miei impegni di lavoro non mi avessero obbligata a darmi una svegliata. Ero totalmente straziata, e anche io come Vespy pensavo che non mi sarei mai più ripresa. Eppure la mia relazione ormai era finita per sempre e non sapevo ancora che in realtà il mio ex mi aveva solo messa davanti alla realtà: ovvero che ormai era un sacco di tempo che mi ero chiusa in me stessa e che quella relazione, invece di arricchirmi, era solo l'ennesimo modo per non affrontare un cambiamento. Perché noi, invece di stimolarci e di darci la forza di migliorare, ci peggioravamo a vicenda. Senza volerlo, senza rendercene conto, senza farlo apposta.

Malgrado questo, e sebbene in cuor mio sapessi di non essere felice, ormai, anche se era una situazione triste e svilente, io la vivevo pur sempre come la mia zona di comfort. E le zone di comfort sembrano comode anche se sono deprimenti, perché il cambiamento fa più paura della tristezza, che almeno è sicura.

Quando, da un giorno all'altro, sono stata privata del

mio luogo triste ma sicuro, tutte le mie certezze sono svanite e mi sono ritrovata da sola in casa mia, completamente persa e abbandonata a me stessa. Non che prima non lo fossi eh, sola. Perché alla fine col moroso, se è quello sbagliato, ti puoi sentire ancora più sola che senza.

Però, senza di lui non sapevo più chi fossi, perché ormai era da troppo tempo che ero abituata a vedermi con lui al mio fianco. E chi è Alice senza di lui? Chi sono? Cosa devo fare? Come posso andare avanti? E adesso? Me lo chiedevo cinquanta volte al giorno.

Così ho capito una delle cose più importanti. Che ovviamente una rottura fa tanto male ed è un lutto, però è anche vero che il lutto più grande è stato quello di aver perso la versione di me stessa alla quale ero abituata da troppo, troppo tempo.

L'Alice che aveva vissuto tanti anni come sua fidanzata, di colpo non lo era più. E quindi chi era? È stato quello il lavoro più grande: capire chi fossi. Capire chi fossi senza la sua telefonata ogni giorno, capire chi fossi senza raccontargli la mia giornata, senza raccontargli quando mi succedeva qualcosa di bello o qualcosa di brutto, capire chi fossi senza le vacanze insieme nel nostro posto, capire chi fossi senza i nostri rituali, senza i nostri posti, senza le nostre passeggiate al mare d'inverno.

E così mi sono resa conto che quell'Alice non esisteva più, che tutti quelli restavano solo dei ricordi e che doveva rinascere una nuova Alice che doveva bastare a se stessa.

È stato un lavoro difficile, perché ha fatto molto male. Tantissime volte ho pianto, tantissime volte mi sono sentita persa, tantissime volte mi sono sentita sola, e per tante, tantissime notti ho dormito abbracciata al suo pigiama. Poi una mattina mi sono svegliata, ho preso quel pigiama e sono andata a buttarlo nella spazzatura. Sì, son sincera, non l'ho donato alla raccolta del prete per i poveri, so che gli ambientalisti mi odieranno, ma non ero pronta all'idea di vedere un senzatetto in piazza Ferretto con il carrellino e con il pigiama del mio ex addosso.

Ho iniziato a comprare dei vestiti nuovi, delle minigonne, che non mettevo da anni, scarpe nuove, cose nuove. Ho iniziato a uscire, anche fino alle cinque di mattina, come se avessi vent'anni, con la differenza che stavolta vivevo da sola e non avevo mia mamma che mi aspettava con la savatta[4] in man.

Ho trovato amici nuovi, ho conosciuto molte persone e ho parlato con un sacco di gente che mi ha insegnato tanto. Ho iniziato a svuotare la mia casa e a buttare via tutto ciò che non mi serviva, a regalare vestiti, oggetti, cose. Tante cose. Poi ho conosciuto anche gente orrenda che mi ha risvegliata da quel torpore in cui vivevo da anni, facendomi capire che ancora non avevo idea di quanto schifo ci fosse in giro. Pensavo di saperlo, ma invece no. Ed è stato istruttivo, direi, impararlo.

E un giorno mi sono svegliata, ho respirato profondamente e mi sono sentita libera. Libera per davvero.

A un certo punto è arrivato anche il momento in cui sono riuscita ad andare di nuovo al mare, dove non ero più stata perché mi ricordava troppe cose. Per la prima volta, dopo tante vacanze insieme, ho prenotato qualche giorno in un hotel fronte mare: ci sono andata da sola,

4 Ciabatta.

con la mia minigonna, col mio cagnolino, con la mia valigia graffiata dal gatto, con il costume da bagno per la piscina, con il computer per lavorare, e lì mi sono sentita incredibilmente forte.

La prima sera sono uscita, sono andata a comprarmi una pizza e una Coca Zero e mi sono seduta su un lettino in spiaggia, davanti al mare e alla luna, a mangiare.

Ma non ero sola, perché stavolta avevo me stessa. E credetemi, per la prima volta nella mia vita ho avuto la certezza che, oltre alla pizza ovviamente, non mi serviva null'altro.

Palloni, palloncini,
il phon scalda i pensieri e i miei capelli fini.
Con il vapore salgo in alto, respiro piano,
la testa vivace, il cuore lontano.

Per cinque volte inspiro ed espiro,
vi allargo, vi stringo, mi sollevo, respiro.
E mentre mi spingo più in alto di prima,
fluttuo sulle punte, sottile e divina.

Così, come un soffio che sale e vola via,
anch'io tornerò dolce e piena di energia.

Palloni, palloncini,
spingete il mio cuore in alto e lontano,
dove l'amore è leggero e non teme il richiamo.

6

La tua amica è una bugiarda
Io non ti ho mai tradito
Un tipo a caso con la barba
Ecco che cos'ha visto

Frah Quintale, *Le cose sbagliate*

Casa di Alice, Mestre, giovedì 31 agosto, ore 9.15

Giorni di convivenza con Vespasiana: 45
Calorie risparmiate: 7
Coglioni girati: a 10.000
Furti: altri 2

Senza latte, senza uova, burro, senza zucchero e senza anima... Ma a questo punto che senso ha comprare dei biscotti, io mi chiedo. Stamattina sono di pessimo umore per la dieta healthy da vip americana di Vespasiana, ma non mi rimane altra scelta, visto che ovviamente non ho avuto il tempo di comprare i Pan di Stelle a causa della troppa confusione di questi giorni. Così ora me ne sto qua, seduta sul divano in pigiamino, con il computer sulle gambe e i gattini vicino, una tazza di tè e 'sti biscotti che mi fanno schifo.

Quando il telefono si mette a vibrare sul tavolo, sto provando a lavorare, immersa tra file e idee che cercano di prendere forma, e sono molto frustrata perché senza i miei Pan di Stelle non riesco a trovare una quadra per il progetto che devo consegnare. Per cui mi limito a guardare distrattamente lo schermo, pregando Dio che non sia Vespasiana, altrimenti gliene dico quattro per non avermeli comprati lei (lo sa che mi piacciono! E invece porta a casa 'sti biscotti che sembrano cartone), visto che stamattina sono praticamente sull'orlo di una crisi di nervi.

Invece no. Non è Vespasiana. Ancora peggio. Mi è appena arrivato su WhatsApp un messaggio di Piercoglione. Lo fisso per un secondo. Piercoglione? Mi si sta alzando la pressione. Già mi ha dato fastidio rivederlo quando ci siamo incontrati il mese scorso alla festa del Redentore a casa della Ornella e della Teresina: ha fatto delle scene patetiche prima con me e poi con la Chiaretta, rischiando di far capire a tutti che hanno una relazione... Ogni volta che mi ritrovo ad avere a che fare con lui provo una sensazione veramente fastidiosa, ma forse è solo la vergogna nel ricordarmi il periodo in cui era il mio fidanzato e gli ho permesso di farmi passare le pene dell'inferno. Senza nessuna voglia chiudo il computer, allungo una mano per prendere il telefono e leggo: *Hey.*

Mamma mia, che squallido, che ridicolo. Ovviamente lo ignoro, ma lui mi scrive di nuovo.

Ali...

Ma, aiuto. Cosa vuole questo stamattina? Rispondo, perché lo conosco e so che altrimenti poi va avanti all'infinito.

Dimmi

Ti devo dire una cosa. Ti posso chiamare?

Sospiro e mi sento già male, ma cedo. Sentiamo cosa vuole.

Va bene, chiamami

Il telefono squilla pochi istanti dopo.

«Ciao, Alice.»

«Ciao, Piercoglione. Dimmi, cosa c'è adesso?» rispondo senza alcun entusiasmo.

Sarà sicuramente qualcosa che ha a che fare con la sua tresca con la Chiaretta. Okay, alla festa del Redentore ha visto che io e lei chiacchieravamo, che siamo state parecchio insieme, ma non è che, solo perché per una sera ci siamo parlate, ora all'improvviso siamo amiche del cuore. O magari nel frattempo la Chiaretta gli ha detto di essere incinta e che al cinquanta per cento potrebbe essere lui il padre di questo figlio che lei ora porta in grembo, e non suo marito? Ma cosa c'entro io con tutti i loro casini?

Oppure mi sto mettendo in testa troppe idee strane. In effetti può darsi che mi abbia chiamata semplicemente per invitarmi al suo matrimonio. Sempre ammesso che la Susanna, la sua fidanzata, sia ancora sicura di volersi sposare con un personaggio del genere. Dopo l'uscita che ha fatto lui quella sera alla festa del Redentore, quando sembrava che volesse mandare tutto all'aria per amore della Chiaretta (anche se mezz'ora prima pareva che l'unica donna della sua vita fossi io...), sarebbe comprensibile se ci avesse ripensato...

Invece mi sa che la questione è seria, perché Piercoglione fa un respiro profondo e poi attacca a parlare con quel tono che riconoscerei ovunque. «È successa una cosa. E non capisco come sia potuta accadere.»

«Cosa?»
«Ho subito un furto.»
Per un attimo rimango in silenzio, immaginando solo la faccia di mia zia Rosanna. «Un furto?»
«Sì, mi hanno rubato una cosa importante.»
"Oh Dio santo" dico tra me e me, mentre nella mia testa compare l'immagine della zia Rosanna che denuncia la sparizione dei bovoletti. «Cosa ti hanno rubato?»
Lui esita un attimo. «Sai... il mio feticcio.»
«Stai parlando del tuo feticcio dei palloncini?»
«Sì.»
«E da dove te li hanno rubati?»
«Nel bagagliaio della macchina avevo una borsa piena di palloncini di lusso, e adesso non c'è più. Me l'hanno rubata. Il portafoglio che avevo lasciato sul sedile c'è, e pure le scarpe da calcetto da trecento euro che stavano anche loro nel bagagliaio. Ma la borsa dei palloncini è sparita. È strano, no? Dev'essere qualcuno che sa qualcosa.»
«Qualcuno che sa *cosa*, Piercoglione?»
«Non lo so, Alice. Tipo... tu pensi che la Chiaretta abbia detto qualcosa a qualcuno? E tu?»
Sospiro. «Io non so niente, Piercoglione. E quello che so non l'ho detto a nessuno. Ma comunque, ora cosa vuoi fare?»
«Non lo so. Pensavo... ma tu... credi che quel Lo Cascio possa sapere qualcosa? O magari che possa essere coinvolto?»
«Piercoglione, senza offesa, ma Lo Cascio è un commissario. Non credo che vada in giro a rubare palloncini dalle macchine. Lui non ha quel fet... ecco, non credo

farebbe queste cose, ma non lo conosco bene, insomma» ritratto, mordendomi la lingua. «Comunque, Piercoglione, mi dispiace per i tuoi palloncini, ma devo lavorare. Comprane un nuovo pacco e cerca di chiudere meglio la macchina la prossima volta.»

«No, ti prego, non puoi abbandonarmi così, con un problema del genere! Ti prego, aiutami a investigare su questa cosa... Tutti dicono che sei la Jessica Fletcher di Mestre, voglio sperimentare anch'io le tue qualità da detective» mi butta lì con tono malizioso.

Ma io non ci penso proprio. «Piercoglione, io *non* sono Jessica Fletcher e non mi interessa cosa dicono le persone! Hai capito? HO LE MIE COSE DA FARE, lasciatemi tutti in pace, per favore!»

«Mmh... Mi piaci quando ti scaldi così! Va bene, per questa volta non insisto, ma comunque non sto tranquillo. Ora cerco di capire come muovermi e poi senz'altro ti aggiorno. Perché il problema è che non posso andare a denunciare questo furto... Anzi, che ne dici, magari una sera ci possiamo vedere per parlarne? Questo venerdì?»

«Ciao, Piercoglione.»

Sto cercando disperatamente di riprendermi dalla telefonata e di tornare a concentrarmi sul lavoro, quando sento aprirsi la porta. È Vespasiana, che entra con il solito sorriso stampato in faccia e una borsa di TigoTasi piena di cose che finiranno nel mio bagno.

«Ciao!» esclama, passando in camera e andando subito verso il bagno con la trousse dorata in mano. «Stai lavorando? Senti, ti ricordi che stasera dormo fuori, vero? Mi vedo di nuovo con quel tipo carino.»

«Ciao» rispondo senza staccare gli occhi dal computer. «Sì, okay, nessun problema.»

Mentre lei sparisce dietro la porta e inizia a prepararsi per il suo bagno rituale, continua a parlarmi a raffica del tipo che vedrà stasera, ma sinceramente ormai inizio a fare troppa confusione per seguire bene il filo delle sue avventure. Quindi mi limito a sparare qualche «Ma dai!», «Ahah» e intanto accarezzo i miei gatti, che mi guardano con aria soddisfatta sognando la pace che ci potremo godere almeno per qualche ora.

Lancio un'occhiata ai biscotti healthy di Vespasiana e ne prendo un altro, ripromettendomi di avere una mentalità più aperta e di accogliere le nuove esperienze con più leggerezza, come mi dice sempre lei. Ci voglio credere, magari un po' alla volta imparerò anch'io ad apprezzare questo tipo di gusti… Ma nel momento stesso in cui gli do un morso, mi pento di tutte le promesse che ho appena fatto a me stessa e con una smorfia disperata mi consolo con una promessa più sincera: appena finito questo lavoro, uscirò a comprarmi un pacco di Pan di Stelle.

Intanto, meglio non dire alla zia di questo furto, altrimenti so già che andrebbe via di testa, e poi, come potrei spiegarle che il mio ex Piercoglione è un feticista dei palloncini? Mia zia ha una certa età, non credo sia in grado di reggere pure questo adesso, insieme alla sua psicosi per il ladro.

Ma sì, comunque Piercoglione è solo rincoglionito, lascia la macchina aperta ed è ovvio che qualcuno rubi qualcosa! Magari un bambino ha sbirciato il bagagliaio… Figuratevi ai bambini cosa può interessare del portafoglio o delle scarpe da trecento euro. Ha visto i palloncini e ha preso quelli!

Mentre ci penso, rido sotto i baffi e continuo il mio lavoro. È davvero assurdo pensare che, per un furticello del genere, a Piercoglione vengano in mente delle teorie complottistiche! E chissà che film si sta facendo su di me vestita da investigatrice che gonfio palloncini...

Un po' sconsolata, mi chiedo cosa farebbe Jessica al posto mio e mi do subito la risposta: a quest'ora gli avrebbe già fatto dare un bell'ordine restrittivo.

* * *

Casa del commissario Salvatore Lo Cascio, Mestre, giovedì 31 agosto, ore 12.50

Lo Cascio è seduto sul divano, in silenzio, con lo sguardo fisso sulla sua cucina horror del 1973. Legno marrone scuro, piastrelle con fiorellini ormai ingialliti, impianto del gas non a norma. E lui, che è un poliziotto, questo non può proprio accettarlo.

Per questo, anche se è in affitto, aveva deciso di spendere dei soldi, che non sapeva se avrebbe mai più rivisto, per comprarsi una cucina nuova. Ovviamente aveva deciso di farlo prima che il suo trasferimento fosse accettato, quando ancora pensava che sarebbe stato costretto a vivere a Mestre almeno per qualche altro anno.

E invece.

E invece il trasferimento era stato approvato, la cucina ormai era stata ordinata, quando all'improvviso si è scatenato quel bordello del Giocondagate su cui non può nemmeno indagare in santa pace da solo, ma ogni giorno gli scassano i cabbasisi le polizie, i servizi segreti, i giornalisti e politici vari dei quattro angoli del pianeta.

Per questo il commissario si ritrova ancora a Mestre. Per la prima volta nella sua vita ha saltato le ferie e per farsi un bagno a mare se n'è dovuto andare a Sottomarina (cioè praticamente in quella che i suoi amici siciliani definirebbero una palude). Ma soprattutto, come il vicequestore non manca occasione di ripetergli, se non trova al più presto il colpevole e la refurtiva, l'unico trasferimento in cui potrà sperare è verso qualche paesino di montagna ai confini con la Francia, come punizione ed eterna memoria della più grande figura di merda della sua vita.

Il commissario prende un Maalox dal tavolino accanto al divano e lo ciuccia come se fosse una mentina, poi si alza e apre il frigo. Anche quello un pezzo d'antiquariato. Ruggine ovunque, pezzi che cadono e uno sportello che si chiude solo se ti trasformi in Mike Tyson e gli tiri un pugno.

Pur di smettere di ossessionarsi a ripercorrere per la milionesima volta tutte le situazioni possibili e immaginabili in cui è potuto succedere che qualcuno gli abbia rubato da sotto il naso l'opera d'arte più famosa del mondo, pur di smettere di ragionare sulle possibili falle della nuova pista dei gatti giapponesi addestrati per eludere i laser a pressione calibrata in grado di percepire qualsiasi peso superiore ai duecento grammi, muovendosi leggeri come piume per trasportare strumenti capaci di disattivare i sensori, decide di alzarsi e mettersi a cucinare. In questi mesi è diventato un perfetto uomo di casa e ha anche imparato a fare una cosa, una sola, ma che gli riesce da Dio: la pasta alla norma.

Strizza le fette di melanzana che aveva messo sotto sale, le frigge, prepara il sugo, grattugia la ricotta salata. Mentre prepara tutto, guarda la cucina: è un cesso, ma ha troppa paura di quella nuova dell'Ikea. Quella non è solo una cucina, è una scelta. Appena finisce di cucinare, controlla per sicurezza di aver spento il gas, perché l'ultima cosa che vuole è farsi esplodere, che poi viene fuori che il commissario di Mestre viveva con una cucina non a norma e per colpa sua è saltato in aria il quartiere.

Si siede a tavola, pronto a gustarsi almeno la sua opera d'arte culinaria, ma squilla il telefono.

«Allora, Totuzzo, come stai?» Chissà perché, sua mamma lo chiama sempre e solo quando sta per mangiare.

«Mamma, ciao, tutto regolare, tu stai bene?»

«Eh sì, Totuzzo beddu, lo sai che tra vacanze e cose varie mi ni niscii pazza[1] in questo periodo, però ti devo dare una notizia...»

«Ah, bene...» trema già il commissario. «Che notizia?»

«Na cosa bedda, gggioia! Ti sto venendo a trovare! Arrivo sabato, così posso stare un po' da te, visto che *tu* non vieni mai... Mi devi venire a prendere in aeroporto alle sette, m'arraccumannu non fare tardi, ah! Anzi, una cosa mi devi dire: ma com'è il tempo, lassopra? Me lo devo portare il cappotto?»

* * *

[1] Sono andata fuori di testa.

Casa di Alice, Mestre, venerdì 1° settembre, ore 12.00

Giorni di convivenza con Vespasiana: 46
Gradi centigradi: 34
Percentuale di umidità: 127%
Colpi di fulmine: 1

Sto cercando di rilassarmi sul divano con una maschera all'avocado in faccia, quando Vespasiana entra in casa come un tornado e con un sorriso che le prende tutto il viso, come se avesse appena avuto una paralisi facciale. «Alice, ho trovato l'uomo della mia vita!» esclama, poi appoggia la borsa sul tavolo e si mette a girarmi intorno, saltellando tutta agitata.

La guardo sconvolta. «Scusa? Dove?»

«Su Tinder! È la terza volta che ci esco, ma è tutto chiaro, Alice. È lui. È quello giusto. Non ho mai provato una cosa del genere prima d'ora.»

«Ah. Su Tinder. Certo.»

Si siede accanto a me, stringendo le mie mani per farmi capire che cos'è il *vero* amore, come una ragazzina delle medie innamorata del suo compagno di banco. «Alice, lui è diverso da tutti gli altri. Mi ha detto che sono la donna della sua vita, che non ha mai conosciuto nessuna come me. Sai, si è cancellato da Tinder la prima sera che ci siamo visti, perché dice che io sono quella giusta. Gli piaccio, lo incuriosisco... dice che è innamorato di me.»

Resto immobile, con le mani nelle sue, cercando di capire se è seria o se scherza, ma la sua espressione non cambia. «Ah» riesco a dire.

Lei annuisce, tutta felice. «E quindi... vado a vivere con lui.»

Mi scappa un colpo di tosse e quasi mi soffoco con la mia stessa saliva. «In che senso?»

«Nel senso che mi trasferisco. Ha una casa stupenda, Alice, una villetta a Villatora di Saonara! Ho dormito da lui stanotte, c'è il giardino, ha le camere per i bambini, ha tutto. È perfetto. Pensa che carino... ieri mi ha fatto trovare uno spazzolino tutto per me, già sistemato nel bicchiere in bagno insieme al suo.»

Rimango a fissarla, con gli occhi fuori dalle orbite. Ma sta parlando seriamente?

«Vespasiana... non ti sembra di correre un pochino? L'hai visto tre volte.»

Lei sorride come se avessi detto una cosa ridicola. «No, Alice. Quando lo sai, lo sai. È un colpo di fulmine. Lui è innamorato di me, e io di lui. È la cosa più giusta che abbia mai fatto.»

Un colpo di fulmine? Penso a tutti i suoi colpi di fulmine degli ultimi tempi, dal tipo che faceva il personal trainer, al poeta cantante, al pizzaiolo...

«Ma...» inizio a dire, poi ci penso un po' su e mi interrompo. Cosa dovrei dirle? Che sta andando a vivere con un perfetto sconosciuto? Che mi sembra completamente bacata nel cervello? E poi, dove cazzo è Villatora di Saonara?

Vespasiana si alza di scatto, lasciando le mie mani, che io continuo a tenere a mezz'aria, mentre la fisso. Lei tutta felice: «Devo preparare le valigie! Viene a prendermi stasera dopo il lavoro, così vado direttamente da lui».

La sento canticchiare felice *Islanda* dei Pinguini Tattici Nucleari. Guardo i gatti e mi dico che in fin dei conti questa situazione va tutta a mio vantaggio: finalmente riprenderò il controllo della mia casa!

* * *

Casa di Alice, Mestre, venerdì 1° settembre, ore 19.30

«Alice, è arrivato! Vieni a conoscerlo!» urla, saltellando verso la porta come una bimba il giorno di Natale e facendo un sorriso a cinquanta denti che non ho mai visto da quando è arrivata in Italia.

Mi alzo controvoglia. Quando Vespasiana apre la porta, compare sulla soglia un uomo di circa trentacinque anni che sembra uscito da una pubblicità della banca Mediolanum. È alto, con un sorriso smagliante e un atteggiamento da gran gentiluomo.

«Alice, ti presento Ermanno. Ermanno, questa è Alice.»

«Piacere, Alice» dice lui, tendendomi la mano. La stretta è sicura, forse anche troppo, e il suo sguardo si appoggia per tre volte sulle mie tette, non posso non accorgermene.

«Piacere mio» rispondo riprendendomi la mano e massaggiandola, mentre lo fisso con un sorriso finto e leggermente in cagnesco, anche se sto provando a trattenermi.

Vespasiana, ignara della tensione che si sta creando, sorride radiosa. «Allora vado a prendere la valigia! Torno subito!»

Lei sparisce in camera, lasciandomi sola con Ermanno.

Lui si accomoda vicino all'ingresso, ma i suoi occhi… i suoi occhi non sono esattamente sul mio viso. Fissa il mio petto con un'intensità che mi mette a disagio.

«Allora, Alice, ovviamente ti conosco di fama. Che ridere i tuoi video!» mi dice.

«Grazie» rispondo fredda.

Lui sorride, con quei modi da pizza Maialona che fanno subito scattare il mio radar anticoglione. «Vespasiana è stupenda. È così dolce, così... speciale.»

«Sì, speciale» ripeto gelida.

Per un attimo c'è silenzio, poi sento la sua voce abbassarsi di tono. «Sai, però... anche tu sei davvero simpatica.»

«Grazie.»

«No, dico... se ti avessi conosciuta prima, magari... ah ah ah! Scherzo, dai! Ah ah ah!»

La mia espressione si irrigidisce. «Mmh.»

Lui ride. Ma io non sto ridendo. Per niente.

Nel frattempo, Vespasiana torna con la valigia. «Ci sono! Ho preso tutto, possiamo andare!»

«Perfetto, amore» dice lui, trasformando la sua faccia da latin lover in quella di maritino premuroso in meno di un secondo.

Lei si gira verso di me, visibilmente emozionata. «Alice, grazie di tutto. Sei stata fantastica. Non so come avrei fatto senza di te.»

Mentre Ermanno sta cercando di accarezzare Camillo – che ovviamente lo odia e allunga la zampa per graffiarlo – mi avvicino a lei per salutarla e, nell'abbracciarla, ne approfitto per dirle a bassissima voce in un orecchio: «Vespy, non andare, fidati, non mi piace! È falso!».

Lei mi sorride e mi stringe forte. «Oooh, come sei dolce, Alicina, non vuoi che la tua amica se ne vada, eh!» dice quasi strangolandomi, poi prende la valigia e si avvicina a Ermanno, che mi lancia un ultimo sorriso.

«Ciao, Alice. È stato un piacere conoscerti» dice rivolgendosi direttamente alle mie tette, senza neanche cercare di nasconderlo.

«Sì, a presto» gli rispondo gelida.

Chiudo la porta e resto lì, in silenzio.

Mi siedo sul divano, fissando il vuoto per qualche minuto.

La casa è di nuovo tutta per me. Ma Vespasiana è andata a impelagarsi.

* * *

Aeroporto Marco Caco, Tessera, sabato 2 settembre, ore 19.30

Lo Cascio è all'area arrivi del Marco Caco con l'espressione impaurita di uno che sta per incontrare Kim Jong-un. Sua madre è in volo da Palermo da un'ora e cinquantacinque minuti. Tra cinque minuti atterra. Tra dieci è fuori. Tra quindici gli starà già dicendo che lo vede sciupato e che non si è mai sposato perché si veste di merda.

Quando spunta agli arrivi, lui la vede subito in mezzo alla folla: indossa una giacchina rossa, ha la piega appena fatta e si trascina dietro un trolley più grande di lei.

Lo Cascio sospira, rassegnato, e si prepara psicologicamente.

«Ciao, mamma.»

Lei lo squadra da testa a piedi, con l'espressione che riserverebbe a qualcuno che dice "arancini" invece di "arancine".

«Matri, non ti pozzu avviriri accussì!»[2] dice con aria affranta e un filo di voce, distogliendo lo sguardo e schivando perfino il suo bacio.

«Oddio, che è successo?»

«Vestito così mi vieni a prendere? M'affruntu...»[3]

«Mamma, è la divisa.»

«E non la potevi mandare a stirare? Pensi di continuare a vestirti in questo modo, quando ti manderanno a Roma? Ma quante volte te lo devo dire che devi APPROFITTARE di questa visibilità? Questo è il tuo momento, come fai a non vederlo?»

Lui la ignora, senza dire una parola prende il trolley e si dirige verso il parcheggio.

Lei gli cammina accanto a passo svelto, zitta e nervosa, esplodendo solo quando si fermano davanti alla macchina. «E se continui a comportarti così, a non darti importanza, a trascurarti, vedrai che quelli a Roma non ti ci mandano più! Altro che ministero della Giustizia! Fattelo dire dalla tua mamma, che ti ama più di ogni cosa al mondo» gli sibila con tono gelido, senza incontrare i suoi occhi. «Il tuo problema è che sei troppo onesto! Ancora non l'hai capito che non è così che gira il mondo? Questo è l'unico difetto tuo, Totuzzo. Sei troppo ingenuo» conclude con un filo di voce che già scricchiola di pianto.

Quando arrivano a casa lei inizia subito a guardarsi intorno diffidente, però si blocca di colpo.

«Ma... Come fu? Com'è possibile? Questa casa è pulita.»

[2] Mamma mia, non ti posso vedere così!

[3] Mi vergogno.

«Eh, sì, mamma.»

Lei avanza lentamente a passi lunghi e distesi, come se temesse di pestare una trappola per topi. Poi passa il dito sul mobile del soggiorno, rendendosi conto che non c'è polvere e si volta a scrutare il figlio con lo sguardo assassino dei suoi grandi occhi color nocciola.

«*Tu* l'hai pulita?»

«Eh, certo. Non te lo ricordi quando hai litigato con la signora delle pulizie? Quella da allora non viene più!»

Sua madre si siede sul divano, lo fissa e gli dice con tono drammatico: «Totuzzo, tu a me mi stai nascondendo qualcosa». Poi i suoi occhi si accendono come braci, e con un'aria che oscilla tra l'orgoglio e il sospetto, guardandolo di sbieco, gli lancia all'improvviso: «Non è che ti stai per sposare e non me lo vuoi dire?».

«Ma cosa dici? Perché?»

«Perché se un uomo a quarant'anni ha la casa così pulita, c'è di mezzo una femmina. Ma *tu*...» Ora la sua voce sembra quella di una bambina a cui abbiano rubato l'unica preziosa caramellina a cui teneva tantissimo. «Tu sei un disgraziato e non le vuoi dire niente a tua mammuzza che ti ha cresciuto con tanto amore, che ha perso la sua giovinezza per stare dietro a te... Tutto ti ho dato, e *tu*... Capace che ora questo si va a maritare con *una veneta* e a me manco m'invita... Non mi vuole dire più niente, a me... Alla sua mamma...»

Salvatore sbuffa piano piano, raccogliendo tutta la poca pazienza che gli è rimasta.

«Mamma, la gente normale pulisce la casa perché ci vive dentro.»

«No, Totuzzo, la gente normale trova una brava

ragazza che la pulisce per lui. È per questo che hai lasciato Giusy, vero?»

«Mamma, la casa me la so pulire da solo, e poi io e Giusy non siamo mai stati insieme... Senti, dai, andiamo a bere un aperitivo!»

E così escono.

La madre di Lo Cascio osserva Mestre con orrore, commentando malamente il cielo grigio nonostante il caldo atroce (mentre in Sicilia è ancora piena estate) e l'abbigliamento delle persone che incrociano. Però sui poster strappati e lavati dalla pioggia, dove qua e là ancora affiora il ghigno di un sorriso vecchio di tanti secoli e una data di qualche settimana prima che il commissario non potrà mai dimenticare, non dice nemmeno una parola.

Si accomodano al tavolino del bar e fanno giusto in tempo a ordinare due spritz prima che la zia Rosanna, la Ornella e la Teresina – che stanno facendo a loro volta aperitivo – spuntino dal nulla come falchi: prendono tre sedie e si aggiungono con nonchalance al tavolo del commissario con i loro gingerini, sotto lo sguardo incuriosito e insieme infastidito della madre di Lo Cascio.

«Oooh, ma ea xe a mamma del commissario?»

«Ben arrivata, signora!»

«Ehm... grazie» risponde lei con un sorriso forzato, chiedendo con la massima nonchalance e un'aria assassina, come se avesse appena scoperto che suo figlio si è fatto una doppia vita e un'altra famiglia alle sue spalle: «E *voi*, chi siete?».

«Mamma... Loro sono delle signore molto gentili che conosco! Rosanna, Teresina e Ornella...»

«Bèn dai, commissario, ormai può dire che semo amighi!»

Il commissario annuisce con un leggero imbarazzo, mentre la mamma è ancora titubante.

«Ma che bea signora so mama, Salvatore! Se vede che el ga ciapà tutta la bellezza da ea! Sembra proprio Demir di *Terra amara*...»

Basta dire questa frase (con la traduzione simultanea del commissario) per far comparire subito il sorriso sul volto della mamma, che ora le reputa subito anche sue amiche.

«Ma grazie, signore! Allora, come si comporta il mio Totuzzo?»

«Aaah, lo sa signora, è proprio un omo de casa? Se la sistema, se la lava, sa anche cucinare!»

Sua madre si gira lentamente verso di lui. «*Tu* sai cucinare?»

«Mamma, qualcosina...»

Lei lo fissa ancora. Poi beve un sorso di spritz e annuisce.

«E a femmine come stiamo? Adesso è pronto per sposarsi. C'è qualcuna in circolo, che lui non me lo vuole dire?» chiede alle signore. «Perché in Sicilia c'è una ragazza che gli vuole tanto bene...»

«Mamma, basta con 'sta storia!» la interrompe subito lui, abbassando lo sguardo per non incontrare quello della signora Rosanna che lo sta osservando in modo strano. Ma no, non è possibile che abbia capito qualcosa. Ed è ancora più impossibile che sia stata addirittura Alice a dirle qualcosa. Cosa, poi? Gli sembra che sia passato tanto di quel tempo, da quella sera sotto la luna...

Il commissario sospira, si tocca la tasca della giacca per trovare il rassicurante contatto della scatola di Maalox, poi alza il bicchiere per proporre un brindisi a queste splendide signore.

«E cussì, signora, anca ea co l'artrosi? A mi me fa mal anca el deo del pie, che fin ieri gera bon!»[4]

«Maronnuzza bedda non mi dicissi nenti, ju cu stu alluce valgo non pozzu caminari con i tacchi...»[5]

«Mi go el rialso sue scarpe... perché na onta e na ponta fa un guaivo, signora!»[6]

«Ah... ju mi sentu cchiù dura di la petrafennula!»[7]

«Anca mi, me sento tutta inciodada!»[8] conferma la zia Rosanna.

Il commissario le guarda parlare tra di loro, e non comprende come possano capirsi, eppure gli acciacchi evidentemente accomunano tutti.

Spoiler: la mamma del commissario passerà cinque giorni a casa sua. Prima di ripartire, chiederà a Salvatore:

- delle femmine, 241 volte;
- di Giusy, 235 volte;
- di quand'è che verrà finalmente a farsi un bagno in Sicilia dove ancora è piena estate, 456 volte;

[4] Mi fa male anche il dito del piede che fino a ieri era buono.

[5] Madonna, non mi dica niente, io con questo alluce valgo non posso neanche camminare con i tacchi.

[6] Io ho il rialzo, perché un alto e un basso fanno una via di mezzo.

[7] Mi sento più dura della petrafennula, un dolce siciliano tipico della festa dell'Immacolata.

[8] Mi sento inchiodata.

- di tagliarsi i capelli, 12.954 volte;
- di quand'è che si deciderà a farsi sentire con il dottor Spampinato[9] che sta aspettando la sua telefonata, solo 5 volte (ma che per intensità di scassamento di coglioni valgono al pari di 5000);
- di buttare via tutti i suoi vestiti e comprarsene di migliori, 532 volte;
- di mangiare di più perché lo vede sciupato, 6742 volte.

L'unica cosa che non si può nominare, altrimenti quello capace che si offende, mischino, è com'è stato possibile che suo figlio, il suo unico figlio, il suo Totuzzo che quando era piccolo pareva un angioletto del presepe e che lei stessa ha cresciuto per farlo diventare l'orgoglio di tutto il paese, adesso, con questa storia della Gioconda, a settant'anni suonati le doveva dare tanta vergogna e preoccupazione.

* * *

Commissariato di Mestre, giovedì 7 settembre, ore 9.27

Dopo aver accompagnato sua madre in aeroporto, il commissario di polizia Salvatore Lo Cascio è seduto alla

9 Marito di una carissima cugina di terzo grado del papà del commissario, vive da anni a Roma dove, fatalità, è vicino di pianerottolo di una signora molto educata che lavora al ministero dell'Interno e si potrebbe interessare in alto loco per fare avere al commissario la promozione che si merita: la signora Lo Cascio l'ha già chiamata personalmente più e più volte per mettersi bene d'accordo.

scrivania del suo ufficio in via dei Maroni, a Mestre, con una tazzina vuota di caffè (il terzo della giornata) e tre o quattro fascicoli semiaperti con i casi del giorno. Come si fa a pensare alle denunce per truffa, alle risse notturne in via Piave, all'applicazione delle nuove normative per la guida in stato di ebbrezza, all'ennesimo piccolo spacciatore che ha combinato qualche casino, quando da un mese e mezzo i tuoi amici continuano a girarti meme ridicoli con la tua faccia in tutte le lingue perché sei diventato lo zimbello del mondo intero?

Il commissario si ritrova, senza quasi accorgersene, ad aprire il cassetto solo per avere conferma che il suo trasferimento effettivamente esista, almeno in teoria, anche se per il momento è sospeso: ogni volta in cui è sicuro che nessuno potrà entrare, lo tira fuori, lo piazza in cima a tutti gli altri fogli e si mette a guardarlo. Semplicemente a guardarlo. Può passare quarti d'ora interi, così.

Ma non adesso. Al primo squillo del telefono, Lo Cascio si affretta a richiudere di scatto il cassetto trovando dall'altra parte della linea la voce di Antonio Volpaton. «Commissario, c'è la signora Beatrice Mussatti, da Zelarino, l'ex moglie di Luigino. Dice che è urgente e vuole parlare con lei.»

«Ma io sto lavorando, insomma... Vabbè, me la passi, dai, sentiamo che vuole.»

«Comandi, commissario.»

«Parla il commissario Lo Cascio.»

«Commissario, buongiorno. Sono la signora Beatrice Mussatti, scusi se la disturbo, ma xe successa una roba gravissima.»

«Mi dica.» Il tono di Lo Cascio ormai è rassegnato.

«Mi hanno rubato il rossetto.»

«Mi scusi, signora, può ripetere?»

«Il mio rossetto. Yves Saint Laurent, colorazione 47, fucsia, Orchidea preziosa della Cina. Un'edizione limitata, fatta su misura par mi.»

Il commissario ha gli occhi sgranati. «Capisco… ma, guardi, è sicura di non averlo semplicemente messo da qualche parte e di non ricordarselo più?» dice, non riuscendo a credere di aver ricevuto una telefonata del genere.

«Commissario, la prego, me offende se pensa che l'avrei chiamata per una mia dimenticanza, quindi non dica cose del genere. Io sono una persona estremamente ordinata. I miei rossetti sono sistemati per gradazione cromatica, marca, stagione e tipo di pigmento. Qualcuno è entrato in casa mia e l'ha rubato!»

«Entrato in casa sua, signora? Per rubare il rossetto?»

«Sì! Stamattina so ndada in palestra, e quando so tornada ho trovato una finestra aperta. Ho controllato subito, e il rossetto no ghe gera più. È evidente che qualcuno è entrato. Questo è un furto, commissario. Sebbene io abbia esaminato scrupolosamente tutte le stanze e sembri che non sia stato preso nient'altro.»

Lo Cascio sospira, cercando di non perdere la calma. «Signora Mussatti, mi dispiace per la situazione, davvero, ma non credo sia una cosa per cui possiamo aprire un'indagine.»

«Come sarebbe a dire?» risponde la signora Beatrice indignata. «Questo è un oggetto unico, lo faccio arrivare direttamente da Parigi grazie ai miei contatti personali. Senza quel rossetto non posso andare al matrimonio della figlia del mio nuovo marito. Lei capisce cosa significa? Lei capisce che figura farò per colpa sua? Quel rossetto era perfettamente in palette con il mio abito da cerimonia, non posso assolutamente utilizzare un altro colore, xe fora discussion.»

«Per colpa mia, signora? Cerchiamo di intenderci: io capisco il suo problema, ma non posso mobilitare le risorse di tutto il commissariato per un rossetto perduto. Immagino che lei lo guardi il telegiornale. Si sarà resa conto che da settimane tutte le migliori energie dei miei uomini, con il supporto di corpi speciali internazionali e unità specializzate, stanno lavorando giorno e notte su un *altro* furto che è accaduto a Mestre… Per cui mi spiace, signora, ma non posso fare nulla per lei. Spero che lo ritrovi presto.»

«Lei non capisce la gravità della cosa. Ma va bene, commissario. La ringrazio comunque. Buona giornata.»

Lo Cascio fissa il telefono, quasi sollevato che la signora abbia riagganciato, e per un momento si dice che forse, come gli ripete sempre sua madre, dovrebbe proprio lasciare perdere questa gente strana di Mestre e trovarsi subito qualche raccomandazione così altolocata da avere la forza di far applicare il suo trasferimento anche in pieno Giocondagate e farlo tornare a vivere nella sua terra. Come gli dicono sempre i suoi, con l'aiuto delle persone giuste si può fare tutto, ma lui questo benedetto aiuto si deve decidere a chiederlo senza fare l'idealista come al solito. Almeno in Sicilia bene o male le persone gli vogliono bene, anche se lui è uno scimunito. Per esempio Giusy…

Alla fine forse è con lei che deve stare? Alla fine dopo

tanti anni che si conoscono si vogliono bene veramente. Vanno d'accordo, hanno una buona intesa, lei ormai lo accetta per quello che è. Forse dovrebbe darle una vera opportunità? Costruire una famiglia con lei? Sposarsi? Fare dei bambini? Comprare una casa con una staccionata bianca e due labrador?

"Oppure" si dice mentre apre il cassetto per prendere la scatola di Maalox, ricambiando il sogghigno che lo guarda dal muro del palazzo di fronte attraverso la finestra aperta, "potrei fare veramente come dice il vicequestore, e farmi spedire sulla cima di qualche montagna a farmi dimenticare dal mondo. Tanto io questa benedetta Monna Lisa non la troverò mai."

* * *

Casa di Alice, Mestre, giovedì 7 settembre, ore 9.27

Mi sveglio tutta sudata dopo il sogno talmente disturbante che ho appena fatto, mi metto seduta sul letto e guardo un punto fisso sull'armadio per un quarto d'ora, in silenzio e pietrificata.

Nel sogno, ero in una spiaggia incantata a Scardovari, frazione di Porto Tolle, in provincia di Rovigo, circondata da alberi dai quali crescevano barattoli di miele di acacia. Le api producevano il miele cantando *Felicità* di Al Bano e Romina Power, quando all'improvviso, col sottofondo musicale di *Careless Whisper* suonato da fenicotteri con le autoreggenti e i tacchi alti, dalle onde emergeva, tutto bagnato e grondante di acqua, Winnie the Pooh.

Il fatto è che non era il solito Winnie the Pooh che conosciamo tutti: aveva gli occhi del commissario, gli addominali scolpiti e la divisa da poliziotto aperta, dalla quale, all'altezza del petto, usciva un ciuffo di peluche giallo, e veniva verso di me con il manganello e un barattolo di miele. Con la sua voce profonda, mi diceva: «Alice, sei pronta per il mio vasetto di miele?».

A quel punto mi sono svegliata agitata, e credo prenoterò una visita neurologica.

Oggi butto via le mutande di Winnie the Pooh.

Rosso rossetto,
per aprire il sipario basta un tocco perfetto.
Le labbra risplendono, il viso si accende,
la scena mi chiama, il mondo mi attende.

Tre volte apro e chiudo l'anta con un sorriso,
salutando gli spazzolini, i dischetti e le pastiglie alla lavanda:
ogni cosa è un'amica che adesso mi incanta.
Con questo colore, con questo ardore,
sono pronta a uscire in tutto il mio splendore.

Rosso rossetto,
colora per me le visioni più sincere,
quelle che l'amore sa dire e che non teme.

7

E mi dicevi sempre che ho degli occhi
troppo belli per sporcarli di lacrime

Subito prima di andartene

Tu non ci hai mai visto il mare nei miei
occhi blu indaco

Drast, *Indaco*

Casa di Alice, Mestre, giovedì 7 settembre, ore 13.30

Giorni di beata solitudine in casa mia: 7
Cuori spezzati, di nuovo: 1
Giri a vuoto per le strade di Villatora di Saonara: 16

Dopo la fine della puntata di Jessica, mi alzo dal divano per stiracchiarmi un attimo e ne approfitto per andare in bagno. Sono passati sette giorni esatti da quando Vespasiana ha lasciato casa e ancora non ci posso credere che il bagno sia tornato finalmente mio. Non devo più bussare alla porta per quaranta minuti prima di poter entrare, non c'è più l'odore di maschere che aleggia nell'aria e creme varie sul lavandino. I gatti hanno ripreso a dormire sul divano senza essere disturbati da pianti improvvisi o da sconosciuti sanguinanti nel cuore della notte. La casa è più silenziosa ora, ed è tornata a essere un luogo ospitale.

Però devo ammettere che, anche se mi sto godendo la pace e la tranquillità, ogni tanto mi ritrovo a fissare il telefono. Vespasiana è un tornado, lo sappiamo: arriva, sconvolge tutto e però, ora che se n'è andata, ha lasciato al suo posto una strana sensazione di vuoto. E non è da me provare il vuoto, fidatevi, lo sapete che io sono muso da can e voglio stare da sola. Eppure, ogni tanto Vespasiana mi manca. Mi manca il suo caos, mi manca il rumore della tv, mi manca la tisana fredda della sera con lei. Qualche giorno fa le ho mandato un messaggio. *Tutto bene?*

La sua risposta è arrivata dopo più di tre ore. *Sì, tutto bene, sono felicissima!*

Fine. Nessuna battuta, nessun pensiero, niente di niente. E io non riesco a togliermi dalla testa quella faccia da culo di Ermanno. Io le persone le sento a pelle, e lui mi ha dato quella sensazione di disagio che non riesco a ignorare. O forse sono solo una stronza invidiosa? Può essere che quel giorno avessi una macchia di pomodoro sul petto? Magari questa è davvero la volta buona per Vespasiana? O forse no. Non lo so.

Comunque, mentre sono assorta in questi pensieri, suona il telefono, ed è proprio lei.

«Ciao, Vespy, tutto okay?»

Dall'altro lato della linea sento solo un respiro tremante, seguito da un singhiozzo. Poi, la sua voce: «Alice, ti prego, vieni a prendermi. Subito».

Mi blocco, il cuore in gola. «Cosa? Cosa è successo?»

«Ermanno… mi ha mollata. Mi ha detto che si è già stufato di me, che stasera devo andarmene. Mi ha spezzato il cuore, Alice. Non so cosa fare, ti prego, vieni a prendermi.»

’Sto infame! «Ecco, Vespasiana, lo sapevo. Te l’avevo detto che quello era un coglione! Dove sei?»

«A Villatora di Saonara… Ti mando la posizione, ti prego, vieni subito. Non voglio stare qui nemmeno un minuto di più.»

«Va bene, arrivo. Mandami tutto e preparati.»

Parto con la mia Punto scassata, incazzata nera con il vile Ermanno e senza una vaga idea di dove sia Villatora di Saonara, che non è esattamente il centro del mondo.

Dopo aver girato sedici volte intorno alla stessa rotonda, essermi fermata a un benzinaio, aver chiesto indicazioni a uno straniero in bicicletta, in qualche modo riesco ad arrivare e finalmente la vedo uscire da questa super villetta col giardino, con gli occhi rossi ma a testa alta e con la valigia in mano.

«Vai, vai, non voglio mai più tornare in questo posto» dice salendo in macchina e chiudendo la portiera.

Seguiamo le indicazioni del navigatore in silenzio, senza dire nulla. L’importante è che stiamo insieme e che lei ora sia al sicuro – con me che guido come un pensionato col cappello, in un paese sconosciuto, in una macchina scassatissima, però almeno siamo insieme.

Quando ci ritroviamo sul mio divano con una tisana in mano, Vespasiana riacquista l’uso della parola. «Lo odio! Mamma mia, non so come dirtelo, mi sento così…» E si agita tutta, stringendo i pugni come se volesse ammazzarlo.

Magari è meglio se mi sposto un po’? Così, giusto per stare tranquilla.

«Lo odio con tutta me stessa, non ne voglio mai più sapere di lui, perché mi ha presa in giro. All’inizio mi ha dato l'illusione che tutto fosse perfetto. Mi faceva sentire speciale, unica. Diceva che ero la donna della sua vita, che non aveva mai provato niente di simile. Ogni giorno un messaggio, una sorpresa, un gesto dolce. Pensavo davvero che fosse quello giusto. Come Giustino... è vero che non me lo merito?» mi chiede con gli occhi di fuoco.

«Sì, cucciola, io so che ci stai male, però è durata una settimana, comunque.»

«Lo so, ma ci speravo davvero» continua lei, con un sorriso amaro. «Giusto da due giorni ha iniziato a cambiare. Meno attenzioni, meno tutto. E oggi mi ha guardata e mi ha detto: "Non funziona, Vespasiana. Stasera vai via". Come se fossi una scoassa[1] che si può buttare quando non serve più.»

La sua voce si rompe, e io mi mordo la lingua per non dire: "Te l'avevo detto". Non è il momento.

«Alice, io mi ero affezionata. Lui mi faceva sentire importante, capisci? E invece si è stufato. Così, senza un motivo.»

«Vespy, mi dispiace che tu stia soffrendo. Davvero. Ma in fin dei conti, ma chi cazzo era 'sto qua? L'hai visto così poche volte! Tu ti rendi conto che ti è andata anche bene? Magari poteva pure essere un serial killer, che ne sappiamo!»

Lei annuisce: «Sì. Effettivamente aveva una grande collezione di coltelli. Comunque... grazie, Alice. Sai che mi sento già meglio? Ora magari se non ti scoccia mi vado a fare una doccetta per riprendermi». E srotola le

[1] Spazzatura.

sue chilometriche gambe per alzarsi e saltellare in direzione del bagno.

«Figurati» rispondo, rivolgendomi direttamente alla porta. «Mi sei mancata, nonostante tutto.»

* * *

Casa di Alice, Mestre, venerdì 8 settembre, ore 6.23

Giorni di convivenza con Vespasiana: 53
Ripetizione della frase «Giustino mi ha sbloccata»: 27 volte
Furti: altri 3

«ALICEEE! ALICE, SVEGLIA!» urla Vespasiana, mentre io sobbalzo con il terrore che sia arrivata un'invasione aliena e che si debba scappare il più velocemente possibile...

«Che cazzo è successo?» grido, mentre vedo Vespasiana arrivare in camera mia con il pigiamino dorato di seta, il viso fresco e riposato, e tremendamente felice.

«MI HA SBLOCCATA! GIUSTINO MI HA SBLOCCATA!» urla a voce altissima, saltellando come una pazza e facendomi vedere il telefono, mentre io strabuzzo gli occhi e mi gira la testa.

Ancora imbalsamata nel letto, la guardo mentre cerco disperatamente di ricordarmi chi sono, dove mi trovo e soprattutto perché. «Vespy... Ma che ora è?»

«Le sei e mezza! Dai, svegliati che oggi devo rivoluzionare la mia vita! È ora di fare dei cambiamenti!» mi dice, agitatissima, completamente fuori di testa, come se si fosse fatta di un qualche nuovo tipo di droga. «Questo è un miracolo, capisci? Un miracolo del pensiero positivo, delle visualizzazioni! Questa è la realizzazione della mia vocazione profonda... essere la fidanzata di Giustino!»

«Ma sei matta? Io voglio dormire ancora. Lasciami stare...» le dico girandomi nel letto e mettendomi il cuscino sopra la faccia.

«No, Alice, non hai capito! Finalmente è successo! Giustino mi ha sbloccata proprio adesso, dopo che ho sofferto così tanto per Ermanno... Tutti quei tipi assurdi di Tinder non mi hanno lasciato niente, non mi sono serviti a nulla, e io stavo ancora malissimo per Giustino. Ma ora è diverso! Ora si ricomincia. Dobbiamo uscire, dobbiamo andare a Venezia, in quell'hotel sfarzoso in piazza San Marco! Voglio fare delle foto bellissime, mettere storie su Instagram, far vedere a Giustino che io sono una donna rinata, una che sta bene, che non pensa più a lui. Capito? Felice, sorridente e gnocca da paura! Così tornerà da me! Fidati, è sempre così!»

Mi tolgo lentamente il cuscino dalla faccia e la fisso con orrore. «Vespasiana... Sono le sei e mezza del mattino. Vai a dormire, per favore, e non rompermi i coglioni.»

Lei si mette davanti a me e mi toglie la coperta di dosso. «No. Non posso dormire! Lo capisci che Giustino mi ha sbloccata? Vuol dire che mi rivuole! Dobbiamo andare a Venezia stasera, devo fargli vedere la parte migliore di me!»

«Ma con che soldi dobbiamo fare tutto questo?»

«Con i tuoi, ovviamente. Per piacere! Ti prego!»

Io rimango lì, a fissarla senza parole, mentre lei schizza

a chiudersi in bagno. Sento già il rumore dell'acqua che scorre, di mille tubetti di creme che si aprono, con il suo solito sottofondo canterino. Maledetta me, quella volta non potevo dirle: "Vespasiana, non posso venirti a prendere in aeroporto, trova un'altra soluzione"?

Dalla porta del bagno, lei mi grida: «Alice, alzati che adesso andiamo a fare la passeggiata al parco e mi fai un po' di foto, che devo mettere SUBITO delle storie!».

«Ma vaffanculo, Vespasiana!» le rispondo in un lamento, infilandomi di nuovo sotto il cuscino e riuscendo a prendere sonno per dieci bellissimi minuti.

«Cosa ti hanno detto, poi, per quel lavoro per cui avevi mandato il curriculum?» le chiedo dopo il mini pisolino, urlando anch'io da una stanza all'altra. Ma lei deve essere già sotto la doccia, perché non mi risponde.

E comunque si vede che oggi non è proprio la mia giornata. Squilla il telefono. Guardo l'orologio: le 6.45. Ancora in coma, mi passo una mano sulla faccia, mi massaggio la testa e rispondo: «Pronto?».

«Alice! So mi! È successa una cosa gravissima!» annuncia mia zia Rosanna.

«Oddio! Cosa è successo?»

«Lo sai che alla signora Beatrice di Zelarino, l'ex moglie di Luigino, hanno rubato il rossetto?»

Rimango qualche secondo in silenzio, con il telefono in mano, cercando di dare un senso a quella frase.

«Zia, ma fai sul serio? Mi stai chiamando alle sei e mezza di mattina per dirmi che una vecchia rincoglionita di ottant'anni ha perso un rossetto?»

«RINCOGLIONITA?!» si infuria lei. Perché stamattina mi devono urlare tutti addosso? Poi continua: «Ma cossa ti vol dir? Che anche io, la Ornella e la Teresina siamo vecchie rincoglionite? Guarda che noi sappiamo benissimo dove mettiamo le nostre cose, non siamo mica sceme! C'è stato un altro furto! Un altro furto, Alice! E la Beatrice ha trovato una finestra semiaperta».

«Zia, ascolta, forse la Beatrice si è dimenticata la finestra aperta e il rossetto lo avrà lasciato in qualche borsa...» rispondo cercando di tranquillizzarla.

«Ma ti schersi? Guarda che la Beatrice è una persona sveglia. Non si dimentica mica le robe... Ti xe molto piu rincoionia ti!»

«Va bene, quindi cosa vuoi, zia?»

«E quindi bisogna assolutamente parlare con il commissario Lo Casso! È chiaro che c'è qualcuno che xe drio rubar a tutte noialtre povere signore per bene! Un ladro de mestiere... che ce l'ha con noi. Mi te o go dito: par mi se el commissario trova questo qua, capirà che xe lo stesso dea Gioconda e vedrai che torna tutto a posto.»

«Ma zia, insomma, ti prego, io ho mille robe da fare in questi giorni e non mi posso proprio occupare di questa cosa qua, ma anche il commissario avrà da lavorare con il fatto della Gioconda e tutto il resto, capisci?»

«Anca questo xe lavoro par iu! Perciò te me compagni in commissariato ae otto!» insiste lei.

«No, zia, stamattina ho da fare. Devo lavorare.»

«Te vedi come che ti xe? No ti vol ben a to zia. Te me abbandoni sempre» incomincia a dire facendomi sentire in colpa, tanto lo sa che poi in questo modo io non resisto.

«Oddio, Signore... che esagerata che sei. Dai, va bene, zia. Va bene. Ti accompagno in commissariato alle otto. Contenta?»

«Xe el minimo che ti pol far par to zia.»

Okay, ho capito, stamattina non si dorme.

«Vespasiana, se non esci immediatamente dal bagno, stasera non andiamo a Venezia!»

La porta rimane chiusa, ma sento un leggero movimento. Poi, tutta preoccupata, esce dal bagno e viene in camera, dicendomi: «No, dai, non dirmi così».

«Oh là, ora vado io in bagno.»

«Va bene. Ma ricordati che al massimo alle sette stasera dobbiamo partire, eh! Già non stiamo andando al parco stamattina...»

«Sì, sì, certo...» borbotto nervosa, entrando finalmente in bagno.

Mentre chiudo la porta, al cinquantatreesimo giorno di convivenza (46 scontando la sua luna di miele con Ermanno) mi rendo conto che esisteva fin dall'inizio un modo estremamente semplice ed efficace per far ragionare Vespasiana: ricattarla.

* * *

Casa della zia Rosanna, Mestre, venerdì 8 settembre, ore 7.45

Arrivo davanti alla casa della zia Rosanna con la mia Punto scassata. La vedo già pronta davanti al cancello, con il suo scialle sul collo e un piumino da montagna, come se fossimo in Svizzera ai mercatini di Natale, sebbene sia ancora praticamente estate. Ma sapete, sia mai prendere un colpo di freddo. La zia agita una mano e si dirige verso di me, quasi correndo.

«Ma che fretta hai? Vai piano, che ti fai male!» le dico abbassando il finestrino.

«Fretta? Xe già tardi! Dai, movite che ndemo» esclama lei salendo e mettendosi la cintura.

«Zia, guarda che siamo in anticipo» ribatto io, agitata per l'ansia che mi fa venire solo a guardarla mentre è così scattante e nervosa.

«Parti e tasi. E che no te vegna in mente de fare le storie su Instagram col telefonino! Che siamo di corsa!»

Sto zitta, perché è inutile controbattere, e in meno di cinque minuti siamo davanti al commissariato. Parcheggio come meglio posso, tanto qua è sempre un casino, e lei tira fuori dalla borsa una busta di documenti.

«Cos'è sta roba?» le chiedo confusa.

«Xe e prove, cara mia! Le prove de tutti i furti! No ghe xe scampo per sto ladro!»

Aiuto. La psicosi del ladro è reale, posso toccarla con mano. Di nuovo, come quella per il serial killer. È ufficiale. Ma io non sono Jessica Fletcher, non so più come dirglielo! Da Jessica ho imparato un sacco di cose, tipo che chi fa da sé fa per tre, che basta un piccolo dettaglio per cambiare tutto, che si può conquistare il mondo anche in pigiama, che non puoi piacere a tutti, che nessuno fa niente per niente, che anche la tua più cara amica può essere un'assassina, che non è mai troppo tardi… ma adesso tutto questo non mi serve e non mi deve servire! Non finirò mai di ripeterglielo alla zia Rosanna che io NON VOGLIO INDAGARE, e in ogni caso comunque non ho nessuna intenzione di fare figure barbine con il commissario dopo tutto questo tempo in cui non ci siamo più visti né sentiti. Ve lo dico, io non ci entro nel suo ufficio con lei, io la aspetto fuori, che faccia pure tutte le sue cose, ma io 'ste figure non le voglio fare!

* * *

Commissariato di Mestre, venerdì 8 settembre, ore 8.00

Appena entriamo, ci accoglie l'agente Antonio Volpaton, che mi guarda come se avesse visto la Madonna e mi sorride felicissimo.

«Antonio, che contenta che so de vedarla!» lo saluta la zia Rosanna, evidentemente un po' stupita di trovarlo ancora lì all'ingresso, anche ora che ha avuto pure lui la promozione a commissario.

«Il commissario Lo Cascio è già arrivato, vado subito ad avvisarlo!» ci annuncia con la sua solita gentilezza.

«Be', adesso è commissario pure lei, no?» gli chiede la zia. «Ma forse prenderà servizio dopo il trasferimento di Lo Casso?»

A queste parole, Antonio ha una reazione stranissima: mi verrebbe quasi da dire che cambia faccia, spegnendo completamente tutto l'entusiasmo con cui ci aveva accolte ed evitando proprio di rispondere alla zia; invece, si volta dall'altra parte e si dirige direttamente verso l'ufficio. Come mai?

«Commissario?»

«Buongiorno, Antonio. Che c'è?»

«C'è qui la signora Rosanna con... la signorina Alice Guerra, l'influencer.»

«Alic… Che caz… Che cosa vogliono queste alle otto di mattina?» dice tirandosi su dritto sulla sedia, agitato.

«Non lo so, commissario.»

Lo Cascio si passa una mano sui capelli, cercando di pettinarsi alla buona. «Va bene, mandale dentro. Ma che sia breve, eh?»

L'agente Antonio Volpaton torna da noi e ci fa cenno di seguirlo, ma io lo fermo subito e dico: «No, no, zia, io ti aspetto qua».

«Ma ti schersi? Vien co mi immediatamente.»

«No zia, fidati, ti ho accompagnata volentieri, ma ti aspetto fuori, guarda che bene che sto qui seduta al calduccio, sto qua tranquilla, magari faccio mezzo sonnetto… Oppure, Antonio, ha qualcosa da farmi leggere?»

«Abbiamo dei moduli di denuncia…»

«Ma che leggere e leggere! Alza il culo e vien vanti subito! Ostrega!»

Entriamo nell'ufficio, e sento fortissimo quel profumo che, anche se sono passati quasi due mesi, per me è ancora devastante, ma cerco di fare finta di niente.

Lo Cascio alza lo sguardo e saluta: «Buongiorno». Poi mi guarda di sfuggita, con quel misto di imbarazzo e tensione che ormai accompagna ogni nostro incontro.

«Allora, commissario, xe una situazione gravissima! Prima i bovoletti, poi le foto delle signore Ornella e Teresina, e adesso anca el rossetto della Beatrice Mussatti! No se pol vivar cussì! Dovete far qualcosa!»

Lo Cascio inspira profondamente. «Signora Rosanna, mi rendo conto che per lei sia importante, ma deve capire che al momento sono impegnato su vari fronti e non posso aprire un'indagine per un rossetto o delle fotografie.»

«Ma come no? Xe a nostra vita! Xe i nostri ricordi! I me bovoletti!» insiste mia zia, agitando la busta piena di "prove". «È il ladro della Gioconda! Lei mi deve credere! Io me le sento queste cose!»

Io rimango in silenzio, fissando il pavimento e pregando che tutto finisca presto. Appena alzo lo sguardo, Lo Cascio mi lancia un'occhiata che risuona come un grido di aiuto, ma io non so davvero cosa fare e ricambio con un'espressione di totale resa. Contro mia zia Rosanna, se si mette in testa una cosa, non si può lottare.

«Signora Rosanna,» dice stremato Lo Cascio «capisco la sua frustrazione. Facciamo così: tenga monitorata la situazione, e se nota qualcosa di sospetto mi avvisi subito. Nel frattempo, cercherò di vedere se ci sono collegamenti con altri casi. Può andare bene?»

Mia zia sembra calmarsi leggermente. «Va ben, commissario. Ma me raccomando, tenga d'occhio 'sto ladro!»

Ci alziamo e salutiamo il commissario. Io e lui per un momento non riusciamo a fare a meno di scambiarci uno sguardo che dura troppo, o forse troppo poco, ma che in ogni caso mi fa partire qualcosa dentro. Mi sento male. In testa ricominciano i flashback della nostra notte in spiaggia. Ma basta! Devo andare via da qua, subito.

Riaccompagno la zia a casa e me ne ritorno nel mio appartamento con le farfalle nello stomaco e la voce di Jessica che non smette di ricordarmi quanto mi fosse sembrata strana quella reazione di Antonio alle parole della zia.

Ma io le rispondo di tacere, perché si vede benissimo che Antonio Volpaton è la persona più dolce e più limpida del mondo, quindi perché mai dovrei sospettare che stia nascondendo qualcosa? Inoltre, adesso non ho proprio tempo per occuparmi né di Antonio né tantomeno del commissario Lo Cascio e del suo profumo (che mi sento ancora nelle narici): ho il telefono che scoppia di messaggi di Vespasiana che vuole organizzarsi per la serata.

La ignoro e vado a prepararmi un tè. Mentre aspetto che l'acqua sia pronta, cerco i Pan di Stelle che avevo comprato ieri, ma non li trovo. Sono sicura di averli comprati, faccio sogni strani, sono un po' fuori fase, ma vi giuro che sono certa di averli riposti nella credenza.

Dove cazzo sono?

Cerco ovunque, ma niente. So perfettamente che Vespasiana non può averli finiti, figuratevi, lei che mangia solo i suoi biscottini healthy, i miei Pan di Stelle non li ha mai accettati nemmeno quando glieli ho offerti io.

I miei Pan di Stelle. L'unica cosa che mi fa svegliare la mattina. È gravissimo: sento un piccolo brivido che mi sale nel petto.

E se la zia avesse davvero ragione? Se il ladro della Gioconda ora stesse davvero passando per tutte le case a rubare ciò che ci è più caro?

Finora non avevo minimamente pensato che potesse essere vero. Pensavo che la zia avesse perso i bovoletti, che le signore avessero smarrito le foto per sbaglio, che la signora Beatrice avesse lasciato il rossetto in qualche borsa, e che Piercoglione… Be', che Piercoglione fosse coglione e basta.

Loro sono vecchie e rimbambite, ma io no! Io ho

trent'anni. Sono nel pieno delle mie facoltà mentali, e io vi giuro che i Pan di Stelle li ho comprati.

Chissene frega della Gioconda, chissene frega dei bovoletti e di tutto il resto, ma i miei Pan di Stelle no, questo non posso accettarlo!

Okay. È il momento. Devo iniziare a indagare.

E con questo mood aggressivo e vendicativo – perché NESSUNO deve permettersi di rubarmi i biscotti – mi precipito a casa della zia, le suono il campanello, le dico di scendere e ci dirigiamo a casa della Ornella e della Teresina.

* * *

Casa di Ornella e Teresina, Mestre, venerdì 8 settembre, ore 9.30

Io e la zia ci sediamo al tavolo, mentre uno dei gatti delle signore si appollaia sulle mie gambe e la Ornella, sebbene siano le nove di mattina, prepara quattro gingerini. In sottofondo c'è la Palombelli con *Forum* in televisione.

Mentre siamo sedute lì, sgancio la bomba.

«Okay, devo essere sincera con voi, io non vi credevo su quella storia dei furti. Ma oggi è successo anche a me.»

Le tre maranteghe mi guardano, preoccupate.

«Cossa i te ga rubà a ti, Alice?» chiede la Teresina, aspettandosi una rivelazione scioccante.

«I Pan di Stelle.»

Silenzio. Tutte e tre si mettono la mano sulla bocca, attonite.

«Nooo! Ma ti schersi!» urla la Teresina, portandosi le mani ai capelli. «Ma xe gravissimo!»

«Ti no ti me credi mai, e adesso, ti ga visto? Te vedi a no credar a to zia?» esclama la zia Rosanna, quasi contenta.

«Teresina, prendi carta e penna, bisogna scrivar tutti i dati che gavemo!» le intima la Ornella, mentre la zia Rosanna annuisce, tirando fuori la cartellina dei furti, che tiene sempre in borsa.

«Allora, ste tente, fasemo na analisi dettagliata» dice la Ornella, con la penna in mano, mentre sembra una investigatrice dell'FBI.

«Prima di tutto, è stata rubata la Gioconda» inizio io.

Annuiscono tutte. Furto di poco conto rispetto ai Pan di Stelle, certo, però è così che è iniziato tutto.

«Eora, noialtre gerimo là, fate mente locale, cosa abbiamo visto?»

«Be', c'era Mariano, c'era la Grassiella, la Bruna, Nane... Ah! E dopo xe rivà Luigino in bicicletta facendo finta di niente! Come xe possibie? Ghe gera i manifesti dea Gioconda da settimane!»

«Sì, era un po' strano, ma se avesse avuto la Gioconda in bicicletta l'avremmo vista, no?» dico io.

«Be', insomma, a Gioconda xe picenina, forse l'avrà piegata e messa in tasca?» chiede la Teresina.

«Mamma mia, può essere» esclamo io.

«E come ha fatto a rubare i bovoletti, i Pan di Stelle, il rossetto della Beatrice?»

«AAAHPPARCARITÀ!» urla la zia Rosanna, mentre noi siamo scioccate e la guardiamo con gli occhi spalancati, e il gatto che era sul mio ventre scappa perché prende paura.

«Cossa ghe xe Rosanna?» chiede la Teresina.

«Il giorno che mi hanno rubato i bovoletti in cortile, iu gera in giardin co e gaine, ghe parlava e faseva dei balletti strani...»

«Sì, zia, è che lui abita là... con le galline. Insomma... capisci, non è esattamente un indizio valido.»

«Appunto! Pensateci... sa dove abitiamo tutte! Sa i nostri orari... ed è l'ex della Beatrice!»

Tutte ci mettiamo una mano sulla bocca. Effettivamente, la zia non ha tutti i torti.

«Xe evidente. Xe sta iu!» esclama sicura la Ornella, mentre noi annuiamo.

«Dobbiamo andare a casa sua» dichiara la zia, alzando un dito.

«E cossa ghe disemo? Se presentemo là e ghe disemo "tira fora a Gioconda, le foto, el rossetto e i bovoletti"?» chiede Teresina.

«Ormai i bovoletti i gavarà magnai... I go persi par sempre» afferma triste la zia con le lacrime agli occhi.

«Dai, zia, non essere tragica.»

«Ti te parli, che ti xe qua par i Pan di Stelle!»

Ha ragione.

«Dai, andiamo a trovarlo» affermo io sicura.

* * *

Casa di Luigino Boscolo, Mestre, venerdì 8 settembre, ore 10.12

Ci incamminiamo verso casa di Luigino con la grinta di chi sa di avere addosso gli occhi del mondo intero ed è pronto a tutto pur di far trionfare la giustizia.

Occhiali da sole, sialle stretto al collo, scarpe ortopediche, passo sicuro. Per quanto possa essere sicuro il passo della Ornella, col deambulatore. E della zia Rosanna, con la sciatica. E della Teresina, con l'alluce valgo. E il mio… che… Be', sapete, non sono molto atletica.

«Allora, come lo freghiamo?» chiede la Ornella, stringendo la borsetta come se dentro ci fosse un microfono collegato con la CIA, invece delle sue caramelle Rossana.

«Ghe fasemo na raffica de domande!» propone la Teresina.

«No, no, troppo diretto. El ciapa paura. Varda che el ga novant'anni queo! Dopo el fa un infarto. Noialtre o distraemo e la Alice cerca in giro» ribatte la Ornella.

Tutte e tre annuiscono.

«Ti ti ga ancora i oci boni»[2] aggiunge la zia.

«E cosa gli dico per rovistargli per casa?»

«Che devi andare al bagno! Che ti xe deboe de suste!»[3]

«Va bene.»

Arriviamo davanti alla porta di Luigino. Suoniamo. Dopo pochi secondi, si apre e compare lui: camicia con le angurie, infradito e un sorriso enorme. Mi sento già in colpa.

«Oh, ma che bea sorpresa! Entrate entrate, che ve fasso el caffè!»

Noi entriamo, e subito iniziamo a guardarci attorno. Dove potrebbe essere la Gioconda?

Luigino accende il fornello sotto la moka, tutto tranquillo, mentre le maranteghe si siedono al tavolo.

[2] Ci vedi ancora bene, hai gli occhi buoni.
[3] Difficoltà a contenere la pipì.

«Luigino, posso un attimo andare al bagno?» chiedo subito io, approfittando del fatto che lui sia indaffarato con la preparazione del caffè.

«Certo, certo, è lì in fondo!»

Mi dirigo con nonchalance verso il bagno, e intanto entro in tutte le stanze della casa.

Apro l'armadio: niente. Guardo sotto al letto: niente. In mezzo ai libri: niente. Dentro al wc: niente. Dietro ai quadri: niente. Dentro a un vaso di fiori: niente. Nel portaombrelli: niente. Dentro alle scatole di scarpe: niente. Dentro al portaspazzolini: niente. Nella mensola dei detersivi: niente.

Nessun palloncino, nessun Pan di Stelle, nessuna Gioconda. Bisognerebbe esaminare la cucina, ora, ma lui è lì.

Sistemo tutto, ritorno al tavolo con disinvoltura e trovo le maranteghe che mi guardano con aria interrogativa.

Faccio cenno di no con la testa e beviamo il caffè, mentre lui, inconsapevole di tutto, ci racconta che sta cercando di insegnare qualche posizione yoga alle galline.

Allora la Ornella ha improvvisamente il colpo di genio.

«Luigino, ci porti a vedere le galline?» Mentre lo dice mi guarda, e sa che ho capito.

«Ma certo! I me amori!»

Quando escono tutti, mettendosi ovviamente el sialle per non prendere freddo, io resto dentro e apro tutti gli sportelli della cucina, il frigo, il forno, la credenza, i barattoli di caffè. Niente.

Luigino non è il ladro.

Usciamo da casa sua con un misto di sollievo e delusione: è confortante sapere che lui non c'entra, ma questo significa che la nostra missione è solo appena iniziata.

* * *

Casa di Alice, Mestre, venerdì 8 settembre, ore 18.45

«Allora, come ti vesti?» mi chiede Vespasiana uscendo dal bagno con un asciugamano in testa e un vestito dorato brillantinoso addosso.

Io la guardo, già irritata dal fatto che lei sia in piedi, pettinata, truccata e pronta mentre io ho ancora i capelli sporchi e la faccia di chi non dorme da una settimana.

«Boh, come mi vesto? Metto la minigonna nera e una maglia nera, no?» Ebbene sì, adesso sono nel mio periodo total black.

Vespasiana sgrana gli occhi come se avessi appena bestemmiato. «Ma sei impazzita? Non puoi venire a Venezia vestita così!»

«E allora? Cosa devo mettermi?»

«Un bel vestito!»

Apro l'armadio e ne tiro fuori uno nero. Lei lo squadra e sembra abbia appena guardato un terribile film horror.

«Alice, ma questo dove l'hai comprato?» dice toccandolo e poi pulendosi la mano su una gamba.

«Dai cinesi.»

Vespasiana si prende la testa fra le mani. «Oh mio Dio, ma è terribile! Ti presto io un vestito di Prada, dai.»

La guardo e scoppio in una risata isterica. «Vespasiana, ma secondo te dove vuoi che mi entri il tuo vestito di Prada, che peserai almeno venti chili meno di me? Al massimo lo uso come fascia per i capelli o come infradito.»

«Va bene, allora vieni come vuoi tu, con i tuoi vestiti in

plastica radioattiva... ma guarda che non so nemmeno se ti faranno entrare là dove voglio andare io!»

«Esagerata. Spero che il mio outfit da 29,90 euro, comprensivo di mutande e reggiseno, non rovini la tua immagine da diva dorata» le dico mentre mi infilo con orgoglio la mia minigonna nera da quattro euro.

Usciamo di casa, lei con il vestito Prada dorato, una giacca abbinata, la borsetta con la catena di Chanel color grappolo d'uva, un rossetto nuovo che le sta benissimo e l'illuminante in faccia che la fa sembrare una stella cometa. Sembra Barbie Magia delle Feste. E io, al contrario, vestita tutta di nero, con la mia minigonna nera e l'ombretto scuro, che sembro Barbie Ti Ucciderà Stanotte Con Un'Accetta Mentre Dormi.

Ma non importa.

Arrivate a piazzale Roma, Vespasiana scende dal tram dove si è già fatta sedici selfie, e si guarda intorno come se fosse una turista giapponese in gita.

«Allora, dove dobbiamo andare?» mi chiede.

«Che ne so? Io non vengo mai a Venezia.»

«Ma come non vieni mai a Venezia? Abiti a dieci minuti!»

«Sì, però non ci vengo mai, sai che mi piace stare a casa senza rotture. Se vuoi, mettiamo il navigatore.»

* * *

Commissariato di Mestre, venerdì 8 settembre, ore 19.15

«Certo, presidente... Certo. Indubbiamente. Sono completamente d'accordo con lei... Mmh. Mmh. Sì. Senz'altro.

Ci può contare. Sempre a sua disposizione, presidente. Naturalmente. Ci risentiamo la settimana prossima... O magari anche prima! Chiarissimo. Certo. La ringrazio. Buona serata anche a lei, e mi saluti caramente il Dalai Lama.»

Il commissario Lo Cascio chiude la telefonata e crolla con la faccia tra le mani.

«Nessuna novità?»

Lo Cascio scuote piano la testa, affranto e ormai privo di ogni speranza. «No, Antonio. Sembra che in effetti questi monaci tibetani del silenzio non abbiano nessun alibi per quella sera, anche perché continuano a rifiutarsi di parlare.»

«Ha visto, commissario? Quindi non era lei che aveva sbagliato qualcosa nell'interrogatorio!»

«Mah, non lo so, Antonio. Io non ci capisco più niente... Da un lato il Dalai Lama fa pressioni perché possano tornare a casa, ha visto poco fa anche l'appello al telegiornale? Dall'altro il vicequestore è convintissimo che siano stati loro e in effetti è vero che sono molto esperti nel muoversi senza emettere alcun suono, respirando a ritmo impercettibile, e quindi avrebbero potuto eludere i sistemi di rilevamento acustico ultrasensibili... ma c'è *qualcosa*» dice Lo Cascio con una piccola smorfia, passandosi una mano sulla camicia «che mi fa pensare di no. Davvero però non saprei spiegarle il perché. Quindi che faccio, vado dai tecnici della scientifica coreani a spiegare che il mio istinto mi dice di rimetterli a piede libero e farli tornare alle loro meditazioni?»

«Quella femmina ci sta facendo impazzire, commissario» commenta solidale Antonio, seduto di fronte a lui a mangiare un panino con la soppressa. C'è rimasto talmente male per questo fatto della Gioconda che non riesce nemmeno a chiamarla con il suo nome, come se ce l'avesse proprio con lei, con la Monna Lisa che è venuta a farsi un giro a Mestre per poi lasciarsi rubare in questo modo assurdo, svanendo letteralmente nel nulla senza lasciare la minima traccia. «Se non ci può aiutare nemmeno il presidente della Repubblica, io non lo so...»

Lo Cascio non risponde. Si limita a fissarlo con il suo solito sguardo da "mi sono rotto le palle di tutto, della Gioconda, dei sogni in cui inopinatamente mi viene ancora a trovare l'influencer, dei furti, delle vecchie, di mia madre, dell'assistenza Ikea", poi guarda l'orologio. È da stamattina che non si sente bene. Forse si sta prendendo un'influenza? «Non ce la faccio più, Antonio. Me ne sto andando a casa. Come siamo messi a giornalisti?»

«Cinque minuti fa ho guardato e ce n'erano solo tre o quattro. Tutti stranieri, tranne il solito delle *Iene*.»

«Ah, meno male» sospira il commissario, spegnendo il computer e alzandosi in piedi. Naturalmente, è appena arrivato alla porta quando suona ancora il telefono. E questa volta non si tratta né del primo ministro brasiliano, né della responsabile dei servizi segreti deviati canadesi, né di quel collettivo di giornalisti americani indipendenti che lo stanno supplicando di girare un documentario sul Giocondagate. No. È una certa Giovanna dell'assistenza Ikea – beatamente ignara sia di parlare con l'uomo del momento, sia di porgli per la milionesima volta la stessa domanda sulla quale centinaia di colleghi sono miseramente crollati nelle ultime settimane –, che con fare allegro e operativo gli propone la data dell'indomani per venire a montare la cucina. Giovanna, che lavora al servizio clienti Ikea da una decina di giorni, si è fatta l'idea che la maggior parte delle persone di solito riceve questo tipo di telefonate con grande sollievo: quindi non immagina minimamente di poter avere un no come risposta. E in effetti questa volta il commissario Lo Cascio si arrende e accetta, senza nemmeno sapere il perché.

Uscendo dal suo ufficio, avrebbe voglia di buttare il telefono in un cestino dell'immondizia; ma cerca di rincuorarsi per questa ennesima cazzata che ha fatto, dicendosi che, in fin dei conti, la cucina era già pagata, dunque tutto sommato poco importa sapere se e quando potrà ritornare a vivere in Sicilia. Tanto vale cucinare con più comodità su quella nuova, no? Almeno per il momento.

E così, con passo più leggero, si avvia verso casa.

* * *

Venezia, venerdì 8 settembre, ore 19.20

Giriamo spaesate per un po', cercando di seguire il navigatore, finché davanti a noi non appare una figura conosciuta: la Chiaretta. È elegantissima, con un abito lungo attillato dal quale si intravede una piccola curva sul ventre che lei continua ad accarezzare.

«Alice! Vespasiana! Ma che bello vedervi! Vespasiana, non ti vedo dai tempi della scuola! Non sapevo che fossi tornata! Non eri in America?» esclama, abbracciando prima lei e poi me.

«Eh, sì, un sacco di tempo, comunque ti trovo benissimo!» esclama Vespasiana entusiasta, avvicinandosi alla sua faccia per esaminarle con la dovuta attenzione i pori della pelle.

«Dove andate di bello? Io sto andando a Palazzo Stramusoni alla festa di compleanno di un'amica!»

«Anche noi andavamo lì! Ma... Chiaretta... sei incinta?» chiede Vespasiana, fissandole la pancia con ammirazione.

«Sì, sono felicissima! Sono al quinto mese, ma ho già organizzato tutto: parto in acqua in una clinica privata a Padova, con le migliori ostetriche... Tutto in agenda, tutto calcolato perfettamente al millimetro.»

Vespasiana la guarda ammirata. «Tu sei del segno della Vergine, vero?»

«Vergine, ascendente Vergine, con luna in Vergine. La precisione in persona, l'avresti mai detto?» risponde la Chiaretta con un sorriso.

«Incredibile! Io in Vergine ho solo l'ascendente...» esclama Vespasiana, con una nota di rammarico. «Ma penso che avremo un sacco di cose da dirci io e te, Chiaretta! Sono troppo contenta, finalmente ho trovato qualcuno a cui chiedere consiglio sui centri estetici che tu, Alice, non sai mai niente!»

«E tu, Alice? Di che segno sei?» mi chiede la Chiaretta.

«Scorpione, ascendente Leone, con luna in Pesci. Io sono esattamente il contrario di voi due.»

Loro iniziano a parlare di astrologia, mettendosi a cercare le lune su Internet. Vespasiana si sta pavoneggiando. «Io sono Bilancia, ascendente Vergine, luna in Toro. Elegante, con un grande senso estetico, l'ascendente Vergine mi rende un po' maniaca del controllo come te, Chiaretta, e la mia luna in Toro mi rende romantica e dolce.»

«E io?» domanda la Chiaretta.

«Analitica, ipercritica, perfetta! Tu hai un'attenzione micidiale per i dettagli, un'ossessione per l'efficienza, il tuo superpotere è l'organizzazione! Probabilmente fai liste su liste, vero?»

«Sì, ho un'agenda che è la mia Nimbus 2000... Ci scrivo tutto e non vivo senza. E Alice...» chiede la Chiaretta fermandosi di botto in mezzo alla massa di turisti. «Alice com'è?»

«Ah, Alice!» esclama Vespasiana, voltandosi verso di me e continuando a leggere. «Sei una vera Scorpione, eh. Intensa, passionale, magnetica. Con quell'ascendente Leone sei forte e determinata, però con la luna in Pesci hai un lato sensibilissimo che ti fa piangere con i gattini su TikTok.»

«Grazie per il ritratto psicologico, eh, purtroppo devo confermare» rispondo con sarcasmo. «Ma ora vediamo di trovare questo Palazzo Stramusoni, che ho già male ai piedi a furia di camminare.»

«Scusi, SCUSIIII!» urla Vespasiana sventolando una mano e rivolgendosi a un giapponese che se ne stava tranquillo a fotografare le calli e che si spaventa, temendo quasi un'aggressione. «Ci può fare una foto tutte insieme?»

Quando finalmente entriamo in questo posto super sfarzoso, tutto specchi, lampadari di cristallo, poltrone in stile barocco, Vespasiana esclama: «Wow, che meraviglia!» girando su se stessa col suo vestito dorato. «È perfetto! È esattamente quello che mi serviva! Okay, allora, adesso mi devi fare davvero tantissime foto!»

«Ragazze, scusate, ma le mie amiche mi aspettano. Ci vediamo dopo, eh!» ci saluta la Chiaretta, lasciandoci lì e raggiungendo una decina di ragazze super belle, truccate e vestite come delle dive.

«Brindiamo al buon esito del colloquio che hai fatto l'altro giorno?» propongo fiduciosa a Vespasiana.

«Ah... *quel* colloquio... Mah, sai che forse non mi interessa più? E comunque non mi hanno ancora fatto sapere niente. Senti,» dice improvvisamente, prendendomi per mano «facciamo un'altra foto insieme, così la metto su Instagram. È importante che sembri che ci stiamo divertendo.»

Ah, vedi. Che *sembri* che ci stiamo divertendo. Quindi alla fine pure lei si sta facendo due coglioni, anche se non lo ammette. Poi mi guarda e mi dice: «Ma stai scherzando? Che foto vuoi che vengano fuori con una Coca Zero? Ma che figure mi fai fare? Già sei vestita da scappata di casa...».

«Oh, ma senti un po', vattene anche a fanculo! Ho pagato cinquanta euro per questi due drink annacquati... Mi hai proprio rotto i coglioni stasera!»

«Ma, Alice!»

Mi alzo furiosa e la pianto lì da sola. Poi, camminando nervosa e incazzosa, mi dirigo verso il bagno, che sembra uscito pure questo da un catalogo di arredamento di lusso.

Mentre mi lavo le mani, da una porta esce la Chiaretta. Ha l'espressione stanca, ma appena si accorge di me fa un sorriso forzatissimo.

«Alice, allora, bella serata, eh?»

«Sì...» rispondo, anche se si vede lontano un miglio che mi sto annoiando da morire. «Senti, ma... tu come stai?» le chiedo.

Lei ribatte subito: «Benissimo! Perché?».

«Boh... ti ricordi nel bagno... a luglio? Quel discorso... sul papà.» Intendo quando alla festa del Redentore si è messa a vomitare e ha scoperto di essere incinta grazie a un test di gravidanza che tenevo in borsetta, nel bagno della Ornella e della Teresina, e le ho anche dato un Biochetasi nel bicchiere della loro dentiera.

«Shhhh!» mi dice, come se non volesse che nessuno scopra il suo segreto, ovvero che è sposata con Giangiorgianno, ma l'ha tradito con il mio ex, Piercoglione, e fondamentalmente non si sa di chi è il figlio che porta in grembo. Poi continua, a bassa voce, fulminandomi: «Alice, non è il momento né il luogo per certi discorsi».

«Certo, forse non è il momento, è che... hai organizzato tutto nei minimi dettagli, ma ti manca forse questo piccolo particolare da capire.»

«Senti, Alice, sai cosa ti dico?» sbotta mentre le parte un tic all'occhio destro e io indietreggio perché prendo paura. «Vaffanculo anche a te!»

E se ne esce dal bagno sbattendo la porta, incazzata nera.

Perfetto.

Sono riuscita a litigare sia con Vespasiana, sia con la Chiaretta nel giro di cinque minuti.

Dopo la festa, siamo sedute in silenzio sul battello per tornare a Mestre. Nessuna di noi parla, c'è solo il rumore dell'acqua, la puzza della benzina del vaporetto e tre donne incazzate. Vespasiana e la Chiaretta sono furiose con me, e io con loro due. Questa serata è stata un disastro. Vespasiana è pure afflitta perché Giustino non ha guardato nemmeno una delle sue storie, e il culmine è che, siccome non ha il city pass dei residenti, ho anche dovuto pagarle il biglietto del vaporetto a prezzo pieno, perché non era proprio il caso di rifare tutta la strada a piedi sui tacchi per tornare al tram. Sembriamo tre bambine di cinque anni che hanno litigato per le caramelle.

A quel punto una vecchietta entra in vaporetto, si siede davanti a noi e ci fa: «Ma sio drio tornar da un funeral? Ma che tre musi da can!».

Biscotto biscottino,
ne metto uno di qua e uno di là, uno sul miscelatore
e uno sul bordino.

Oh! Adesso il bidet è diventato un firmamento
pieno di stelle che spegneranno il mio tormento
accendendo di gioia, con la loro luce di cioccolato,
questo dolore che mi stritola da ogni lato.

Do un morso deciso con aria assorta,
e penso che oggi me ne servirebbe una scorta.

Biscotto, biscottino,
fa' che l'amore sia dolce e appassionato
come il tuo sapore che resta sul palato.

8

E ti aggrappi alle mie insicurezze
Che si mischiano bene alle tue

Pinguini Tattici Nucleari, *Hold On*

Casa di Alice, Mestre, sabato 9 settembre, ore 6.23

Giorni di convivenza con Vespasiana: 54
Storie visualizzate su Instagram: 6
Foto fatte a Vespy in un numero spropositato di posizioni di yoga diverse: 126
Foto che le andavano bene: nemmeno una

«ODDIOOOOOOOOOO! Alice! Alice! Giustino mi ha guardato le storie! Giustino mi ha guardato le storie!»

Ci risiamo. Vespasiana sul letto sta saltando come una cavalletta. È evidente che per lei non abbia nessuna importanza che io stia avendo un colpo apoplettico e che i miei gatti, come sempre, rischino di impazzire: nel tentativo di scappare dal letto, quello che mi dormiva in testa mi pianta le unghie in faccia. Mi giro verso Vespasiana; dalle tapparelle entra un filo di luce, ma praticamente è ancora notte, quindi la vedo poco. Inoltre non sono sicura di avere ancora l'uso degli occhi per via dell'agguato del gatto, ma per quel poco che posso percepire è già fuori di sé. Mi volto verso la sveglia sul comodino: sono le 6.23. Di mattina. O meglio, di notte per quanto mi riguarda, nel senso che per me la vita inizia alle nove, prima è notte e basta.

«Ma che vuoi da me a quest'ora?»

«Alice! Alice! Giustino mi ha guardato le storie di ieri sera! Mi ha anche messo un like! Ma lo capisci? Ti rendi conto? Mi ha messo un cuoricino!»

Io la guardo senza capire niente, pensando solo:

- che è la seconda mattina di fila che mi sveglia in orari che per me non esistono nemmeno e
- che, sinceramente, quando viveva da Ermanno un pochino mi mancava, ma in generale stavo tanto meglio. Sì, lo so, è crudele da parte mia dirlo, ma non posso mica sempre essere politically correct.
- Per non parlare di com'era bella la vita quando lei stava in America senza rompermi le scatole.

«Va bene, okay, bellissimo. Adesso però lasciami dormire.»

«Ma no! Ma cosa stai dicendo? Ma non capisci? Adesso dobbiamo assolutamente alzarci, prepararci, vestirci, fare gli esercizi, andare a fare colazione da qualche parte per festeggiare, e poi fare delle belle foto!»

«Vespasiana, ma tu sei fuori di testa! Basta con queste foto! Non ti puoi accontentare di tutte quelle che abbiamo fatto ieri? Lasciami dormire!»

Come se fosse il giorno più bello della sua vita, saltella per la cucina con un caffè in mano, continua ad aggiornare le sue storie di Instagram e a guardare il cuoricino che le ha messo Giustino, sembra totalmente ossessionata.

«Ma quindi adesso cosa vuoi fare, Vespasiana? Dove dobbiamo andare di preciso?»

«Be', adesso andremo al parco per praticare un po' di meditazione e yoga e dopo andremo a fare colazione. Ti puoi mettere qualcosa di comodo ma trendy, una bella tutina.»

«Ma non va bene» dice come se davanti a lei ci fosse un sacchetto dell'umido, quando le ricompaio davanti con un paio di pantaloni della tuta e una normalissima felpa, mentre continua ad aggiornare Instagram.

«Perché non va bene?»

«Ma cos'è sta roba da casalinga depressa? Perché non ti compri i completini di cui fanno la pubblicità su Instagram?» dice aprendosi la felpa e mostrandomi il suo, che è dorato con i leggings abbinati. Lei sembra che stia andando a una festa di yoga organizzata da Paris Hilton, mentre io invece sembro davvero in tuta, come una che è in tuta per davvero... Ma è così che dovrebbe essere, no?

«Vespasiana, cioè, sono le sette di mattina, io non sono abituata, almeno lasciami vestire come voglio.»

«Eh, è ora che ti abitui, tesoro, guarda che fa benissimo alzarsi presto la mattina. Dai, muoviti che andiamo.»

Lei si mette degli occhiali da sole, un berretto ed è tutta bella, figa, meravigliosa. Io, invece, continuo a sembrare una deficiente. Sembriamo praticamente Gigi Hadid che cammina accanto al suo bulldog inglese in sovrappeso che ha l'appuntamento col veterinario nutrizionista l'indomani. Lei fa un passo e io, per fare gli stessi metri del suo passo, ne devo fare tre, perché le mie gambe sono lunghe la metà delle sue.

Mentre camminiamo verso il parco, Mestre si sta svegliando. I vecchietti sono al bar della piazza con il loro vino rosso (vi ricordo che sono le sette di mattina), e vediamo Mariano, soprannominato Sandalo col calzino, che beve con i suoi amici. Lo saluto subito: «Ciao Mariano, eora come xea?».

Lui non mi riconosce e mi guarda stranito, probabilmente a causa dell'Alzheimer. In più vedo che Vespasiana continua a camminare senza salutare nessuno, così lascio perdere e le corro dietro.

«Ma perché non ti fermi? Potevi lasciarmi salutare Mariano...»

«Ma cosa vuoi salutare i vecchi?» mi risponde. «Guarda che il sole mangia le ore e dobbiamo fare presto!»

Quando arriviamo al parco, respira felice, stende due tappetini sull'erba e comincia a farmi fare training autogeno, dicendo: «Noi siamo calme, noi siamo rilassate». Poi mette una musica tipo di campane tibetane, tutta spirituale. Nel frattempo lei è nella sua tutina dorata, seduta, che si contorce facendo delle cose e mi spiega anche come farle. A un certo punto si ritrova a fare una verticale con un piede in bocca e l'altro puntato verso il cielo.

«Prova anche tu» mi dice serenamente, come se fosse la cosa più semplice del mondo. Non ha capito che io non riesco neanche a grattarmi la schiena con il braccio, da quanto sono anchilosata. «Ti devi impegnare un po', perché fare esercizio fa bene al corpo e allo spirito...»

«In fin dei conti, sai che mi è proprio venuta voglia di farti un po' di foto?»

Mi sistemo davanti a lei, pronta a scattare con il telefono in mano, e Vespasiana si distende sul tappetino con la posa più assurda che abbia mai visto, un mix tra una ballerina di danza classica e un colibrì, col suo fisico perfetto in controluce. «Aspetta, Alice, aspetta! Si vedono gli addominali?»

«Sì, Vespasiana, penso li veda pure Mariano dal bar.»

«Dai, non scherzare, ora fammene una mentre sono nella posizione del cane.»

«Okay, fatta, adesso però andiamo a fare colazione» la supplico, indicando il bar dove ci sono i vecioti.

Vespasiana mi guarda come se le avessi proposto di mangiare in una mensa dei poveri. «Ma sei fuori, Alice? Io non ci vado, in quel bar. Andiamo in centro e troviamo qualcosa che faccia gli smoothie. Voglio uno smoothie, capito? Mango, avocado, semi di chia. Cose sane.»

«Ecco, Vespasiana, questo ti piacerà» le dico indicando un locale in cui fanno il brunch in stile americano con tutte le cose particolari che piacciono a lei. Dove ovviamente mi chiede di farle un altro video mentre beve il suo smoothie al mango e zenzero, con aggiunta di polvere di spirulina, curcuma, cazzi e mazzi e semi di lino.

«Vespasiana, ma sei seria?»

«Sì, dai, è importante. Devo fare vedere che sto bene, che ho uno stile di vita sano e tutto. Riprendimi bene, eh. Devo sembrare felice, rilassata, insomma, hai capito. E soprattutto FIGA. Giustino deve morire male guardandomi.»

Ah. Quindi la vedo tranquilla, insomma. Ha superato tutto.

* * *

Casa della zia Rosanna, mercoledì 27 settembre, ore 10.30

«Allora, riepiloghiamo i furti» esclamo, prendendo il foglio dalla nostra cartellina e bevendo un sorso di gingerino.

«La Gioconda, i bovoletti, le foto, il rossetto e i miei Pan di Stelle.» Ovviamente come sempre continuo a omettere il furto dei palloncini di Piercoglione, perché essendo il mio ex, sapete, insomma, non vorrei che mia zia facesse gli incubi stanotte.

La Teresina si aggiusta gli occhiali e propone seria e professionale: «Bene, dobbiamo analizzare ogni singolo caso. Rosanna, chi ti ga visto el giorno dei bovoletti?».

La zia si gela.

«Luigino, e vialtre do» risponde rivolgendosi alla Ornella e alla Teresina con lo sguardo storto.

«Eh no, eh» sbotta la Ornella. «Non cominciare! Varda che mi no go fatto niente!»

La Teresina alza le mani. «Ma figurite, mi col deambulatore dove ti vol che vada, ah te pol mainarte!»

La zia Rosanna si tranquillizza. «No go visto nessun altro. Ah! Spetta… Go visto Mariano!»

«E dove?» chiedo io.

«Qua sotto che camminava, perché in quel momento…» dice la zia Rosanna alzando un dito come se stesse facendo una rivelazione sconvolgente «so ndada a comprar sette-otto teste di aglio qua da Ginetto Bruscandoi[1] perché le avevo finite, e quando sono tornata i bovoletti no i ghe gera più.»

[1] Il fruttivendolo.

«E perché pensi sia stato lui, zia?»

«Eh, perché non aveva i sandali coi calzini quel giorno. El gera sensa calsetti.»

Restiamo in silenzio esterrefatte. Mariano non è mai uscito di casa senza i sandali coi calzini in vita sua, indipendentemente dal fatto che ci fossero zero gradi o cinquanta.

«Quindi è chiaramente lui, sapete che, quando una persona si comporta in modo diverso dal solito, c'è sempre qualcosa sotto» conclude la zia, annuendo con la soddisfazione di chi ha appena risolto il caso.

«Zia, ma Mariano ha l'Alzheimer.»

«E allora?»

«E allora magari non si ricorda neanche di mettersi i calzini... Anche un'altra volta mi ricordo che Luigino ha detto di averlo trovato in giro senza.»

«Sì, però... Adesso che ghe penso... anca el giorno che ci hanno rubato le foto, Mariano gironzolava qua sotto» interviene la Ornella.

«Ma signore, lui non sta bene! Io lo vedo sempre a camminare in giro per Mestre senza meta!»

«E il giorno dei Pan di Stelle? L'hai visto?» mi chiede la zia.

«Ma certo! Lo vedo tutti i giorni, sta sempre al bar!»

«E anche il giorno della Gioconda era là con Lucio» dice la Teresina.

«EL XE STA IU!» urla la zia Rosanna battendo un pugno sul tavolo.

«Okay, ma se fosse davvero cussì... no fasemo niente! Che poareto, ga già i so problemi!» interviene la Teresina.

Annuiamo tutte.

«Però almanco saverlo se xe sta iu... Par noialtre, par star tranquie» dice la zia.

«Sono d'accordo, zia. Dobbiamo andare a indagare. Ma questa volta senza farci vedere, okay? Già quando ho frugato in casa di Luigino mi son sentita tanto in colpa. Stavolta dobbiamo essere perfettamente INVISIBILI» esclamo io, scandendo bene le parole.

La Ornella e la Teresina quindi vanno a casa a cambiarsi. Io sono già vestita di nero, come sempre, mi faccio solo prestare una sciarpa nera dalla zia e metto gli occhiali da sole che ho in borsa.

Usciamo di casa e ci incamminiamo; la zia si è messa un piumino nero, un berretto nero, e ha tirato su lo scialle fino al naso.

Dopo dieci minuti ci troviamo tutte e quattro all'entrata di via dei Goldonassi. La Ornella indossa un cappotto nero che arriva fino ai piedi, un foulard annodato sotto al mento, un berretto blu scuro con visiera del Consorzio del radicchio, probabilmente regalato a qualche sagra, le scarpe ortopediche.

La Teresina invece si è messa la tuta da sci nera e si è avvolta un foulard in testa, lasciando fuori solo gli occhi: se non fosse per il deambulatore, sembrerebbe Osama bin Laden in montagna.

Ci muoviamo compatte, a passo deciso, ma con calma perché siamo tutte anziane.[2]

«Dobbiamo essere INVISIBILI» ripeto, abbassando gli occhiali da sole con aria da spia professionista della CIA.

2 Sì, anche io, sapete, i trent'anni...

Usciamo da via dei Goldonassi e arriviamo in viale Cojonaldi.

Ci stanno fissando tutti.

Un bambino di cinque anni ci punta il dito contro. «Mamma, chi sono quelle?» La mamma ci guarda terrorizzata e lo trascina via.

«State tranquille, tanto ormai Mariano non ci riconosce, lo sapete» aggiungo io per tranquillizzarle. «È solo una precauzione in più.»

Arriviamo al bar ed eccolo lì: Mariano, seduto al suo solito posto, ombra di vino in mano, circondato dai suoi amici pensionati.

Ci sediamo a un tavolo un po' distante, cercando di non dare troppo nell'occhio e ordiniamo quattro gingerini, che arrivano subito.

Dopo tre secondi, Mariano alza lo sguardo verso di noi ed esclama: «Ciao, Rosanna! Ciao, Ornella! Ciao, Teresina! Ciao, Alice! Come state? Speta che vegno là!».

A questo punto, il piano è andato a rotoli. Mariano non ci riconosce da un mese, a eccezione di oggi. Quindi siamo costrette a parlarci, cercando di capire se è davvero lui il ladro.

«No gero sicuro che geri voialtre, ma appena ho visto che avete ordinato i gingerini non ho avuto dubbi! Comunque state proprio bene vestite così!»

Noi ci scambiamo uno sguardo imbarazzato: un errore così banale! Jessica Fletcher cosa direbbe di noi...? Sono i gingerini che ci hanno fregate. Non abbiamo decisamente un futuro nell'intelligence. Così, per non perdere altro tempo...

«Allora, Mariano... ti abbiamo visto girare ultimamente, che facevi?» gli domando.

Le signore si soffocano col gingerino e mi guardano con aria di disapprovazione, ma lui risponde tranquillamente: «Ah, na roba brutta, ragasse! So drio diventar matto! I me ga rubà un per de calsetti! Quei de marca, edision limitata dea Piuma... I gera i me preferiti. So drio cercarli dappartutto par Mestre, ma niente ciò!».

Ci fissiamo per qualche secondo. Mariano è ufficialmente fuori dai giochi, ed è una vittima come noi.

* * *

Casa di Alice, Mestre, domenica 1° ottobre, ore 22.30

Giorni di convivenza con Vespasiana: 76
Bustine di tisana consumate: 452
Storie pubblicate su Instagram: 691

Vespasiana e io siamo sedute sul divano a bere una tisana. O meglio, io sto cercando di bere questa cosa marroncina che ha comprato e che dice essere drenante, detossinante, alla curcuma e tutte le altre stronzate che piacciono a lei. Il problema è che praticamente sto bevendo fango. E ovviamente è fango senza zucchero, perché Vespasiana non sia mai che possa usare lo zucchero bianco, quello è il male assoluto, figuratevi, ormai lo sapete bene come è fatta.

Fuori piove, è iniziato davvero l'autunno e abbiamo deciso di guardare un film su Netflix. Lei voleva un documentario sull'alimentazione. Io volevo un film di Agatha

Christie. A nessuna delle due andava bene quello che voleva vedere l'altra, così abbiamo fatto un compromesso e stiamo guardando una commedia romantica di pessimo gusto, quando all'improvviso sento un lamento soffocato. Poi un altro. Poi parte proprio il pianto disperato. «Aiuto, Alice! Mi manca Giustino!» singhiozza. Io la fisso con gli occhi sbarrati e metto in pausa il film.

«Adesso lui continua a guardarmi le storie, mi mette i cuoricini, ma nient'altro! Io mi sto impegnando tantissimo, carico ogni giorno delle storie in cui sono figa, dove faccio vedere i miei completini di yoga, la mia pelle perfetta, tutte le mie cose, però lui non ha ancora fatto nessun gesto verso di me. È da un po' che ha smesso di pubblicare foto con Taylor, forse hanno litigato, non lo so, però io sto ancora troppo male. Non ho il coraggio di scrivergli ancora, perché gli ho mandato un altro messaggio una settimana fa e non mi ha risposto. Però mi mette i like alle storie, mi mette i cuoricini, Alice! I cuoricini! Capisci cosa significa?»

Io la guardo ormai rassegnata, facendo un calcolo mentale delle volte in cui mi ha detto la stessa cosa nelle ultime settimane. Numero stimato: 2000.

«L'unica cosa che mi viene da dirti, Vespy,» le rispondo mentre bevo un altro sorso di questo fango che ormai è freddo, perché mi fa talmente schifo che non ho avuto il coraggio di finirlo «è la stessa che ti ho già detto tante altre volte: uno che non ti risponde ai messaggi però ti mette i cuoricini sulle storie non è una persona normale.»

Vespasiana tira su col naso, sconvolta dal mio totale disinteresse verso i segnali evidentissimi che Giustino le sta mandando. Perché per lei un cuoricino su una storia significa: "Ti amo ancora, torna da me, sono una persona complessa con tanto dolore dentro che mi rende difficile esprimere in modo articolato le mie emozioni, ma in fondo al cuore ti amo tantissimo e lo sai che non posso vivere senza di te". Invece per me significa: "Ero seduto sul cesso e mentre cagavo mi è partito il dito e ti ho messo like".

«Ma io lo amo ancora, Alice! Non riesco a dimenticarmelo! Non riesco a dimenticarmi la mia vita in America!» ribadisce piangendo disperata. «Vorrei solo che tornasse tutto come prima, prima che mi mollasse...»

Oh mio Dio. «Senti, ma come sta andando con lo psicoterapeuta? Ormai è da un po' che ci vai. Lui cosa ti dice di tutto questo?» le chiedo.

«Ah, bene, bene...» risponde velocemente, tagliando corto. «Sì, va bene con lo psicoterapeuta.»

«Eh... E cosa ti ha detto?»

«Be', niente di che. Che devo andare avanti» mi dice sicura, con quel sorriso finto di quando le faccio le foto per Instagram. «Sì, mi ha detto questo. Possiamo vedere il finale del film adesso?»

«Un attimo, scusa, perché non mi spieghi bene cosa ti ha detto? Cioè, magari ti ha dato qualche esercizio, qualche strategia... Dei libri da leggere? Qualche consiglio per trovare un lavoro? No?»

«Sì sì, dai, Alice, adesso non ho voglia di parlarne» ribatte e si alza di scatto. «Vuoi che vada a fare un'altra tisana? Ne ho presa una allo zenzero, fa benissimo, è utile per disintossicare il corpo e bilanciare i chakra.»

«No, ti preg...»

«Perfetto, vado subito a farla» dice e scappa in cucina.

Io rimango piantata lì con un punto di domanda

grande come una casa. Cioè, sta andando dallo psicoterapeuta, e dopo tutti questi mesi possibile che sia ancora nella fase del pianto disperato per Giustino? Cioè, capisco che sia stata una relazione importante e tutto, ma qui non c'è il minimo progresso. Le cose che fa, le storie che pubblica, i vestiti che sceglie... tutto è ancora costruito per Giustino. È tutto finto. Mi sembra che tra questo e i tipi di Tinder abbia solo cercato di riempire vuoti. Ma quei vuoti sono troppo grandi... Lei li deve riempire con se stessa, le cose le deve fare per lei, mica per gli uomini.

Mentre sono persa in questi pensieri, Vespasiana torna con due tazze fumanti.

«Ecco qui! Questa è ancora meglio di quella alla curcuma!»

La guardo. Ecco. Se quella era fango, questa è acqua di fogna. Perfetto.

Ma non faccio in tempo a dire nulla che lei ha già riacceso Netflix. E tutto questo direi che rientra pienamente nella normalità (nel *new normal* potremmo dire, che ormai imperversa a casa mia). E come al solito, finito il film, Vespasiana va a rinchiudersi in bagno con la sua trousse dorata, che ormai inizia quasi a farmi paura da quanto straborda.

* * *

Casa della zia Rosanna, Mestre, lunedì 13 novembre, ore 14.15

Sono a pranzo a casa della zia, che ha invitato me, la

Ornella e la Teresina, e stiamo mangiando il pasticcio quando alla televisione, che a casa della zia è sempre accesa ventiquattro ore su ventiquattro, inizia il telegiornale.

«Ma sentiamo cosa hanno da dire gli inquirenti!» esclama con tono sicuro il giornalista piazzando il microfono davanti alla faccia del commissario. È davvero preso male e ha i capelli sempre più sparati in aria, le occhiaie nere, gli occhi gonfi, non si fa la barba da una settimana... Anzi, mi chiedo come ho fatto ad andare a letto con 'sto cesso!

«Maria Vergine, come xeo ciapà?»[3] mi scappa.

«Shhhhh!»

«Tasi, porco can!»

«Tasi che non se sente un casso!» mi rimproverano le maranteghe.

«Stiamo facendo tutto il possibile» assicura intanto il commissario, con lo sguardo perso nel vuoto. «Vi assicuro che la Gioconda prima o poi tornerà al suo posto, quello che è successo è molto grave ma stiamo lavorando... La squadra operativa sta facendo un lavoro veramente intenso giorno e notte, non posso rilasciare ulteriori dichiarazioni, però abbiamo varie piste... è tutto sotto controllo.»

Ma si vede che il suo sguardo è di terrore e panico; dopo due secondi il tg è passato a parlare del maltempo in arrivo e la zia Rosanna dice: «No o go visto tanto ben chel omo».

«Eh, si vede che è sotto stress» dico io.

«Di sicuro» esordisce la Teresina. «Però effettivamente xe un fiantin strano...[4] Magari el nasconde calcossa?»

3 Come è conciato?

4 Un po' strano.

«Ma Teresina, cossa ti xe drio dir!» le dice la Ornella.

«Eh, el linguaggio del corpo… Go imparà tante robe vardando *Chi l'ha visto*. Te vedi che xe tutto agità? Par che nasconda calcossa… Mi no digo niente… ma gnanca no taso!»[5]

Ci guardiamo tutte e iniziamo a parlare contemporaneamente. «Ma cossa?», «El commissario, ma dai!», «Ma come xe possibie, iu no!», «Ma cossa ti vol che el nasconda?», «Figurite, desso magari vien fora che xe iu el ladro…», «Ma no, no xe iu, el xe tanto un omo per bene…», «Quanta cattiveria che ga a gente!», «Soeo perchè el saveva come entrare… no xe che eora…», «Come eludere tutti i sistemi di sicurezza…», «No, no xe possibile… Ma come si potrebbe sospettare di lui?», «Soeo iu el ga tutti i contatti possibili e immaginabili, perché conosse i militari e tutto», «No, figurite, no, non xe iu el ladro de Mestre!», «Ma dai, cioè, un commissario, el commissario di polizia… te pol mainarte!»

E poi restiamo lì a fissarci un attimo, così, in un atroce silenzio che sembra non finire mai.

Nessuna di noi osa dire una parola, fino a quando la zia Rosanna alzando finalmente gli occhi ci chiede: «Eora, gera bon el pasticcio?».

* * *

Parco Tossegoni, martedì 14 novembre, ore 7.52

«Ali! Ma domani è il tuo compleanno!» annuncia con

[5] Io non dico niente, ma neanche sto zitta!

convinzione Vespasiana al termine del rilassamento finale, rialzandosi con la grazia di una gatta, come se questa notizia l'avesse illuminata nel bel mezzo della meditazione.

«Eh, sì, lo so.»

«Quindi? Cosa ti regalo?» mi chiede arrotolando il tappetino con un brivido di freddo che mi rende subito un po' più felice. Quindi anche lei è umana, in fin dei conti...

«Vespasiana, io voglio solo un regalo.»

«Dimmi, dimmi! Cosa vuoi?»

«Voglio che domani mattina tu non mi rompa i coglioni alle sei di mattina. Lasciami dormire.»

Vespasiana ride, ma io sono serissima. L'unica cosa che voglio per il mio compleanno è non fare assolutamente niente. Lo giuro. Niente cene, niente feste a sorpresa, niente gente che mi scrive "auguriiiii" su WhatsApp, niente post strappalacrime di Vespasiana con una nostra foto orribile di quando eravamo quindicenni con il riporto, le mollettine in testa, cinque magliette una sopra all'altra e senza sopracciglia perché si usava così.

Io voglio solo stare tranquilla. Voglio spiaggiarmi sul divano come un capodoglio arenato, con una tazza di tè bollente e i Pan di Stelle. Voglio la mia copertina, la mia borsa dell'acqua calda, i miei gattini, dormire e guardare serie tv.

Non voglio che Vespasiana mi svegli alle 6.23 urlando perché Giustino le ha messo un like. Non voglio che mia zia Rosanna mi chiami perché ha bisogno che l'accompagni a comprare i bovoletti che tanto poi come sempre finiamo per girare mezza Mestre perché: "Ah, fermati un attimo che devo prendere anca e savatte aea sanitaria".

Voglio il silenzio. Voglio non pensare a niente. Voglio

un giorno senza problemi, senza rotture, senza drammi, senza ansie.

Ovviamente, voi avrete già capito come andrà a finire. Spoiler: non così.

* * *

Casa di Alice, Mestre, mercoledì 15 novembre, ore 9.12

La prima cosa che penso quando apro gli occhi è che spero almeno che oggi piova, perché l'unico regalo che voglio per il mio compleanno è la pioggia, il mio divano, la copertina e tutto quello che sapete già.

Invece, quando mi alzo e arrivo in cucina, trovo Vespasiana pronta a saltare verso di me come una molla e abbracciarmi forte. «Auguri, Ali! Ecco il tuo regalino!»

Mi porge una scatola gigante. Io la guardo, apro il pacchetto e trovo… un set di tisane.

- Curcuma per depurare.
- Zenzero, limone e peperoncino per il metabolismo.
- Finocchio per la leggerezza.
- Ortica per il benessere interiore.
- Radici di chissà cosa per non so quale beneficio.

«Grazie Vespasiana, è un regalo bellissimo.»

Proprio quello che amo di più: una collezione personalizzata di tisane al fango e all'acqua di fogna. Oltretutto, se ci pensate, visto che Vespasiana la mantengo io, questo regalo è come se me lo fossi fatta da sola. Oltre al danno la beffa, capite?

Mi accascio sul divano, ancora in pieno stato confusionale da risveglio, ma trenta secondi dopo squilla il telefono.

«Amore mio, buongiorno, tanti auguri, buon compleanno!» Ovviamente è la zia Rosanna.

«Grazie, zia... Scusa, sono un po' assonnata.»

«Ma amore, no xe presto! A che ora te te alsi de soito?»

«Zia, sai che io faccio un lavoro creativo, di notte scrivo, ho le idee, vado a letto alle due, tre di notte...»

«Ah, va ben, cassi tui. Comunque, amore, ti ho organizzato na bea festa!»

«Zia... che cosa?»

«Na robetta tra di noialtri, niente de esagerato, giusto un pransetto!»

«Zia... gr... grazie... Ma la gente non lavora di mercoledì? Chi hai invitato?» le chiedo mentre mi viene quasi da piangere.

«Siamo pochissimi, amore!»

«Ah... be'... va bene.»

«Me raccomando, vestive ben che fora se batte brocche! No ste vegnir via in sveandrina come sempre!»[6]

«Va bene zia...»

«Perfetto. Scolta, adesso no go miga tempo de far telefonate, so drio cusinar par dopo! Dai, vado, ciao. Vi aspetto alle dodici e mezza. Ciao.»

Oh no. La festa del mio compleanno no, vi prego. Io sono Scorpione, il giorno del mio compleanno voglio starmene a casa mia per i fatti miei a piangere... Già sono in ansia per ogni anno che passa, perché significa

[6] Vestitevi bene che fa freddo. Non venite via in giacchetta leggera.

che divento sempre più anziana e che gli scassamenti di maroni aumentano. Figuriamoci se ho voglia di vedere pure gente che mi chiede quanti anni compio o che mi fa soffiare le candeline mentre mi fotografa.

Ma comunque, visto che alla zia non si può dire di no, mi arrendo all'idea.

* * *

Casa della zia Rosanna, Mestre, mercoledì 15 novembre, ore 12.30

Salendo le scale sento un grande vociare e inizio a preoccuparmi per quanta gente possa aver invitato la zia: infatti appena entriamo vedo la zia Rosanna, seguita dalla Ornella e dalla Teresina che preparano le tartine al salmone, Luigino che parla con la signora Beatrice, l'agente Antonio che sta chiacchierando con un vecchietto, Mariano (ovvero ormai Sandalo *Senza* Calzino) che beve un'ombra di vino, e altre sedici persone over ottanta mai viste in vita mia. Ma giuro, non so da dove le abbia tirate fuori mia zia; io 'sti qua non li ho mai visti, e mi sembra di essere in geriatria. Penso al mio divano, a Netflix, alla pizza che mi sarei ordinata... e poi, tra il profumo di pasticcio e quello di aglio, mi si infila invadente nel naso quello da boscaiolo sexy. Allora, agitata, mi guardo intorno.

Dietro a una signora di probabilmente duecento anni, c'è lui.

Lo Cascio. Oggi si è dato una sistemata rispetto all'altro giorno al telegiornale, ed è ritornato un po' sexy boscaiolo, malgrado le occhiaie, i capelli che sono sparati come se avesse messo un dito nella corrente e la faccia stanca. Adesso se ne sta seduto su una sedia, con il solito sguardo serio di chi non è abituato a certe situazioni e vorrebbe essere ovunque tranne che lì, ma che siccome oggi non aveva voglia di cucinare ha accettato l'invito al volo, mentre le maranteghe continuano a fissarlo e a esaminare ogni suo comportamento confabulando tra di loro: crederanno davvero che il ladro sia lui?

Appena mi vede, bisbiglia ad Antonio (ma io lo sento benissimo lo stesso): «Ma c'è anche lei? Perché non me l'ha detto, Antonio?».

E Antonio, senza nemmeno preoccuparsi di sussurrare: «Certo che c'è! È il suo compleanno. Pensavo di averglielo detto, mi scusi, commissario».

Il commissario mi guarda, palesemente colto alla sprovvista. «Auguri.»

«Grazie.»

L'imbarazzo è palpabile e il silenzio dura troppo, così prendo posto a tavola, mentre le maranteghe e il coro geriatrico iniziano a cantarmi «Tanti auguri a teeeeee», con un mood da canzoni di chiesa. Con il suo sorriso americano buono per tutte le occasioni, Vespasiana viene a sedersi vicino a me, continuando a lanciarmi sguardi ammiccanti riferiti al commissario, mentre vorrei prenderla a padellate in testa e continuo a tirarle calci sotto al tavolo, e iniziamo tutti a mangiare. Il commissario e Antonio commentano l'ennesima inchiesta che è passata in tv ieri sera sul caso ancora irrisolto del Giocondagate, Luigino cerca di arruolare altri membri per le sue lezioni di yoga, la zia intrattiene tutti raccontando per la settima volta la storia di quando ha vinto un pesce rosso alla pesca della lotteria parrocchiale e ha dovuto rifiutare perché altrimenti la gatta non sarebbe stata contenta, e dall'altra parte del tavolo Lo Cascio ogni tanto mi fissa con la coda dell'occhio, provocandomi un'esplosione di farfalle nello stomaco: ma tanto ormai ci sono abituata.

Arriva il momento dei regali, e qui si raggiunge l'apice del disagio di questa giornata.

Tutti mi danno qualcosa.

- Le sedici persone geriatriche mai viste prima, che hanno fatto un regalo di gruppo: un libretto di preghiere. Utile, per me che non entro in una chiesa dal 2004.
- La Ornella e la Teresina: un paio di pantofole grigie di feltro, brutte come il peccato.
- La signora Beatrice: un centrino ricamato, più o meno risalente al dopoguerra.
- Luigino: una mattonella da yoga, che conto di usare come fermaporte.
- La zia Rosanna: un set di sali da bagno (non ho la vasca da bagno).
- Antonio: un paio di calzini di lana con le orecchie da coniglio. Quando Mariano li vede, scoppia subito in lacrime.

I calzini sono carini, devo dire. Ma lui mi segue su Instagram, sa cosa mi piace. Mica come il commissario, che ovviamente non mi ha regalato niente. Nemmeno sapeva che oggi fosse il mio compleanno, eppure quella notte in spiaggia gliel'avevo detto che sono nata il 15 novembre e sono Scorpione ascendente Leone con la luna in Pesci… ma figuriamoci se quello si ricorda. Inizia a salirmi la rabbia e lo fulmino con lo sguardo. Nel frattempo tutti si alzano, per carità, hanno duecento anni, quindi piano piano, con i loro tempi, i geriatrici si dirigono verso l'uscita, le maranteghe sono in cucina a lavare i piatti, Vespasiana è in terrazza con Antonio a illustrargli i benefici del pilates, così io e lui restiamo soli.

E proprio quando penso che quantomeno questo pranzo si sia concluso senza troppe sorprese (tranne quelle di merda dei regali) lui – dopo mesi in cui ci siamo incontrati solo un paio di volte e mai per nostra volontà – dal nulla si gira verso di me e mi dice: «Senti… visto che non ti ho fatto il regalo e ora devo scappare per rientrare in commissariato, se non hai altri impegni ti va di venire a cena da me stasera?».

Ah. Quindi ci davamo del tu? Ma io non penso proprio di riuscirci, anche se credo che mi stia salendo una vampata di rossore.

Lo guardo con gli occhi sbarrati. Ma veramente questa cosa è appena successa? No, forse è una di quelle situazioni in cui il ragazzo con il quale esci da otto mesi ti dice «andiamo» mentre siete in discoteca con la musica a palla e tu gli rispondi «anche io ti amo». Devo capire meglio.

«Sc… Scusi, pu… può ripetere?»

«Ti chiedevo se vuoi venire a cena da me stasera» ripete con tutta la calma del mondo. Non ho capito male.

«Okay» gli rispondo d'istinto, pentendomene nello stesso istante in cui lo dico.

* * *

Casa del commissario Salvatore Lo Cascio, mercoledì 15 novembre, ore 20.04

Sono arrivata qui dopo essermi fatta due ore di doccia, lavata i capelli, passata la piastra e depilata. Ho addosso un bellissimo completino nero di pizzo. Stavolta ho la situazione sotto controllo, stavolta sarò una bomba sexy. Voglio che si ricordi questo completino, non quelle maledette mutande di Winnie the Pooh. Ovviamente non so se succederà *quello* stasera ma, se dovesse accadere, sono pronta stavolta. La zia Rosanna sarebbe fiera di me, perché ho le mutande buone.

Appena entro, lui mi accoglie con un'espressione indecifrabile, ci scambiamo due baci sulla guancia e ovviamente, siccome tra noi c'è sempre questa ansia che non si capisce mai niente e ci rende due ebeti, sbagliamo lato, quindi ci ritroviamo a fare una specie di balletto ridicolo finché lui si arrende e dice: «Vabbè, dai, entra pure».

È la prima volta che vedo casa sua. È molto ordinata e c'è la cucina nuova, bianca, di cui mi aveva parlato mia zia, dicendomi che l'ha appena comprata. D'altronde, sa più cose del commissario di me, e penso che quando si vedono lei gli faccia degli interrogatori allucinanti.

Mi fa accomodare sul divano, ma siamo entrambi a disagio e non diciamo quasi niente. Lui si sposta in cucina e inizia a trafficare con le pentole.

«Hai fame?» chiede, senza guardarmi, rompendo il ghiaccio.

«Be', sono le otto di sera, mi ha invitata a cena, commissario, vorrei mangiare, sì.»

Lui accenna un sorrisino.

«Allora ti dico già che non so cucinare molto bene, ma so fare la pasta alla norma più buona del mondo.»

Mi alzo e mi avvicino ai fornelli. Sta girando qualcosa in una pentola, sembra un sugo.

«Va bene. Dovrebbe scriverlo sulla sua bio di Tinder. Visto che tutti sono i migliori a fare la carbonara, almeno lei con la norma è più originale.»

«Cosa ti fa pensare che io abbia Tinder?»

«L'ho vista, commissario.»

«Ah. Quindi... hai Tinder anche tu?»

Lo guardo con la coda dell'occhio. È rigido, un po' nervoso. Non vorrei dire, ma sembra quasi geloso.

«No. Ci ho iscritto Vespasiana.» Mentre lo dico sembra rasserenarsi, ma non so se sia solo una mia sensazione.

«E... ti vedi con qualcuno?» mi chiede leggermente preoccupato. Anche se non vuole farlo notare, la mia luna in Pesci lo percepisce. E allora, siccome lo vedo vulnerabile, lancio la bomba.

«Non la riguarda. Senta, non capisco come mai sia stato così freddo dopo quella notte in spiaggia.»

Lui si blocca, e il cucchiaio di legno che aveva in mano cade sul pavimento. Si china per raccoglierlo, poi si gira verso di me, visibilmente colto alla sprovvista.

«Be'... anche tu sei stata fredda.»

«Io?»

«Minchia. Senti, per cominciare, puoi smetterla di chiamarmi commissario e puoi iniziare a darmi del tu?»

«Va bene. Ci provo.»

«Perfetto. In fin dei conti, abbiamo avuto un... incontro...» mi dice con lo sguardo da maniaco.

«Giusto» gli rispondo un po' imbarazzata.

Lui sta in silenzio e continua a girare il sugo.

«Okay. E quindi? Cosa pensi di quella notte?» gli chiedo. «Sono passati quattro mesi e ogni volta che ci vediamo ci ignoriamo, come se niente fosse.»

«Eh... cosa dovrei pensare? È stato solo sesso, no?» risponde mettendosi subito sulla difensiva.

Io non ribatto. Me ne sto lì, zitta, a sentire cosa avrà da dirmi, e questo sembra fomentare il suo imbarazzo.

«Alice, ci tengo a essere molto schietto con te. Io non voglio frequentare nessuno. Non voglio relazioni, non voglio niente. Voglio stare da solo, sono qua da solo e poi tra un po' dovrò tornare in Sicilia... cioè, se non mi licenziano o non mi spediscono in qualche posto assurdo dopo quello che è successo... Ecco, Alice, mettiamo bene le cose in chiaro. Io non so come andrà la mia vita. In linea di massima dovrei essere trasferito al più presto in Sicilia, ma per come si stanno mettendo le cose ormai nulla è scontato, in questo momento ci sono pressioni per tenere bloccata la mia domanda di trasferimento, quindi per un po' sono costretto a rimanere ancora qui. Però ti devo dire sinceramente che io... non voglio nessuno. Non voglio etichette, non voglio essere obbligato a vedere una persona, a sentirla tutti i giorni e cose del genere» esclama nervoso sparandomi addosso queste parole come una mitraglietta, mentre io inizio a sentirmi tremendamente a disagio.

«Ma io ti ho chiesto qualcosa? Non ti ho mica proposto di sposarci, di fare bambini e di comprare una casa con la staccionata bianca e due labrador.»

Lui sgrana gli occhi.

«No, ma...»

«E allora a cosa serviva 'sta scenata?»

«Perché tu... voi donne siete tutte così. Volete un fidanzato, una storia importante.»

«Ma... Cos...»

«Io non voglio una relazione, Alice.»

«Ma ancora? Non ti ho chiesto una relazione. Sei tu che mi hai invitata stasera!»

Silenzio. Lui mi guarda, io lo guardo.

Poi, all'improvviso, sentiamo odore di bruciato.

«Merda!» esclama mentre si gira di scatto e solleva il coperchio della pentola. Il sugo è letteralmente carbonizzato.

«Vedi, sei stato così impegnato a proteggerti da me e dalla staccionata bianca... che hai bruciato tutto.»

Lui si mette a ridere.

«Comunque, nemmeno io voglio relazioni. Cioè, io sono una persona che sa stare sola, capisci? Non ho bisogno di un fidanzato» gli dico.

«Allora credo sia perfetto» dice lui mentre gira il sugo, che ormai è nero. «Lasciamo stare questa pasta alla norma?»

«Per forza. Ordiniamo una pizza?»

Le pizze arrivano, due Margherite. Parliamo per un'ora dei furti, della zia Rosanna, della Teresina, di Antonio... E poi, tutt'a un tratto, lui mi bacia. Le farfalle impazziscono.

Ci spostiamo nella camera da letto, e finalmente potrò fare bella figura stavolta, ho delle mutandine davvero hot! Addio Winnie the Pooh. Questa sera avrò la mia rivincita.

Mentre ci baciamo appassionatamente, iniziamo a spogliarci.

Sono super sicura di me, ma lui, quando vede le mutandine, fa una faccia strana, quasi delusa.

Lo guardo e non capisco.

«Dove sono le mutande di Winnie?» mi chiede.

«Le ho buttate. Perché?»

«Ma cosa stai dicendo? Erano stupende! Ci penso tutti i gior...» si lascia sfuggire, poi cerca di mordersi la lingua. «Sì, no, nel senso... cioè...»

«Ma scusa, e queste non ti piacciono?»

«Queste sono banali.»

Mi sento un pochino in imbarazzo e lo guardo con un punto interrogativo stampato in faccia, ma in quel momento il suo telefono inizia a squillare.

«Non rispondi?»

«No.»

«Dai, rispondi, sarà importante» gli dico io, non vorrei mai essere la causa del mancato arresto del ladro della Gioconda.

«Sì. Scusami, ma sai, potrebbe essere qualcosa di lavoro. Ah, hanno messo giù. Richiameranno se è importante.»

«Certo, so che stai passando un periodo delirante con questa storia della Gioconda.»

«Non puoi immaginare... Altro che fare video su Instagram» esclama lui, con estrema nonchalance, mentre ricomincia ad avvicinarsi a me.

«Cosa intendi?» mi scosto io.

«Sì, insomma, è un periodo complicato per me, io ho un lavoro *vero*, ho dei casi *seri* da gestire, non passo le giornate a fare video, capisci.»

Mi gelo.

«Cosa vorresti dire, scusami?» dico coprendomi con la maglia e mettendomi a un metro di distanza da lui.

«Be', dai Alice, non prendiamoci in giro, hai capito cosa intendo.»

«No» rispondo sentendo un fuoco di rabbia divamparmi dentro.

«Tu giochi, tu cazzeggi, coi social dico, spari due tre stronzate, racconti dei tipi che ti scrivono, mostri quante volte vai al bagno e sei a posto, la tua giornata è finita. Per me invece è più difficile.»

«Ma che cazzo stai dicendo, scusami? Ma cosa pensi, che sia tutto così facile come sembra?»

Lui alza le spalle, come se fosse una banalità.

«Be', di certo non hai a che fare con criminali, non rischi la vita e non sei stressata come me. Tu ce l'avresti il tempo di pensare a una relazione, io ho troppi problemi.»

Mi metto a ridere mentre mi infilo di nuovo la maglietta, però non è una risata vera, è una risata isterica.

«Salvatore, ma tu pensi che sia facile far ridere la gente quando dentro sei morta? O quando non avresti nemmeno voglia di alzarti dal letto, ma devi cercare di essere sempre al massimo della tua ironia sennò la gente ti dice che sei cambiata, che non sei più la stessa, che ora te la tiri? No, non lavoro in miniera, ma non è tutto facile come pensi tu.»

Lui sbuffa, come se fossi io quella che non capisce.

«Ma dai, Alice, non puoi mettere a paragone far ridere la gente con un lavoro vero! Cioè, il tuo non è un lavoro utile alla società, questo intendo, ma non voglio offenderti, è un dato di fatto, quello che fai è un gioco, un cazzeggio.»

«Ma cosa sto qui ancora a perdere tempo con te, mi chiedo. Salvatore, vaffanculo. Io me ne vado a casa» gli dico rivolgendogli un'occhiata vuota e fredda, carica di delusione, mentre mi infilo i pantaloni alla cazzo di cane ed esco sbattendo la porta.

Appena sono fuori non riesco proprio a trattenermi e inizio a piangere.

Mi sento uno schifo. Mi sento una cretina per aver passato quella notte con lui, per esserci quasi stata anche stasera, e mi sento una deficiente per essermi fatta rovinare il compleanno.

"Ma che problemi ha quest'uomo?" mi chiedo singhiozzando.

Apro la portiera della macchina e mi siedo dentro senza accenderla, chiudendomi a chiave. Appoggio la testa sul volante e respiro forte, cercando di riprendermi. Ma non ci riesco. Continuo a piangere imperterrita, e non credo sia per lui, o meglio non solo. Mi va bene se gli sconosciuti non capiscono un cazzo di quello che faccio e mi denigrano. Sono abituata, so che sono le regole del gioco. Ma non lo accetto da uno che "frequento" (o quello che è). Io, uno che non ha rispetto di quello che faccio, non lo voglio vedere mai più. Ma la cosa peggiore, quella che proprio mi fa perdere la testa, è di aver sprecato due ore, il giorno del mio compleanno, per depilarmi. Ma quanto posso essere stupida? Questo non si merita le mutandine sexy, né i mutandoni di Winnie the Pooh! Con me ha chiuso.

Carrello carrellino,
nella tua lista della spesa io leggo il mio destino.

Troppo ingombrante però: se poi qualcuno a casa
ti vede?
Allora prendo un pezzo di stoffa a quadretti e mi affido
alla sua mercede.
Con un colpetto lo strappo pianino,
lo infilo in tasca con fare assassino.
Cammino per strada e già mi immagino la scena:
nel bagno lo srotolerò come una sirena
contando gli strappi della carta igienica
con moltissima calma, come se fosse domenica.

Da uno fino a sette conterò sulle mani
mentre sul porta carta igienica visualizzerò il mio domani,
aggiungendo alla lista della spesa qualche spunto brillante,
una dolce primizia, un incontro intrigante.
Aggiungo fortuna, con sconto incredibile,
e voglia di ridere, offerta imperdibile.

Carrello, carrellino,
fammi saltare la coda, tra sogni e destini,
andando per prima alla cassa dove l'amore mi aspetta
tra scaffali vicini.

9

Se fossi in te
Non mi amerei mai e poi mai

Galeffi, *Monolocale*

Commissariato di Mestre, venerdì 15 dicembre, ore 17.45

«Commissario, c'è una signora con una bambina che vuole parlare con lei per denunciare un furto» gli dice Pietro, l'agente che sta in portineria.

«A quest'ora?» protesta Lo Cascio. Ma intanto la porta si è già aperta e, non appena il commissario vede chi è entrato, crolla di nuovo seduto, pietrificato e improvvisamente bianco in viso.

Chi è che gli ha provocato una reazione del genere? Si tratta all'apparenza di una normalissima signora che si trascina dietro per mano una bambina.

E quindi perché, vi chiederete voi? Ecco, la bambina ha uno zainetto di Winnie the Pooh, che appena entra appoggia sulla scrivania, con la faccia di Winnie rivolta esattamente verso il commissario. Winnie the Pooh, capite? Questo gli provoca subito una specie di angoscia mista a panico e imbarazzo, anche per come, un mese prima, si era conclusa la serata del compleanno di Alice.

«Buongiorno, commissario» dice la signora, molto agitata, mettendosi a sedere di fronte a lui. «Sono qui perché ho subito un furto molto grave.»

Al che Antonio si alza, lasciando l'altra sedia (piena di briciole) alla bambina e dileguandosi con una specie di inchino: «Scusate, devo tornare a fare una cosa urgente...».

È un po' strano Antonio in questo periodo, sempre di corsa, indaffarato... Okay, lo sono tutti in commissariato ultimamente, ma è da un bel po' di tempo che Lo Cascio ha delle strane sensazioni riguardo al suo fido agente. Se non fosse certo di conoscerlo come le sue tasche, giurerebbe che Antonio sta nascondendo qualche segreto. Ma Lo Cascio sa bene che questo è impossibile, perché l'agente Volpaton è una delle persone più limpide e sincere che lui abbia mai conosciuto in tutta la sua vita. E quindi? L'ideale in effetti sarebbe semplicemente provare a chiederglielo, ma sembra che in quel commissariato negli ultimi mesi non ci sia mai il tempo per fare un discorso normale, che non riguardi quella disgraziata notte di luglio in cui è svanita la Gioconda.

«Sì, signora, mi dica...»

«È successo stamattina, ma tra il lavoro e la bambina sono riuscita a venire solo adesso. Spero che non sia un problema, per rintracciare il colpevole... Ora le spiego bene. Ero andata a fare la spesa e mentre ero alla cassa ho appoggiato accanto a me il carrellino, con dentro il portafoglio... e, quando mi sono girata, era tutto sparito! Quindi devo sporgere denuncia.»

Lo Cascio cerca di riprendersi, di restare serio e di fare il suo lavoro da bravo commissario. Si volta verso l'armadietto alla sua destra, prende il modulo per la denuncia e lo porge alla signora, ma i suoi occhi continuano a cadere su quel maledetto zainetto di Winnie the Pooh. Non riesce a farne a meno. È più forte di lui.

«Scusi, commissario, ma c'è qualcosa che non va?»

«No, no, mi scusi, non è niente! Prego, continui pure con la denuncia» balbetta lui.

«Sì, ero qui all'Eurospussa» spiega la signora.

«Ha visto qualcuno di sospetto in quel momento?» chiede lui ricordando la luna, le stelle, la sabbia...

«No, eravamo solo noi due» dice indicando la figlia mentre lui continua a inserire i dati della denuncia.

«Abbiamo quasi finito» "per fortuna" aggiunge tra sé e sé. Solo quando la denuncia effettivamente è completa e le due se ne sono andate, si sente un po' più tranquillo.

Mamma mia, oggi sembra davvero una congiura 'sta cosa con l'influencer. Ci mancava solo Winnie the Pooh. Per fortuna ora è al sicuro, ma con la coda dell'occhio si rende conto che... Indovinate un po'? Chi si è dimenticata lì lo zainetto?

Eh no, eh! Questo non può sopportarlo! Lo Cascio si alza e corre verso la porta, urlando: «Signoraaaaaa».

Ma sono già svanite. A volte nella vita basta solo un momento perché sia troppo tardi.

* * *

Commissariato di Mestre, venerdì 15 dicembre, ore 18.27

«Commissario, c'è un'altra giornalista. Una nuova, italiana. Dice che deve fare un reportage e che ha delle notizie per noi» esclama Antonio, entrando nell'ufficio di Lo Cascio con aria partecipe.

«Sì! Notizie... Cosa le devo dire, Antonio? La faccia entrare, no?»

Il commissario non si illude che una giornalista possa avere notizie più aggiornate delle sue sul tema caldo di questa settimana, ovvero la possibilità che siano state clonate le sue stesse impronte digitali per accedere alla sala del municipio dove era custodita la Monna Lisa in quella fatidica notte. Guai seri, capaci di aprire scenari perfino più terrificanti di tutti quelli che ha considerato fino a questo momento. Lo Cascio sospira e si passa una mano sulla fronte, sperando così di fare qualcosa per il velo di mal di testa che ha da due giorni; poi si alza dalla scrivania e si avvicina alla finestra, guardando distrattamente le luci natalizie fuori dalle porte dei negozi e quello che resta dell'orripilante scritta CI VEDIAMO PRESTO, MESTRE! sotto il sorriso della Gioconda, che si prende gioco di lui ormai da cinque mesi. Ormai è diventata più o meno qualcosa del genere: I DIA O R T , M TR !, e in questa forma da film dell'orrore continua ogni giorno a mettergli più ansia che mai.

Ma quando entra la giornalista, si sente ancora peggio. Davanti a lui c'è una gnocca da paura. Capelli scuri, occhi verdi, un tailleur nero super elegante, tacchi alti, profumo sexy di Narciso & Rodrigo.

«Buonasera, commissario. Sono Sofia De Toni, giornalista del Tg1.»

«B... buonasera.»

«Buonasera!» la saluta Antonio.

«Allora... mi hanno riferito che avrebbe delle *notizie* per noi?»

«Su, commissario, non sia così ingenuo. Chiaramente sono qui per chiederle un'intervista.»

Il commissario squadra Antonio, che sprofonda sulla sedia, ma poi di scatto si alza e dice: «Vi lascio parlare, devo fare… una cosa… urgente».

«No, non rilascerò nessun'intervista. Basta. Lo sapete tutti quanti benissimo.»

«Però in questi giorni abbiamo letto *tutti quanti* le intercettazioni dell'intelligence sudafricana» gli dice Sofia con voce bassa e tono malizioso, come se si trattasse di un gioco molto speciale e segreto solo tra loro due, anziché una notizia che aveva inondato di nuovo le pagine dei giornali di tutto il mondo con i soliti titoli a caratteri cubitali. *UNA NUOVA PISTA PER IL GIOCONDAGATE, MA GLI INQUIRENTI BRANCOLANO ANCORA NEL BUIO! – IL MONDO DELL'ARTE SI PREPARA A FESTEGGIARE IL NATALE SENZA IL SORRISO PIÙ DOLCE – RIDATECI LA GIOCONDA!* Il tutto corredato da foto del commissario con l'espressione allampanata e i capelli sempre più pazzi, oltre a infinite immagini di questa cazzo di Gioconda che ormai Lo Cascio odia violentemente con tutto se stesso. Più di una volta, nei rari momenti in cui riesce a dormire, in questi mesi gli è capitato di sognare di ritrovare il fatidico quadro, per poi accanirsi a distruggerlo con le sue stesse mani.

«No.»

«Ma commissario, i cittadini vogliono sapere!»

«Senta, non posso rilasciare dichiarazioni su un'indagine in corso.»

«Però…» Sofia lo guarda con un sorriso improvvisamente timido e indifeso, come una giovanissima cerbiatta che si ritrova sperduta nel bosco e ha tanto bisogno d'aiuto. «Sa, sono arrivata apposta da Roma... Mi dispiace uscire da qui senza niente in mano, e comunque il mio direttore mi obbliga a restare... Mi lasceranno solo quarantott'ore per andare a sciare a capodanno, ma quelle proprio non me le potevano negare! Andremo a casa della mia migliore amica a St. Moritz, siamo un bel gruppo e ogni anno siamo sempre i primi ad aprire le piste alle sette di mattina del primo gennaio, è stupendo! Anzi, se per caso le interessa...»

Lo Cascio scuote la testa terrorizzato, rigido come un pupazzo di metallo. «No, no, la ringrazio. Devo restare qui.»

«Posso lasciarle il mio numero, commissario?» continua lei in un soffio, sbattendo le ciglia. «Magari quando torno, se ha tempo, un giorno possiamo bere un caffè. Non conosco nessuno, qui a Mestre.»

«Be'... Va bene.»

«Le lascio il mio biglietto da visita. Mi chiami lei quando desidera.»

Si gira e se ne va, lasciandolo lì a fissare la porta che si chiude, mentre il suo cellulare si accende di notifiche come gli alberi di Natale sulla piazza.

Lo Cascio si sbrighi a richiamarmi

Ho detto SI SBRIGHI

Abbiamo dei problemi delicati di cui bisogna parlare di persona riguardo a quella cosa che le dicevo

Venga subito in ufficio da me

La aspetto e si tolga dalla testa di ripetermi quello che mi ha già detto ieri

Lo Cascio abbassa la testa, prende il cappotto dall'attaccapanni e sospira così forte che potrebbe dare energia a un mulino.

* * *

Piazza Ferretto, Mestre, venerdì 15 dicembre, ore 17.45

Giorni di convivenza con Vespasiana: 151
Babbi Natali che si arrampicano per le terrazze di Mestre: 29
Iscrizioni a Tinder: 1

Io e Vespasiana decidiamo di andare a comprare i regali di Natale in piazza Ferretto, tutta addobbata per le feste, che ormai a me fanno venire l'orticaria.

Una volta mi piacevano, lo giuro. Adesso? Adesso mi vengono due palle, le lucine che si illuminano come se fossero delle lucciole epilettiche mi rincoglioniscono, e ogni anno mi viene un infarto quando, tornando a casa la sera, vedo un Babbo Natale che si arrampica sulla terrazza del vicino. Giuro che la prima volta ho pensato fosse un ladro che stava per entrare a casa mia.

Mentre passeggiamo, vediamo gente con un sacco di borse in mano, e poi bancarelle ovunque con mele caramellate, frittelle alla Nutella e cioccolata calda.

Ma il problema vero è che, dopo tutti questi mesi da quel fatidico 21 luglio, Mestre è ancora sotto assedio. Fuori dal comune ci sono la BBC, la CNN, «Il Gazzettino», «La Nuova Venezia», Antenna 3 Nordest, TeleBellunoDolomiti, le televisioni giapponesi, giornalisti cinesi, francesi e di ogni nazionalità. Tutti con i microfoni puntati e le telecamere accese in attesa di novità sulla Gioconda rubata, che ha trasformato Mestre nello zimbello del mondo intero. Non abbiamo avuto neanche il tempo di riprenderci dall'umiliazione dei servizi sullo spaccio... Almeno prima eravamo conosciuti in tutta Italia come capitale della droga, ora siamo conosciuti in tutto il mondo come persone incapaci di avere cura di qualcosa di importante che gli viene affidato.

«Alice, dai, entriamo qui, ho visto una cosa bellissima!» esclama Vespasiana, fermandosi davanti a un negozio in cui solo per entrare senti che dovrai vendere i tuoi organi interni ai contrabbandieri.

«Ma sei fuori? Io non ci entro qua.»

E invece indovinate un po'? Non faccio nemmeno in tempo a dirlo che lei è già dentro. Poi si mette a osservare un maglioncino di lana. «Alice, guarda che carino!»

Guardo l'etichetta: 472 euro.

«Vespasiana, con 472 euro mi compro l'armadio intero.»

«Sei sempre la solita, sarà meglio comprarti i vestiti di plastica radioattiva allora.»

«Ricordati che ti sto mantenendo io. Di sicuro non ti do 472 euro per un maglioncino.»

Lei sbuffa e si dirige verso l'uscita. Meno male. Ci spostiamo verso le bancarelle, che almeno vendono roba a prezzi umani. Missione del giorno: iniziare a trovare qualche regalo di Natale per la comitiva geriatrica.

«Alice, ma come sta andando con il commissario? Si è più fatto sentire?»

«Non ne voglio parlare.»

«Sei una cretina. Guarda che l'ho capito che ci stai male.»

«Vespy, fatti i cazzi tuoi. Non è vero! Non mi importa niente di lui, figurati, è passato un sacco di tempo, non ci penso proprio a sentirlo, né lui a sentire me. Quello che avevamo da dirci ce lo siamo già detti.»

«Va bene, dai! Andiamo a bere un aperitivo.»

Ci sediamo in un bar e lei ordina una centrifuga alle erbe dei cazzi e mazzi e che ne so, sapete, le robe sue. E la ordina pure per me, senza lasciarmi controbattere. Quando il cameriere porta le patatine, lei lo blocca con un gesto della mano.

«No, no, non servono.»

Io sgrano gli occhi e guardo il cameriere come un cucciolo abbandonato.

«Ma come no? Io volevo il gingerino e le patatine.»

«No, no, le porti via.»

«No, le voglio! Per favore, me le lasci» dico al cameriere che ci fissa con gli occhi sbarrati e non sa a chi di noi due dare retta: finché, confuso e probabilmente spaventato, abbandona sul tavolo il cestino con le patatine e scappa via. Cosa direbbe Jessica Fletcher se mi vedesse in questo momento, totalmente in balia delle decisioni di qualcun altro, senza neanche una briciola del suo naturale carisma che porta spontaneamente le persone a fare quello che lei desidera?

«Alice, dammi il telefono» mi ordina allora Vespasiana.

«Perché? Basta con Giustino!»

«Non è per Giustino» risponde cercando di prendermelo dalle mani.

«E allora cosa vuoi fare?» le chiedo spaventata.

«Dammi il telefono.»

Glielo passo con diffidenza mentre prendo una sorsata di centrifuga allo zenzero che, se dovessi scegliere le cose che mi fanno più cagare al mondo, sarebbe al primo posto.

Intanto mi accorgo che mi scatta una foto.

«Perché mi stai fotografando?» le chiedo mentre mi cristallizzo con la centrifuga in mano.

«Non vedevo l'ora arrivasse questo momento. Ti ho ricambiato il favore: adesso sei iscritta a Tinder.»

«MA SEI FUORI? ORA MI VEDRANNO TUTTI, CHE FIGURA CI FACCIO? SEI IMPAZZITA?»

«Basta, devi darti una mossa. Se continui così, finisci in clausura. E poi ti devi distrarre dal commissario. O lo frequenti o ne vieni fuori, no?»

«Ma io non voglio uscire coi tipi di Tinder.»

«Sì, invece.»

«Ma almeno fammi vedere cosa hai scritto nella bio! E che foto hai messo?»

Mi mostra il telefono, continuando a tenerlo in mano.

Ironica, autoironica, intensa. Non mi sveglierò mai alle sei di mattina per fare trekking.

«Be', devo ammettere che non è male. Però dai, adesso magari mi vedranno dei miei follower...»

«Non è mica un video porno. Anche Miley Cyrus, che è amica di Brianna, ha Tinder. Dai, bevi la tua centrifuga e non rompere. Ah, ho già messo like a venti, trenta tipi. Aspettati qualche match.»

«VESPASIANA...» le dico, ormai arresa.

Torniamo a casa cariche di pacchetti, appoggiamo tutto per terra, e appena ci buttiamo sul divano il mio telefono inizia a vibrare.

Le notifiche di Tinder.

«Vespasiana... ma che hai fatto?»

«Wow, fammi vedere!»

Le porgo il telefono. «Madonna, questo è stracarino!»

«Giovanni?»

«Eh sì, carino, dai. Vai, scrivigli.»

«No, ma cosa gli dico? Aspetto che mi scriva lui.»

«No, scrivigli tu.»

«Ma no, dai, non voglio scrivere io per prima.»

«Siamo nel Tremila, chi sei tu? La principessa sul pisello?»

Mi prende il telefono di mano e scrive: *Ciao Giovanni, sei molto carino.*

«Vespasiana, ma sei impazzita?!»

«Dai, smettila.»

«Che palle... Io non ho voglia di uscire con gente a caso...»

Il telefono vibra di nuovo. È lui.

Anche tu sei bellissima

«Okay, aspetta...» borbotta mentre smanetta di nuovo sul telefono e io resto inerme sul divano a guardare un punto fisso sul muro, perché tanto ormai ho capito che non c'è niente da fare.

«Ti ho organizzato un appuntamento per domani.»

«Ma come per domani?»

«Domani sera alle sette.»

«Ma io domani devo lavorare!»

«Domani sera alle sette in centro. Aperitivo con Giovanni.»

«Vespasiana, io non ci vado. Almeno potresti scegliere un posto isolato, mi conoscono tutti qua in zona, se poi mi vedono con lui... Che faccio?»

«Dai, non rompere.»

* * *

Mestre centro, sabato 16 dicembre, ore 19.05

È il momento.

Mi sono preparata e truccata mentre Vespasiana, contro il mio volere, mi faceva una pantomima su come essere attraente e sembrare sicura di me, leggendomi su Google i metodi per conquistare un uomo. Io, sconsolata, mi pettinavo i capelli e cercavo di rendermi presentabile, con delle aspettative già bassissime per questo appuntamento. Comunque, vi riassumo in una lista i sette consigli che Vespasiana mi ha letto con così tanta passione: non si sa mai, magari anche voi avete un appuntamento con qualcuno che avete conosciuto su Tinder e non sapete come comportarvi.

1. Mantieni il contatto visivo. Gli uomini apprezzano quando una donna li guarda con interesse, perché crea un senso di connessione e intimità.
2. Ascoltalo con interesse. Fagli sentire che quello che dice è importante.
3. Fagli un complimento sottile. Tipo: «Mi piace il tuo stile».
4. Non parlare del tuo ex. Gli uomini vogliono sentirsi speciali, non il rimpiazzo di qualcun altro.
5. Mostrati raffinata. Gli uomini amano le donne eleganti e curate, quindi ordina qualcosa di sofisticato.
6. Mantieni la conversazione leggera. Evita argomenti pesanti o imbarazzanti al primo appuntamento.
7. Fai domande su di lui. Mostrati interessata alla sua vita, ai suoi hobby, alle sue passioni.

Arrivo in piazza Ferretto e Giovanni è lì, bello tranquillo

che mi aspetta. È veramente un bel ragazzo, moro, con gli occhi azzurri, ha trent'anni, è vestito sportivo, con jeans, Nike e un giubbino nero. Ci diamo due baci sulla guancia ed entriamo in un locale.

Questa volta so perfettamente come comportarmi, grazie ai consigli di Vespasiana e alla sua borsa portafortuna Chanel color mirtillo che mi ha obbligata a usare.

Primo consiglio: mantieni il contatto visivo. Decido di guardarlo negli occhi per creare connessione e intimità, come diceva Vespasiana.

Peccato che lui, dopo almeno cinquanta secondi che lo sto fissando, mi chieda: «Tutto okay?».

«Sì sì, perché?» rispondo io, continuando a guardarlo.

«No, perché mi stai fissando in modo strano. Ho qualcosa che non va?»

Perfetto, sono partita benissimo. Sembro Samara di *The Ring* appena uscita dal pozzo.

Secondo consiglio: ascoltalo con interesse.

Lui inizia a parlarmi del suo lavoro. Dice qualcosa tipo «Sono ingegnere biomedico, mi occupo di progettazione di sistemi per la tecnologia medica» e io sono già entrata in modalità "errore 404".

Ma siccome Vespasiana ha detto che devo mostrare interesse, faccio domande a caso.

«Ah wow, interessante! Raccontami di più!»

Quindi lui attacca effettivamente a parlare, raccontandomi un sacco di cose di cui io non capisco niente nella maniera più assoluta.

«Mi occupo di processi di interfaccia per i sistemi di... Bla bla bla bla bla bla. Cosa ne pensi?»

«Sembra bellissimo.»

Sorride. Lo so che ha capito che non ho capito una cippa.

Terzo consiglio: fagli un complimento sottile.

Gli faccio un complimento naturale e spontaneo.

«Comunque, hai delle belle sopracciglia.»

Silenzio.

«Ah… g… grazie.»

Ma come mi è venuta? Sembra che voglia tagliargliele per metterle in un contenitore e farci una bambolina voodoo.

Quarto consiglio: non parlare del tuo ex.

A una certa, mi chiede: «Eri mai venuta in questo bar?».

«Sì sì, ci venivo sempre col mio ex!» mi esce dalla bocca. «Cioè, non sempre sempre, però sì, spesso.»

Silenzio.

«Cioè, ci venivo spesso perché siamo stati insieme un sacco di tempo. Poi lui mi ha mollata. Però lui è felice adesso, cioè è fidanzato, ma non sono gelosa, eh. Cioè son contenta per lui.»

Ecco.

Quinto consiglio: mostrati raffinata.

Mentre bevo la mia Coca Zero mi incasino e, come volevasi dimostrare, gliela rovescio addosso e vado nel panico, afferro un tovagliolo e inizio a tamponargli i jeans.

«No no, guarda, non serve…» mi dice mentre si guarda e sembra che si sia pisciato addosso.

«No dai, aspetta, ho quasi finito. Madonna, mi dispiace tantissimo, scusami tanto.»

«No no, davvero, tranquilla...» mi dice sorridendo mentre gli tampono l'interno coscia con un tovagliolo.

Me ne rendo conto e mi fermo subito. «*Oddio*, scusa.»

Tutto bene.

Sesto consiglio: mantieni la conversazione leggera.

Lui cerca di riprendersi dalla tragedia e mi chiede qualcosa sulla mia laurea.

Io, con tutta la nonchalance del mondo: «Ah sì, la mia laurea! Le mie amiche hanno fatto un video con tutte le mie foto imbarazzanti. Ero anche mezza nuda, e lo hanno proiettato davanti a tutti. Ma per fortuna i miei nonni erano già morti tanti anni prima, così non hanno fatto un infarto».

«Ah... mio nonno è morto il mese scorso per un infarto.»

«Mi dispiace tanto, scusami.»

Perfetto.

Settimo consiglio: fai domande su di lui.

Mentre gli racconto che devo accompagnare mia zia a comprare dei fiori da portare in cimitero, mi viene l'ennesima botta di genio.

«Comunque io ho tantissima paura di risvegliarmi in una bara, quindi vorrei essere cremata. Tu vorresti essere sepolto o cremato?»

Ma come mi è uscita?

Ed ecco che dopo un'ora e mezza di cadute di stile, lui, che è veramente stracarino e simpatico, si sistema sulla sedia, mi guarda e mi dice, con il sorriso più sereno del mondo: «Be', mi piacerebbe rivederti».

«Davvero?» gli chiedo io, con la faccia di una a cui hanno appena detto che la Terra è piatta.

«Sì.»

«Be'... Forse sono stata un po' imbarazzante...»

«Sì, ma me lo aspettavo... ti seguo già su Instagram.»

«COSA?! E per quale motivo me lo dici solo ora?»

«Volevo vedere come andava. Per capire se quello è un personaggio o se sei davvero così.»

«Ah... e quindi?»

«Eh... sei ancora peggio. Ma mi piace questa cosa.»

«Va bene. Ma non hai ancora visto niente.»

* * *

Casa dei genitori di Vespasiana, Mestre, domenica 24 dicembre, ore 12.30

Ormai Vespasiana, dopo mesi che cercava di bypassare inventando scuse assurde, ha dovuto accettare l'invito al pranzo della vigilia di Natale dai suoi genitori, e ha messo in mezzo pure me.

Il pranzo è durato sette minuti e si è svolto così: con Vespasiana in totale silenzio e un delizioso botta e risposta tra me e sua madre.

«Allora, Vespasiana, come ci si sente a trent'anni a essere di nuovo in Italia senza niente in mano?»

«Mmh, buonissima questa acqua. Veramente di ottima qualità, di che marca è? Sicuramente è la Levissima, vero?»

«No, perché Vespasiana, sai, qui al panificio avremmo

avuto bisogno di una mano. Ma tu eri troppo impegnata a inseguire i tuoi sogni in America.»

«Veramente buoni questi grissini, sono di farina di kamut?»

«E poi, Vespasiana... tornare così, dopo dieci anni, perché il tuo fidanzato ti ha mollata...»

«Questi tovaglioli sembrano davvero di cotone pregiato, dove li ha comprati, signora?»

«Sai, Vespasiana, le tue coetanee ormai sono sposate, hanno figli. Guardati. Ancora qui, senza niente.»

«Che gustoso questo pasticcio! Provo a indovinare, ci ha messo la besciamella?»

«E così... adesso almeno ti rendi conto che era meglio stare coi tuoi genitori?»

Questo botta e risposta è terminato con Vespasiana che si è alzata e se ne è andata fuori di casa, mentre io mangiavo il secondo boccone di pasticcio.

«Scusi, non è che almeno me lo può mettere in una schiscetta? Cioè, me lo finisco a casa...» ho osato chiedere mentre mi alzavo dalla sedia per raggiungerla. «Immagino di no, arrivederci.»

Quando siamo arrivate a casa, Vespasiana si è fiondata sul divano a piangere. Io mi sono seduta vicino a lei, ho ordinato due pizze e ho acceso la tv, che ovviamente dava un film di Natale.

«Guardiamo questo» ha ordinato lei.

«Sei sicura? Guarda che è uno di quei soliti film di Natale di merda.»

«Va bene.»

«Di quelli in cui c'è sempre una tizia che lavora a New

York, che riceve una super promozione, poi deve trasferirsi in un paesino sperduto e si innamora del taglialegna!»

«Va bene.»

«Quelli in cui non si capisce mai perché siano tutti sempre mezzi nudi anche se ci sono tre gradi sotto zero.»

«Va bene.»

«Quelli in cui nel momento del bacio inizia sempre a nevicare, come se il cielo aspettasse solo quello.»

«Sì.»

«Quelli in cui alla fine la tipa rinuncia alla promozione per rimanere nel cazzo di paesino e fare biscotti con lui per sempre.»

«Lo so.»

«Va bene, Vespasiana... Allora guardiamo questo, se è questo che vuoi.».

Sul televisore, il tipo si dichiara alla tipa mentre nevica magicamente intorno a loro. Fatalità.

«Ma va in mona»[1] dice lei. Annuisco.

* * *

Casa di Alice, Mestre, domenica 31 dicembre, ore 19.00

Giorni di convivenza con Vespasiana: 167
Uomini baciati nella stessa settimana: 2
Ore di dialogo su *Terra amara* ascoltate: almeno 4

Io e Vespasiana siamo in bagno e la casa è un casino, piena di vestiti sparsi, scarpe e trucchi in giro, con i gatti

1 Traducendovelo con finezza, significa: ma vai a quel paese.

che ci guardano camminare avanti e indietro da una stanza all'altra. Lei è in piedi davanti allo specchio, boccoli perfetti, mini vestito dorato di Prada, tacchi vertiginosi che se me li mettessi io finirei ricoverata in radiologia con fratture multiple dopo trenta secondi.

Io, invece, in total black, vestitino nero, stivali, capelli piastrati, muso da can, in perfetto Scorpio mood.

«Vespasiana, posso dirti che sono piacevolmente colpita?» le dico, mentre cerco di mettere l'eyeliner senza trasformarmi in un panda.

«Colpita da cosa?»

«Dal fatto che tu abbia deciso di fare il capodanno con me, la zia e il resto del reparto geriatrico al Sicily, e non abbia rotto le palle per andare al Palazzo a Venezia... a fare le foto per farti vedere da Giustino.»

«Boh, ho solo voglia di passare questa serata con te e divertirmi con la mia amica.»

«Sei una scassacoglioni. Ma devo dire che ti voglio davvero bene» le dico abbracciandola.

«Ti voglio bene anche io.» Poi mi dà una pacca sul culo. «Ma adesso muoviti, che siamo in ritardo.»

Arriviamo al ristorante passando per viale Cojonaldi; il Sicily per l'occasione è stato addobbato con lucine ovunque, alberi, c'è il deejay, i tavoli sono pieni e i camerieri sfrecciano impazziti con le pizze in mano.

Intravediamo le maranteghe e le raggiungiamo, sono vestite di tutto punto. E proprio mentre mi sto togliendo il cappotto...

Lo vedo.

Il commissario. Lì, in piedi, dall'altro lato del locale. Mi saluta e viene verso di me. Io però faccio finta di niente. Lo ignoro e mi giro subito, così lui resta lì fermo impalato a un metro, capisce che non voglio parlargli e torna indietro. Col cazzo che gli rivolgo la parola, dopo la sera del mio compleanno.

Ma ovviamente alle maranteghe non sfugge la scena.

«Alice, ti ga visto che il commissario Lo Casso ti ha salutato?» mi chiede la Ornella urlando, come se stesse facendo un annuncio a un matrimonio.

«Non lo saluti? Che maleducata, tua mamma non ti ha insegnato questo» dice subito la zia, riferendosi a mia mamma, cioè a sua sorella.

«Ah, no, non mi sono accorta, scusate, devo andare un attimo in bagno.»

E scappo, lasciando le signore lì e il commissario a fissarmi.

Davanti allo specchio del bagno, però, due secondi dopo che sono entrata si materializza una specie di bagliore dorato. No, non è la stella cometa. È Vespasiana.

«Allora?» mi chiede con sguardo mezzo affettuoso e mezzo indagatore. «Tutto bene?»

«Sì, sì, benissimo» le rispondo senza guardarla negli occhi. Meglio far finta di sistemarmi i capelli allo specchio.

Ma lei non si arrende. «LO SAPEVO! Ero sicura che da un po' di tempo avevi smesso di dirmi cosa stava succedendo con il commissario...»

«Vabbè» crollo. Vespasiana è come la zia Rosanna. Inutile provare a insistere, tanto vinceranno loro sempre e comunque. «Effettivamente dopo quella serata a casa sua mi ha mandato alcuni messaggi.»

«Ah! E che messaggi?»

Le rispondo con una smorfia e un'alzata di spalle. Che messaggi...

Ciao, come va?

Ciao, come va? Vedo che non mi hai risposto.

E cose di questo genere. Non ha avuto nemmeno il coraggio di chiedermi scusa. "Ciao, come va?" Ma allora sei stronzo?

Io non voglio più saperne assolutamente niente.

Torno a tavola e mangio con Vespy e tutti gli altri. Antonio stasera sfoggia un completo blu elettrico che si intona alla perfezione con il vestito verde menta della sua ragazza, Melania, mentre Luigino, con il suo solito entusiasmo e una camicia con i pesciolini, ci racconta che ha prenotato un viaggio per marzo.

«Luigino, ma dove ti va stavolta?» chiede la Ornella. «A Bari, di nuovo?»

«No, stavolta vado alle Canarie!»

Tutti ci guardiamo per un attimo, preoccupati, ma poi pensiamo che alla fine ormai Luigino lo conosciamo, non sappiamo se finirà alle Canarie o a Canazei sotto alla neve in Trentino, con una valigia piena di costumi da bagno, ma sappiamo perfettamente che in qualsiasi caso saprà cavarsela.

«Va bene, Luigino» gli diciamo alzando i calici.

E anche se l'argomento non è più stato sollevato, mentre mi guardo intorno toccando i vari bicchieri con il mio, non posso fare a meno di pensare ai bovoletti della zia, agli album della Ornella e della Teresina, al rossetto della Beatrice, ai palloncini di Piercoglione, ai miei Pan di Stelle e ai calzini di Mariano... Piccole cose agli occhi di un estraneo, magari, ma molto importanti, estremamente importanti per chi le possedeva: dei veri tesori. Chi potrebbe avere interesse a rubare qualcosa del genere, che come valore più grande ha quello affettivo? Nell'ultimo periodo io e le maranteghe abbiamo addirittura smesso di parlarne, rassegnate all'idea di aver perso quelle cose alle quali tenevamo immensamente... perché poi è così che va la vita, ci si accascia, si impara a lasciare andare, sentendosi quasi in colpa per avere amato così tanto qualcosa che, in fondo, agli occhi del mondo non era niente di speciale.

Se fosse seduta qui a tavola accanto a me, Jessica Fletcher mi guarderebbe con i suoi occhietti penetranti e mi direbbe: "Ricordati che se qualcosa non torna è sempre meglio ficcare il naso!". Basta, ecco?

Allora mi passa tutta la fame, guardo Luigino e mi viene un po' di paura per la sorte che potrebbe toccare al suo biglietto, che sia per le Canarie o per Canazei.

Nel frattempo, le maranteghe stanno affrontando un accalorato dibattito su *Terra amara*.

«La Züleyha ga sbajà tutto, o gavevo dito mi!» esclama la Teresina.

«Eh, ostrega, Demir gera un omo vero! No come quei che i gira ai tempi d'oggi...» ribatte la zia Rosanna facendo l'occhiolino al commissario.

«Comunque a mi me despiase par Hünkar. E dopo, mi no capisso na roba, ma perché ogni volta che i ga da dirse calcossa i traversa mesa Turchia? No i pol farse na teefonada? Aaahpparcarità» aggiunge la Ornella.

Io e Vespasiana ci guardiamo e scoppiamo a ridere, e tra un bicchiere e l'altro, dopo ore di conversazione su *Terra amara*, le dieci diventano le undici e le undici diventano quasi mezzanotte. Il locale si anima ancora di più e tutti attendono il nuovo anno ballando, bevendo e cantando.

A mezzanotte in punto esplode la confusione totale: trenini, urla, coriandoli. A me però inizia a mancare il respiro per il troppo rumore e la troppa gente che si muove, quindi esco a prendere aria in mezzo al caigo,[2] che mi sembra così rassicurante. Ed ecco che arriva lui. Il commissario. Come in quei film dove la protagonista ha perso da piccola la gioia del Natale a causa del divorzio dei genitori e ora sta per mollare la sua carriera milionaria a New York per trasferirsi in un paesino sperduto, dove però conoscerà un uomo che le farà ritrovare lo spirito natalizio baciandola sotto al vischio e alla fine le dichiarerà il suo amore con parole indimenticabili, mentre nevica magicamente intorno a loro.

Invece il commissario mi guarda nella nebbia fuori dalla pizzeria e mi dice: «Ciao».

Io ricambio il suo guardo. «Ah. Ciao.»

«Senti… mi dispiace per come mi sono comportato l'altra volta.»

«Sì, sei stato proprio stronzo.»

Sta in silenzio per trenta secondi… sa di meritarselo. Ma poi prosegue.

«Lo so. Sai, ho guardato i tuoi video poi… Fanno ridere per davvero. Non penso che il tuo lavoro sia una merda…»

Eccolo.

[2] La nebbia veneta.

«Ormai mi è passata la voglia.»
«Dai, Alice...»
«Dai un cazzo. Mi hai fatto male. Tu non capisci che questi per me non sono dei video di merda. Io ci metto il cuore in quello che faccio, la mia ironia è stata l'unica cosa che mi ha aiutata a sopravvivere e a non finire ricoverata per un TSO. Non sono Belén Rodríguez, in amore sono sfigata come non so cosa, ho un sacco di altri problemi che non sto qua a dirti, almeno non rompermi i coglioni sul mio lavoro che è l'unica cosa che mi va bene... E tu ci hai sputato sopra, senza preoccuparti di nulla.»
«Alice, mi dispiace. Io ci tengo a te, ci tengo davvero. Mi rendo conto solo adesso di essermi comportato come un coglione.»
«Non mi interessa più. E poi io adesso sto vedendo un'altra persona.»
«Come? Chi stai vedendo?» mi dice sbiancando.
«Cazzi miei. Dai, lasciami stare. Adesso vado dentro. Ciao.»
Faccio per rientrare, ma lui mi afferra per un braccio, mi attira verso di sé e mi bacia. Eccole. Le farfalle nello stomaco. Il calore in tutto il corpo. Quanto lo odio. Perché mi fa provare questo? Io non voglio. Poi si stacca.
«Comunque... auguri. Buon anno» mi dice, abbracciandomi forte.
«Ma vaffanculo. Lasciami stare. Due ore per depilarmi...» gli rispondo staccandomi da lui.
Mi giro e me ne vado dentro, lasciandolo lì da solo.
E poi, adesso sto vedendo Giovanni. Giovanni sembra una brava persona. Mi ha mandato un messaggio

carinissimo per farmi gli auguri due minuti dopo la mezzanotte, e non mi ha mai detto le cose che mi ha detto lui.

«Vespy, io vado.»

«Ma come? Perché?» mi chiede lei mentre balla con Luigino.

«Sì, ho sonno, ma tu stai pure qua tranquilla.»

«Ah, be', okay.»

E così me ne torno a casa. Buon anno a tutti.

Calzini calzinetti,
sul portasciugamani sembrate perfetti.

Vi infilo alle mani come due burattini,
in attesa di risposte… Come due saggi (o due bambini)
confabulate, litigate, sbuffate un pochino,
poi uno dei due sospira: «Dai, parti con il piedino!».

Allora vi metto ai piedi con aria solenne,
pronta a marciare verso la gioia perenne.

Tre passi in avanti, tre passi all'indietro,
scuoto le braccia, lascio andare il pensiero.
Con il piede più lieve posso uscire dal bagno,
dimenticando ciò che non serve, pronta a vivere in
un sogno.

Calzini, calzinetti,
guidate il mio cammino su strade serene,
dove l'amore danza leggero riannodando le sue catene.

10

Ti direi che sono qua per caso
Ma tanto lo sappiamo tutti e due

Franco126 feat. Tommaso Paradiso,
Stanza singola

Casa di Alice, Mestre, lunedì 1° gennaio, ore 11.13

Giorni di convivenza con Vespasiana: 168
Chakra aperti: 0
Inviti al matrimonio del mio ex: 1

Stamattina Vespy mi ha convinta a spostare i mobili perché la sua ultima trovata è che «l'energia di questa casa non scorre bene e bisogna iniziare l'anno nuovo con il piede giusto». Secondo il suo parere, i miei chakra o che cazzo ne so non sono abbastanza aperti per colpa del fatto che il mio divano non è nella posizione corretta. Io non so veramente più cosa dire, a questo punto.

E lei, felice come una pasqua, sta mettendo tutte le mie cose in subbuglio, invece di trovarsi un lavoro vero e smetterla di farsi mantenere da me, che ormai le sto dando cento euro di paghetta a settimana… cioè, vogliamo parlare del fatto che mia mamma era tanto se me ne dava venti?

Intanto continuano ad arrivare i vari messaggi d'auguri,

tra cui uno che mi fa bloccare impalata davanti allo schermo del telefono.

Messaggio di Piercoglione.

Ciao a tutti e buon anno! Siete invitati il 16 marzo al nostro matrimonio alla chiesa dei Santi Toni e Bepi... Dopo la cerimonia gli sposi saranno lieti di intrattenere parenti e amici presso il ristorante Da Albano e Romilda. RSVP!

Rimango ferma un attimo. Un mio ex si sta sposando. Per davvero.

Vespasiana mi guarda. «Che c'è?»

«Niente, abbiamo un invito. Piercoglione si sposa.»

«Ecco, è riuscito a sposarsi pure lui, e noi ancora no.»

«Esatto, ti rendi conto? Che poi io non voglio sposarmi, sto bene così. Ma è il principio.»

«Assurdo. Senti, il divano lo mettiamo qua?»

Nello stesso istante il telefono di Vespasiana vibra, così per fortuna il mio divano è ancora al sicuro. Vedo che fa una faccia strana.

«È Chiaretta.»

«E che vuole?»

Vespasiana mi mostra il messaggio.

Buon anno! Emoticon cuore. *Ho bisogno di una mano. Posso venire da voi?*

E subito dopo averle risposto che la aspettiamo, si mette per davvero a spostare il divano in mezzo alla stanza, e io so già che andrò a sbatterci il mignolino ogni mattina da appena sveglia al buio perché non me ne ricorderò.[1]

1 Spoiler: questo succederà per davvero per ben tre mesi, e mi porterà ad aprire non i chakra, ma delle altre vie di comunicazione con il Signore e tutti gli angeli.

Mentre aspettiamo la Chiaretta sul divano, Vespasiana sta scorrendo il telefono con la sua solita faccia da bambola assassina quando noto che fa un sobbalzo, come se stesse per sentirsi male.

«Cosa c'è, Vespasiana?»

«Niente.»

«Dimmelo.»

«Niente.»

«Se non me lo dici sposto di nuovo il divano dov'era prima.»

«E va bene... Ho appena visto che Giustino verrà in Europa per il tour del nuovo disco.»

Io la fisso con l'aria di una che sta per tirarle una ciabatta in faccia.

«A Londra.»

Continuo a guardarla con gli occhi sbarrati e lo sguardo omicida.

«Fa una data del suo tour.»

«Non vorrai mica andarci, vero?»

«No, no, no, assolutamente!»

«Okay.»

Silenzio.

Io continuo a fissarla.

Lei continua a fissare il telefono.

Io continuo a fissarla.

Lei fissa il telefono.

Io continuo a fissarla.

«Vespasiana.»

«Sì?»

«Ci stai pensando.»

«Ma no!»

«Vespasiana.»
«Ti giuro di no!»
«Vespasiana.»
«Alice, basta! Non dire cazzate!»
Dlin dlon.

Apriamo la porta ed entra la Chiaretta, tutta imbacuccata e con la pancia ormai enorme. È gennaio e fa un freddo cane, ma nemmeno si toglie il cappotto, la sciarpa e il berretto, non ci saluta neanche. Si siede sul divano e resta lì, muta, a guardare il vuoto.

Io lo so perché sta così. «È per il messaggio di Piercoglione, vero?»

Lei annuisce.

Vespasiana non ci sta capendo niente.

«Aspettate, Piercoglione?»

La Chiaretta mi guarda, e io la guardo. Vespasiana ci guarda con un punto interrogativo. Io sto in silenzio, perché non è mia responsabilità dire questa cosa a Vespy.

«Vespasiana, la realtà è che...» La Chiaretta trova il coraggio: «Il bambino che porto in grembo... non sono del tutto sicura che sia di Giangiorgianno».

«In che senso?»

«In che senso, Vespasiana... Quanti sensi vuoi che ci siano... Nel senso che potrebbe essere di Piercoglione.»

Vespasiana si mette una mano sulla bocca.

«Oddio.»

«Eh» risponde la Chiaretta.

«Oddio» ripete lei.

«Eh» rispondo io.

«*Oddio!*» ripete lei.

«Eh!» diciamo in coro io e la Chiaretta.

«Ma lui lo sa?»

«Be', immagino che sappia come si fanno i bambini, quindi presumo di sì.»

«Ma quindi Piercoglione è proprio un coglione» dice Vespy.

«Eh, sì. Piercoglione è proprio un coglione» confermo io.

«Quando ho visto il messaggio ho pensato che fosse meglio venire qua da voi.»

«Sono fiera di te, Chiaretta» le dico con un sorriso.

«Una Vergine ascendente Vergine con la luna in Vergine che chiede aiuto? Wow! Devo chiamare Paolo Fox per avvisarlo!»

«Vespy... Lascia stare. E quindi ora che fai?» mi rivolgo alla Chiaretta.

«Credo che sia arrivato il momento di parlare con Giangiorgianno.»

«Ma... senti... non hai un'idea più concreta di chi potrebbe essere il padre?»

La Chiaretta ci guarda, prende la borsa, tira fuori delle immagini e le appoggia sul tavolo.

Io e Vespasiana ci avviciniamo mentre lei ci spiega con tono asciutto: «È la morfologica 3D che ho fatto in clinica».

Io mi metto una mano sulla bocca. Non posso credere ai miei occhi.

«Cazzo.»

«Cazzo cosa?» chiede Vespy, che non ha mai conosciuto Giangiorgianno.

Io mi passo una mano sulla faccia. «Eh... sembra proprio che abbia il naso di Piercoglione e la bocca di Giangiorgianno.»

«Esattamente!» esclama la Chiaretta prendendosi disperatamente il viso tra le mani.

Vespasiana è sconvolta. «Ma che...? È tipo un incrocio? La mia ex amica Brianna aveva un labradoodle, era un incrocio tra un labrador e un barboncino...»

Io guardo Vespy come per dire: "Ma sei deficiente?" e non dico niente.

Però questo è davvero troppo per tutte e tre. Così scoppiamo a ridere, perché tanto cos'altro dovremmo fare?

«Vabbè... Chiaretta... Vuoi del fango?» le chiedo.

«In che senso del fango?»

Vespasiana ride. «No, è Alice che prende in giro le mie tisane. Vuoi una tisana?»

«Ma invece non ci sarebbe, tipo... una cioccolata calda?»

«Grazie a Dio. Sì, assolutamente. La vuoi anche tu, Vespy?»

«Vabbè, dai, direi che per oggi ci sta.»

«Okay, tre belle cioccolate calde.»

«Con la panna?» chiede Vespasiana, lasciandomi basita.

«Con la panna.»

* * *

Casa di Alice, Mestre, martedì 2 gennaio, ore 18.56

Mi sto preparando per la mia quinta uscita con Giovanni. Quinta. Non so nemmeno io come sia successo, ma eccoci qui. Giovanni è davvero un ragazzo carino, interessante, ironico, dice sempre cose gentili, mi apre la portiera, mi fa i complimenti, ma non è quella merda di love bombing eh, cioè, è davvero una persona normale. Sana. Risolta.

La pizza Margherita.

Il problema è che il caso umano sono io. Da quando ci vediamo ho fatto più figuracce che altro. Ma lui resta comunque, dice che si diverte. Il fatto è che… non lo so. Non sento ancora quella cosa. Cioè, lui è bravo, è tenero, è premuroso. Stiamo andando piano, è ancora presto. Ma forse è così che dovrebbe essere, no? Non bisogna mica sentire le farfalle nello stomaco, non sono sane, giusto?

Mentre esco di casa, salgo sulla mia Punto e vado in centro. Giovanni mi aspetta al parcheggio, mi dà due baci, poi mi sorride e mi prende la mano. Mi prende la mano. *La mano.* E io gliela do, la mano, ma mi gelo un po'.

Non è che non voglio dargliela, il problema è che non so come mi faccia sentire questa cosa.

Non lo so. Ma continuo a camminare e a tenergli la mano, mentre lui parla tranquillissimo, come se nulla fosse.

E poi succede. Le farfalle nello stomaco arrivano, eccome se arrivano.

Perché il destino decide che in quel preciso momento, proprio mentre cammino per raggiungere la pizzeria mano nella mano con Giovanni, vedo lui. Il commissario. E non è solo. È con una donna, a braccetto. Una strafiga allucinante. Alta, con i tacchi, bellissima… Praticamente la donna perfetta. È pure abbronzata, e mi sembra di aver sentito che stavano parlando di piste da sci e bellezze naturalistiche in Val d'Aosta, quando si sono bloccati come noi lì, in mezzo al marciapiede, e lei con un gesto veloce ha allungato la mano per pettinargli il ciuffo. Sono in *quel* tipo di confidenza, ovviamente.

Nel momento in cui i nostri sguardi si incrociano, io e Lo Cascio ci fermiamo. Non so per quale motivo. Potevamo salutarci e tirare dritto, ma non lo facciamo. Invece ci fermiamo, fissandoci, mentre i nostri accompagnatori si guardano imbarazzati.

Poi, senza pensarci, mi esce dalla bocca un: «Ehi… Come butta?». Ma tra tutte le cose che potevo dire, perché proprio questa? *Come butta?*

«Tutto be… tutto bene. Lei è Sofia.»

«Lui è Giovanni.»

«Piacere.»

«Piacere.»

«Piacere.»

«Piacere.»

Io e il commissario continuiamo a fissarci come due deficienti, mentre i nostri accompagnatori ci guardano confusi, tipo: "Ma cosa sta succedendo?".

«Va bene, io e Sofia andiamo.»

«Sì, sì, va bene, va bene, ciao.»

Dopo dieci passi, io mi giro, e lui si gira nello stesso identico momento. Ci becchiamo con la coda dell'occhio. E le mie farfalle muoiono, perché il commissario si sta vedendo con un'altra. Anch'io, però, mi sto vedendo con un altro, che mi sta ancora tenendo la mano. E Salvatore mi ha vista così con Giovanni, mentre camminava a braccetto con quella. È ovvio che Salvatore non è l'uomo per me. Ed è ovvio anche l'effetto che continua a provocarmi.

Quindi?

«Quindi questa è stata l'ultima uscita con il perfetto Giovanni» annuncio a Vespasiana mentre quella sera ci strucchiamo prima di andare a dormire. «Perché non si possono prendere per il culo le persone. Inutile cercare di inventare un sentimento se quando bacio Giovanni sento la stessa sensazione che avrei se baciassi il mio comodino: è un bel comodino, ci sono un sacco di cose, ma se lo bacio sento solo il freddo e il vuoto...»

Mentre si passa il suo rullo di giada sul viso in senso orario, contando a bassa voce ogni giro da uno a tredici come tutte le sere, Vespy mi ascolta con attenzione e io vado avanti a parlare a ruota libera.

«Mi sembra di uscire con Stefano, il mio amico gay. Non perché lui sia gay. Però la sensazione che provo è uguale. Un amico, solo un amico, senza nessun trasporto.»

«Quindi forse non ne vale la pena» mi dice lei con un tono dispiaciuto, alzando le spalle come a dire: peccato.

«Starò da sola, come sempre» le rispondo, passandole il tonico alle erbe peruviane.

* * *

Commissariato di Mestre, mercoledì 10 gennaio, ore 18.45

«Ma, secondo lei, qual è il mio problema, dottoressa? Perché non provo niente per questa ragazza?»

«Be', Salvatore, mi permetta di farle una domanda. A lei piace il tiramisù?»

E lui, spiazzato, risponde: «Sì... tantissimo».

«Tutti amano il tiramisù, no?» insiste la dottoressa.

Lo Cascio – uomo di scienza e di solidi principi – non riesce a capire dove voglia andare a parare la sua psicoterapeuta. «Okay. Quindi?»

«Commissario, a me il tiramisù non piace.»

Lui non realizza il senso del discorso. Ma lei prosegue imperterrita. «A lei piacciono i cavoletti di Bruxelles?»

Sempre più allibito, il commissario inizia a innervosirsi e tamburella con le dita sulla scrivania. Nella sua testa non riesce a passare la domanda che lei gli ha appena posto, l'unica questione adesso è quanto paga al minuto per farsi rivolgere quelle domande: poteva andare a un corso di cucina, che gli sarebbe costato sicuramente molto meno... Ma siccome gli è stato insegnato che bisogna rispondere sempre quando qualcuno pone una domanda, si sforza di dire qualcosa: «Be', insomma».

«Ecco. Io li adoro e li mangerei tutte le sere. A ognuno piace ciò che piace, Salvatore, senza bisogno di indagarne troppo il perché. L'importante è ascoltarsi. Quella ragazza non ha nulla di sbagliato, e nemmeno lei ha nulla di sbagliato...»

«Ma a me dispiace» la interrompe lui. «Perché non voglio farla stare male.»

«Guardi, non si preoccupi, l'importante è che lei sia sempre sincero su ciò che prova o su ciò che anche eventualmente *non* prova.»

Il commissario la fissa. Ha le borse sotto gli occhi sempre più profonde, sembra veramente distrutto.

«Dottoressa, però io non ci dormo la notte pensando che questa Sofia è una persona perfetta, meravigliosa, bellissima, intelligente, gentile, ex olimpionica di sci, e che potrei avere una vita stupenda con lei, perfino in

Val d'Aosta... Quindi ci deve essere in me qualcosa che non va, se sono arrivato a quest'età e sono ancora così confuso su cosa mi piace e sulla vita che desidero. Forse dovrei rivedere qualcosa di me...»

«Be', Salvatore, se a lei fa piacere ritengo che potrebbero esserle utili un po' di esercizi per portare alla luce i suoi desideri più autentici. Il punto non è sentirsi in colpa, ma semplicemente lasciarli emergere per quello che sono. Se per esempio le chiedessi, così, d'istinto, di dirmi tre cose in generale che a lei piacciono tantissimo, quali sono le prime immagini che si affacciano alla sua mente?»

Il commissario arrossisce e non osa dirle che c'è una sola immagine che prepotentemente si è imposta alla sua attenzione: quella di Winnie the Pooh.

Invece con aria seria e quasi contrita chiede alla dottoressa: «Ma lei non ritiene che invece potrei essere io ad avere qualcosa che non va, magari assumendo con le donne atteggiamenti tossici o qualcosa del genere?».

«No, commissario, ma anche se in passato fosse stato così, ora lei è qui per fare un lavoro su se stesso ed è questa l'unica cosa che importa. Alla fine, se ci pensa, chi di noi non ha mai tenuto comportamenti sbagliati nella propria vita? Ormai ci conosciamo da qualche tempo e le posso assicurare che in lei non vedo nessun tratto patologico, è solo un po' terrorizzato, e noi dobbiamo lavorare su questo; anzi, lei è una persona empatica e gentile e le sue preoccupazioni le fanno onore, mi creda.»

Finita la seduta, il commissario chiude la call e spegne il computer senza neanche guardare la casella mail. È troppo stanco, però ha imparato che:

- non gli piace Sofia;
- non vuole andare in Val d'Aosta;
- ci sono persone che amano i cavoletti di Bruxelles;
- dal momento che continua ad avere dei flash su Winnie the Pooh, forse dovrebbe farsi qualche domanda in più su cosa gli piaccia veramente.

* * *

Casa di Alice, Mestre, domenica 21 gennaio, ore 19.30

Vespasiana ha invitato la Chiaretta a casa mia, perché ormai a casa mia lei fa un po' quello che le pare, sposta i mobili, mette le sue cose ovunque e oggi ha deciso pure di organizzare una cena a mia insaputa.

Dlin dlon.

Entra la Chiaretta, sorridente e piena di energie. Sembra che sia tornata la Vergine che conosciamo, super pimpante e organizzata, per quanto sia ormai incinta di sette mesi, quindi si muova lentamente e sia goffa, che non è da lei.

«Vi devo raccontare una cosa.»

«Aspetta che prepariamo uno spritz!»

«Vespy... sono incinta, ti ricordi?»

«Oddio, scusa. Facciamo tre gingerini?»

«Uuuh, sì. Buonissimo. Mia zia Rosanna sarebbe fiera di te.»

Ci sediamo con i tre gingerini in mano, poi la Chiaretta prende fiato e dice: «Ho parlato con Giangiorgianno».

Io e Vespasiana ci immobilizziamo, aspettando con la bocca aperta il temuto verdetto.

La Chiaretta continua: «Pensavo che avrebbe reagito malissimo. Pensavo che la mia vita sarebbe finita, che la mia famiglia sarebbe stata distrutta e tutto il resto... E invece...».

Noi continuiamo a fissarla con la bocca aperta.

«Ha detto che in ogni caso per lui questo bambino è suo figlio. E già che c'eravamo mi ha detto che non crede nella società monogama.»

Vespasiana si strozza con il gingerino.

«Dice che lui è per la poligamia.»

Adesso è il mio turno, mi strozzo io.

La Chiaretta continua serenissima, come se ci stesse raccontando le previsioni meteo di domani.

«Anzi, ha detto che stava solo aspettando che nascesse il bambino per chiedermi se mi andava di iscriverci a un sito di incontri per coppie poliamorose.»

Inizio a tossire. Vespy invece ha appoggiato il bicchiere, è stata più intelligente di me.

«Anche se ritiene la mia scelta di tradirlo con Piercoglione una scelta di merda, cosa che comunque in effetti ci sta. Quindi niente, adesso siamo una coppia aperta poligama» continua fiera la Chiaretta.

Vespasiana ha ancora la bocca spalancata.

«Sono molto felice per te» le dico sorridendo, mentre Vespasiana si gira lentamente verso di me, sconvolta.

Io le faccio un cenno di disapprovazione per il suo comportamento poco gentile nei confronti della Chiaretta, così alla fine anche lei dice: «Sì, sono felicissima anche io per te. È una notizia stupenda!».

La Chiaretta sorride e tira fuori la sua agenda.

«Ah, sì, ecco qui, tempo fa mi hanno rubato l'agenda,

quindi ho dovuto comprarne una nuova. Non l'ho più trovata, ma era un periodo assurdo, quindi chissà, magari non è stato un vero furto ma l'avrò solo persa perché ero un po' fuori di me... Volevo farvi vedere...»

Vespasiana si soffoca di nuovo con il gingerino. Oh porco can, quindi anche alla Chiaretta hanno rubato qualcosa. E subito mi rendo conto che ovviamente si tratta della cosa più importante anche per lei.

«Ecco,» continua felice la Chiaretta «dopo che il bambino sarà nato, io e Giangiorgianno potremo avere tutti gli appuntamenti segnati in agenda con queste coppie. È tutto super organizzato.»

«Chiaretta, posso dirti una cosa?» le chiedo.

«Dimmi...» esclama lei un pochino preoccupata.

«Ma sai che sono veramente tanto fiera di te?»

«Perché?»

«Perché eri una faccia da culo. Guarda che mentalità aperta hai adesso, guarda come stai seguendo per davvero la tua felicità.»

«Sì. Credo che lottare per mostrarmi perfetta e migliore degli altri facendoli sentire inferiori abbia solo portato un sacco di casini. Lo facevo anche con te.»

«Sì... me lo ricordo bene. Be', allora, la dichiariamo ufficialmente acqua passata?»

«Sì!»

«E comunque, se volete un appuntamento con me e Giangiorgianno...»

«No, Chiaretta, non esagerare adesso.»

* * *

Casa di Alice, Mestre, domenica 4 febbraio, ore 6.12

La zia Rosanna mi chiama alle 6.12, guardo il telefono e già sento che non sarà niente di buono. Rispondo con la voce da zombie.

«Che c'è zia?»

«Alice xe successo un casin, un casin allucinante.»

«Ancora?»

«I ga rubà la bicicletta a Luigino.»

«Ancora?»

«Alice, è qua da basso che siga[2] come un matto!»

Io guardo l'ora un'altra volta. Ore 6.13.

«Ma zia, cosa devo fare io?»

«Eh, vieni qua, perché ne tocca portarlo in manicomio se continua così!»

Mi siedo sul letto grattandomi la testa e faccio un respiro profondo, perché io vi giuro che non è possibile che ogni giorno ce ne sia una nuova. Se non è la zia Rosanna è Vespasiana. Se non è Vespasiana è la Chiaretta. Se non è la Chiaretta è Piercoglione. Se non è Piercoglione è Luigino. Se non è Luigino è il commissario. Ogni giorno c'è una nuova rottura di coglioni.

E va bene, vado dalla zia.

Mi giro per avvisare Vespy dall'altra parte del mio letto. Ma lei non c'è.

Ah vabbè, sarà andata a fare la sua passeggiata e la sua sessione di yoga al parco. Cavolo, stamattina è uscita ancora prima del solito. È proprio fuori di testa quella.

2 È qua sotto che urla.

Mentre prendo la Punto e attraverso la mia Mestre che si risveglia lentamente, mi chiedo per l'ennesima volta perché non posso mai dormire la mattina. Ci sono meno quattro gradi, un freddo becco e il ghiaccio per terra, vorrei essere a letto, sotto le coperte, con i miei gatti che mi fanno da stufa e invece eccomi qui, diretta a casa della zia, a gestire l'ennesima cagata.

Quando arrivo, Luigino sta urlando e tutti quanti sono fuori dalle finestre a guardarlo. «I me ga rubà a bicicletta! I me ga rubà a bicicletta!» grida disperato, mentre la zia Rosanna, la Ornella e la Teresina cercano di calmarlo con scarsi risultati.

«Dai, Luigino, vieni qui, stai tranquillo...» provo a chiamarlo, ma è fuori di sé.

«NO! La bicicletta c'era ieri sera! Adesso no ghe xe più!»

La zia Rosanna mi prende per un braccio, con l'aria preoccupatissima. «Alice, chiama subito il commissario!»

«No, col cazzo, zia. Chiamalo tu!» cerco di svicolare. Ma figuratevi, dopo l'ultima cosa di capodanno e l'incontro con quella Sofia, vi pare?

«Alice, non ho mica il telefonino dietro io, eh!» dice lei.

Mi giro verso la Ornella e la Teresina.

«Eh no, cara, gavemo assà tutto a casa.»

Luigino è sempre più fuori di sé, e guarda a destra e a sinistra cercando la bicicletta.

«Alice, chiama il commissario!» insiste la zia.

«Zia, sono le sei e mezza di mattina... Starà dormendo...»

«Ciameo! Xe na roba seria questa!»

Voglio piangere, giuro. Ma alla fine, come al solito, faccio quello che mi dice la zia.

Prendo il telefono, e dopo tre squilli sento una voce da oltretomba.

«Ciao, non mi sarei mai aspettato una tua chiamata alle sette meno un quarto di mattina.»

Io già mi sento male. «Eh, ciao. Hanno rubato la bicicletta a Luigino.»

Silenzio. Silenzio tombale. Poi il commissario dice, con la voce più piatta del mondo: «Ma veramente mi hai svegliato a quest'ora per 'sta cagata?».

«Eh... sì.»

«Giuro su Dio che se non mi dici almeno che nel cestino di quella bicicletta c'era la Gioconda, vengo lì e ti arresto.»

Oddio, mi ritorna in mente Winnie the Pooh col manganello e devo dire che non so se mi dispiacerebbe. E invece no! Io sono arrabbiata con lui.

Sospiro e guardo Luigino che sta ancora girando su se stesso come una trottola, strillando: «I me ga rubà a bicicletta!», mentre le maranteghe gli urlano: «Luigino, sta tento, va pian, che te sbrissi sul giasso!».[3]

«Nessuna Gioconda, ha insistito mia zia perché ti telefonassi, io non ti avrei mai chiamato, figurati, ma qua c'è Luigino che sembra un cavallo imbizzarrito.»

«Sì, non avevo dubbi, visto che non mi rispondi ai messaggi. Va bene, arrivo.»

Disperato, Luigino si è seduto su una panchina con le mani nei capelli e piange a singhiozzi.

«Adesso come faccio senza bicicletta...»

[3] Stai attento che scivoli sul ghiaccio.

Io mi siedo accanto a lui e dico: «Luigino, adesso arriva il commissario».

«Ah, manco mal, me sento già più tranquio.»

«Luigino,» gli dico, prendendogli una mano nella mia «ma non può essere che l'hai prestata a qualcuno e poi te ne sei dimenticato, come l'ultima volta con Mariano?»

Lui non mi degna di una risposta, ma si gira ostentatamente dall'altra parte, offeso.

* * *

Casa di Alice, Mestre, domenica 4 febbraio, ore 13.02

Vespy, a che ora torni? Mangio da sola o ti aspetto?

Mentre guardo la *Signora in giallo* finalmente mi rilasso per bene, ma poi mi viene un dubbio. Oggi c'è troppo silenzio in questa casa e Vespasiana non è ancora rientrata. Stamattina quando mi sono svegliata era via, ma com'è possibile che stia ancora facendo yoga da tutto questo tempo? Strano.

Aspetto venti minuti, poi decido di preparare il pranzo, rigorosamente mettendo a caso delle cose surgelate in friggitrice ad aria: grande vantaggio di non avere Vespasiana che rompe con le sue insalate di lattuga coltivata responsabilmente nei campi biologici di non so dove e i suoi semi di chia, che ogni volta che mangiamo insieme mi sembra di essere un piccione. Oggi posso mangiare quello che mi pare. Però ho la sensazione che qualcosa non stia andando come dovrebbe.

Quando finisce la puntata prendo sonno e mi risveglio alle quattro. Guardo il telefono: nessuna risposta. Strano.

Le rimando un altro messaggio.

Ehi, ma dove sei? Ti hanno rapita?

Niente.

La chiamo. Non risponde. Okay. Questo non va bene per la mia ansia generalizzata, ora sto iniziando a immaginarmi ogni possibile scenario catastrofico di Vespasiana rapita da Ermanno o da qualcuno con cui era uscita nei mesi scorsi che si è rivelato un serial killer e che adesso la sta facendo a pezzi nel suo garage, per poi mettere i pezzi in freezer e mangiarseli ogni giorno a pranzo con un buon Chianti.

Le rimando un altro messaggio.

Vespy, mi sto preoccupando, dove cazzo sei?

Ma niente. Vado nel panico, e senza nemmeno pensare troppo alla situazione tra me e Lo Cascio (tanto oggi l'ho già chiamato alle sei di mattina, richiamarlo alle quattro di pomeriggio non sarà un problema) faccio partire la telefonata. Vedete, queste sono le cose positive di essere andata a letto con un commissario.

«Allora hai deciso finalmente di perdonare quella mia uscita brusca?» risponde lui.

«No, ho solo bisogno di un favore. Stamattina se ti ho chiamato era importante, la zia stava impazzendo e Luigino pure, lo sai che quando la zia mi dice di chiamarti...»

«Alice, ti fermo subito, ho un lavoro da fare.»

«E io invece ho la mia amica che probabilmente sta per essere fatta a pezzi da un maniaco.»

«Ma cosa stai dicendo?»

«Vespasiana è sparita.»

«Come sarebbe, sparita?»

«Eh, non lo so. Stamattina quando mi sono svegliata non c'era. Le sto scrivendo, la sto chiamando, ma niente.»

«Boh, sarà in giro...»

«Lei non ha mai fatto così. Cioè, comunque mi ha sempre risposto ai messaggi! Sta con il telefono in mano anche mentre è in bagno, fidati, ci vivo insieme, la vedo. Io penso che qualcuno l'abbia rapita.»

«Ma che dici?»

«Te lo giuro. Sai che io sono Scorpione ascendente Leone con la luna in Pesci. Certe cose me le sento.»

«Alice.»

«Sì?»

«Prenditi un po' di Xanax e lasciami lavorare.»

«No, ho bisogno che mi aiuti a trovarla!»

«Alice...»

«Ti prego, Salvatore. C'è un modo?»

«Ma, Alice, vuoi giocare ancora a fare Jessica Fletcher? Vespasiana è maggiorenne! Cioè, è una persona adulta che si è allontanata volontariamente e che si starà facendo i fatti suoi... Ma vedi quanto rompi i coglioni pure alla tua amica?»

«Cercala e basta! Tipo... non potresti intercettare il suo telefono?»

«Alice, guarda che non funziona così. Servono dei mandati per queste cose, io non è che posso scomodare il magistrato per farmi mandare un mandato per intercettare le celle telefoniche solo perché la tua amica non ti risponde al telefono... Da quante ore oltretutto?»

«Tre ore e mezza, quasi quattro.»

«Eh, capisci? Tu non mi hai risposto per mesi, non ho mica aperto un'indagine. Ho pensato che fossi una stronza e basta.»

«Ah! Io stronza? Pure? Senti, va bene, sai cosa ti dico?»

«Sentiamo cosa mi dice la signorina influencer…»
«Vaffanculo!»
«Ah, che novità. Potresti cambiare con "Vai a cagare" ogni tanto. Sei troppo banale.»
Talmente banale che gli riattacco il telefono in faccia.
Mi butto sul divano e guardo il soffitto. E va bene, adesso mi arrangio io. Cercherò elementi che possano darmi delle informazioni. Guardo l'Instagram di Vespasiana: niente. Nessuna storia, né un post, nulla di nulla. Quindi le scrivo di nuovo.
Dove sei?
Quando torni?
E poi, d'improvviso, girando come una pazza per la stanza, prendo con il mignolino lo spigolo del divano che lei ha spostato per i miei chakra di merda e probabilmente, invocando i santi, loro mi mandano l'illuminazione.
Il tour di Giustino.
Prendo il telefono, apro Instagram, vado sul profilo di Giustino. Storie recenti.
STASERA CI VEDIAMO A LONDRA!
Ecco dove è andata quella stronza ghostatrice di Vespasiana. A Londra, da Giustino. E pure coi miei soldi. Porca puttana.

* * *

Casa di Alice, Mestre, lunedì 5 febbraio, ore 6.15

Non riesco a prendere sonno, non ho dormito nemmeno un minuto e invece continuo a guardare il telefono e gli ultimi accessi di Vespasiana, che restano inesorabilmente fermi a ventiquattr'ore fa. Dentro di me sto vivendo un mix di emozioni tutte mescolate tra di loro: paura, preoccupazione, rabbia, ansia... Ma tutto cambia quando, alle sei, sento la chiave girare nella serratura e vedo Vespasiana che entra tranquilla, come se niente fosse.

«VESPASIANA, MA CAZZO!»

Lei mi guarda con la faccia più serena del mondo. «Eh?»

«A cosa ti serve quel cazzo di telefono? Per rispondere ai messaggi! Non per farti i selfie coi tuoi completini di yoga di merda. Sono morta di paura non sapendo dove fossi. Sei stata a Londra da Giustino, vero?»

«Alice, sì. Scusami, non sapevo cosa dirti.»

«Tu lo sai vero che io stavo per denunciare la tua scomparsa?»

«È stato un colpo di testa... Dovevo vederlo.»

«Okay. E come è andata?»

«Tutto okay.»

«Cosa cazzo vuol dire "tutto okay?"»

«Be'. Tutto okay. Perché credo fosse proprio quello che serviva. Non ho provato niente.»

«In che senso?»

«Cioè, ero lì, tutta agitata, tutta emozionata, non vedevo l'ora di incontrarlo. La sua bodyguard mi ha riconosciuta, mi ha fatta entrare nei camerini, e quando l'ho visto non ho sentito niente. Elettrocardiogramma piatto.»

«Be', è un bene.»

«Sì.» Fa una pausa. «Sì, credo di essere guarita.»

«E cosa vi siete detti?»

«Niente. Lui mi ha detto: "Ti voglio bene, sei bellissima, mi sei mancata, sono felicissimo di vederti qua". Poi mi ha abbracciata e mi ha detto di andare via perché stava arrivando Taylor. Però non ho provato un minimo di gelosia, anzi...»

«Va bene, quindi adesso è finita 'sta storia per Giustino?»

«Sì.»

«Bene. Adesso trovati un lavoro, che ormai avanzo almeno duemilacinquecento euro da te.»

In quel momento squilla il telefono.

«Dimmi, zia.»

«No, no, volevo solo dirti che xe tutto a posto. Abbiamo ritrovato la bicicletta di Luigino.»

«Ah.»

«A gera qua, sotto a un albero.»

«Un albero?»

«Sì, Luigino dise che el gaveva vardà, ma ti sa che el ga na certa età.» Lo dice come se invece lei non ce l'avesse, una certa età.

«Va bene, zia, son contenta. Ciao.»

«Ciao, amore.»

Chiudo la chiamata e mando un messaggio al commissario.

Vespasiana è a casa e la bicicletta di Luigino è stata ritrovata.

Lui risponde subito.

Ah, allora vedi chi l'aveva rubata. Faccina che ride con le lacrime, faccina che ride con le lacrime, faccina che ride con le lacrime.

Fisso lo schermo. Fisso Vespasiana. Rifisso lo schermo del telefono. Rifisso Vespasiana.

Mi viene un dubbio.

«Ma come ci sei andata in aeroporto?»

Lei arrossisce leggermente. Leggerissimamente. Ma ormai la conosco troppo bene. E poi afferra un boccolo tra le dita e inizia ad arrotolarlo con aria distratta. «Mi sono fatta prestare la bici da un mio amico.»

OH PORCO CAN DE UN CAN DEL CAN.

* * *

Casa di Alice, Mestre, lunedì 5 febbraio, ore 8.55

Quando Vespasiana esce per la sua morning routine di yoga e meditazione, io mi ritrovo a maledire Jessica Fletcher e chiederle scusa nello stesso momento. Con il cuore a pezzi prendo una serie di decisioni, tutte insopportabili:

- accettare la realtà dei fatti #1: il ladro di Mestre esiste eccome, aveva ragione la zia Rosanna;
- accettare la realtà dei fatti #2: dopo mesi che vado strombazzando ai quattro venti che non voglio indagare sul ladro di Mestre, cosa sto facendo? Sto indagando sul ladro di Mestre, e anche da un bel po';
- accettare la realtà dei fatti #3: chi è che mi ha dato l'indizio fondamentale? Il commissario;
- accettare la realtà dei fatti #4: ma che effetto mi fa la sua voce, anche al telefono?
- in conseguenza a tutto questo, fare qualcosa che

non avrei mai immaginato: violare la privacy di una mia amica e ospite andando a guardare nel suo armadio mentre lei non c'è. (Anzi, no, suo un paio di palle: è mio. Comunque, nel mio armadio adibito a suo.)

Faccio un respiro profondo proprio come mi ha insegnato lei, lo apro e inizio a frugare tra i suoi duemila vestiti appesi, scatole di scarpe, borse firmate accatastate, shopper di TigoTasi. Butto tutto all'aria come un agente della CIA, alla ricerca di qualche indizio. Ma niente. Niente di niente. Poi mi fermo e mi metto un attimo seduta sul letto, accarezzando il gatto e chiedendomi una cosa che non mi è stata insegnata da Jessica, ma che mi sembra una domanda abbastanza ovvia da porsi in questi casi: dove metterei la refurtiva, se fossi io il ladro di Mestre?

La risposta ce l'ho sotto gli occhi, ed è a forma di trousse dorata. Quella di Vespasiana, che da quando lei è arrivata qui non ha fatto altro che riempirsi sempre di più.

Mi fiondo in bagno, la apro e mi prende male: c'è un rossetto Yves Saint Laurent. Dei palloncini. Un paio di foto che scorro con le mani che tremano, a vedere la Ornella e la Teresina nelle varie fasi della loro vita. Un'agenda. Dei calzini della Piuma. Un paio di chiocciole vuote dei bovoletti della zia... E un pacco di Pan di Stelle che era chiuso e adesso è aperto. Mi siedo per terra.

Non ci posso credere.

Quindi il ladro di Mestre... è VESPASIANA.

Guardo meglio nella trousse e trovo la busta con la mia scrittura: *Soldi x psico, vedrai che andrà tutto bene* che le avevo lasciato sul mobile prima di accompagnare la zia a comprare i bovoletti ancora quella volta a luglio.

Al suo interno, però, non ci sono i cento euro che le avevo lasciato quella volta, ma circa mille... Quindi deduco che dallo psicoterapeuta Vespasiana non ci sia mai andata.

Poi trovo un'agendina, la apro, con le mani tremanti inizio a sfogliarla, finché tra gli appuntamenti ordinatamente segnati con una grafia che sembra fatta al computer scivola giù un foglietto. Mi chino a raccoglierlo e mi sento male.

Agenda agendina,
tre tocchi sulla porta del bagno e si avvia la mattina.
Annoto gli impegni sulla parete
con il dito sul vetro appannato: si vede!

Tre cose da fare, ma senza stress,
per far sì che oggi vada di yes!
Uno: bere il caffè.
Due: conquistare il mondo (più o meno, vabbè).
Tre: ricordarsi che il piano migliore
sarebbe quello di lasciar spazio all'errore.

Agenda agendina,
prenotami al più presto un appuntamento,
quando l'amore ritornerà con il vento.

È l'agenda della Chiaretta. Ormai totalmente in preda alla Jessica Fletcher che c'è in me, riacquisto di botto lucidità e inizio a ispezionare ognuno degli oggetti. In ciascuno, o vicino, trovo un foglietto: «Rosso rossetto, per aprire il sipario basta un tocco perfetto... Albumino, albumetto, sfoglia per me delle pagine nuove, dove l'amore mi vede e mi trova... Calzini calzinetti, sul portasciugamani sembrate perfetti... Lumache, lumachine, mostratemi il passo che riporta vicini... Biscotto biscottino... Oh! Adesso il bidet è diventato un firmamento pieno di stelle che spegneranno il mio tormento...».

Mi gira la testa. Sono senza parole e all'improvviso iniziano a scendermi le lacrime, perché mi sono appena resa conto che la mia amica da mesi sta rubando le cose più preziose degli altri per farci degli incantesimi con cui spera di trovare l'amore.

Mi siedo sul water, non mi reggono le gambe, e fisso il mobiletto davanti a me con lo sguardo perso. Lei crede che l'amore si possa evocare come se fosse un incantesimo scritto su un foglio di carta, come se per riempire quel suo vuoto bastasse rubare oggetti che sono preziosi per qualcuno. Lei ruba oggetti, ma in realtà sta rubando sentimenti, emozioni, vissuto degli altri, per non sentirsi sola, per non sentirsi vuota.

No, però, un attimo... Comincio a sentire il cuore pulsare più forte, e mi viene un colpo quando realizzo che... con ogni probabilità anche la Gioconda è A CASA MIA?

* * *

Casa di Alice, Mestre, lunedì 5 febbraio, ore 9.00

Tutti i servizi segreti del mondo stanno cooperando per ritrovarla, mentre la Gioconda si trova da qualche parte in questa casa? E se la ritroveranno qui, cosa mi succederà? Come minimo finirò di nuovo in galera, ma questa volta non a Mestre, con l'agente che legge la rivista. Stavolta finirò sotto le grinfie delle autorità francesi, sarò processata come Luigi XVI e incatenata per sempre in una lurida cella senza finestre nelle segrete umide e puzzolenti di qualche prigione di Parigi e non vedrò più la luce del sole, la zia Rosanna, i miei gatti… Be', comunque in effetti non è che mi fossi trovata male, quando mi hanno portata in prigione a luglio. E per fortuna ho studiato il francese alle superiori, almeno potrò chiedere qualcosa da mangiare. Poi un pensiero tragico: in Francia non c'è il bidet!

Inizio a singhiozzare, poi, disperata, mi alzo di scatto e mi metto a ribaltare la casa. Apro tutti i cassetti, guardo sotto il letto, apro il frigo, guardo sotto i tappeti.

Dove stracazzo si può nascondere la Gioconda, dentro casa mia?

Dopo un'ora rientra Vespasiana. Io sono ferma nella stessa identica posizione da quarantadue minuti, seduta sul divano.

Quando entra e mi saluta, io resto in silenzio. Non so se devo dirle che ho scoperto i suoi furti e in ogni caso non saprei proprio come dirglielo, non so se questo mi renderebbe complice, ho bisogno di tempo per capire come agire… Quindi faccio finta di niente, ma continuo a guardarla fissa e con gli occhi fuori dalle orbite, mentre lei manco se ne accorge e va a chiudersi in bagno come al solito.

* * *

Casa del commissario Lo Cascio, Mestre, lunedì 5 febbraio, ore 9.00

Il commissario beve un altro caffè, anche se non dovrebbe, tentando di ricacciare indietro tutte le domande *scunchiurute*[4] – come le definirebbe sua madre – che gli si affacciano alla mente. Non riesce a smettere di pensare ai messaggi che si è scambiato poco fa con Alice e alla possibilità che, a parte gli scherzi, sia stata davvero Vespasiana, la sua amica, a rubare la bicicletta di Luigino. Quindi...? Ma il suo pensiero non vuole spingersi oltre quel punto interrogativo, che però non smette di tormentarlo. Se ha rubato la bicicletta, allora...? "Esagerato!" dice a se stesso. La deve smettere di fare lo sbirro pure nel suo giorno di riposo, e la deve smettere di prendersi tutto a cuore come se fosse una questione di vita o di morte. Ma ti pare che l'amica di Alice, quella ragazza dolcissima, si metta a rubare veramente la bicicletta di Luigino e chissà che altr... Basta!

Pur di distrarsi, il commissario apre l'odiato Instagram e scrollando gli appare quasi subito un video dove Alice, con una maschera inquietante sul viso, simile a quella che portava Hannibal Lecter prima di evadere, sta presentando "un outfit semplice ma d'effetto, adatto a

4 Assurde.

fare colpo sugli uomini": indossa un pigiama con la gattina degli Aristogatti, una vestagliona di flanella e "come borsetta... una borsa dell'acqua calda sullo stomego per digerir". Ascolta quello che lei sta dicendo e si sorprende di essere arrivato fino alla fine del video, che si conclude con: "Ciao, buone conquiste!".

E lì, seduto al tavolo della sua cucina, si rende conto di avere riso per tutto il tempo.

11

E questa sera nel letto metterò
qualche coperta in più perché sennò
sennò avrò freddo senza averti sempre
addosso

Vasco, *Canzone*

Ufficio del vicequestore, Mestre, venerdì 8 marzo, ore 10.15

«Siamo nei guai, Lo Cascio. Anzi, *lei* è nei guai. Ma seri.»

Il commissario, in piedi davanti a lui, sta zitto e immobile come un bambino che la sera prima non ha fatto i compiti.

«Questa talpa in commissariato... Ma è possibile che ancora non abbiamo neanche lo straccio di una pista da seguire?» Il vicequestore si alza in piedi, con le vene del collo pronte a esplodere come i palloncini di Piercoglione, e gli urla: «Ma lei, commissario, lo sa da che ambiente proviene la sua fidanzata?».

«Fidanzata?»

«Ma sì, la giornalista del Tg1, la De Toni... Non ci aveva mai pensato che potrebbe essere stata mandata qui da *qualcuno*...? Eh?» urla sputacchiando sulle carte sparse sulla scrivania e avvicinando sempre di più la faccia paonazza a quella del commissario.

«Ma non è la mia fidanzata, dottore.»

«Fidanzata, non fidanzata, lo sa tutta Mestre che

vi frequentate! Qua tutti vedono tutto, non si illuda, commissario!»

«Dottore, ci siamo visti un paio di volte e comunque non la frequento più da parecchio tempo. A parte il fatto che quando io l'ho conosciuta la Gioconda era già sparita da mesi...»

«NON IMPORTA! Lei capisce che alle intelligence dei vari Paesi l'unica cosa che interessa è trovare il colpevole e scagionarsi dalle reciproche accuse che andando avanti così rischiano di scatenare un confl...» Il vicequestore si passa una mano sul viso, affranto, e riprende a parlare solo dopo un lunghissimo, terrificante silenzio. «Gli archivisti austriaci della commissione di Storia contemporanea hanno indagato sulle linee dinastiche della De Toni fino alla nona generazione, e non immaginerà cosa hanno scoperto sul conto della sua bella signorina del telegiornale, sa? Quando la frequentava, non avete mai parlato dei vostri antenati, commissario?»

Sempre più allibito, Lo Cascio apre e chiude la bocca come un pesce nella boccia. Di cosa hanno parlato lui e Sofia in quel paio di uscite che hanno fatto insieme, fino a quando lui non ha capito definitivamente che, pur essendo sotto ogni punto di vista la donna perfetta, non c'era proprio modo di farsela piacere? Di vacanze, di ristoranti... e poi? In questo momento proprio non riesce a ricordare.

«Mi sa che con tutte le belle qualità che la contraddistinguono, lei forse ha un solo difetto, commissario: mi pare un pochettino ingenuo su determinate cose. Il mondo gira in un certo modo, non è che possiamo stare sempre a cercare l'onestà, la verità a tutti i costi... A un certo punto bisogna anche sistemare le cose e andare avanti, no?»

«Be', dottore, il nostro compito...»

«Commissario, glielo devo dire io che ormai è entrato anche lei nella rosa dei sospettati? Non potrei dirglielo, ma le voglio troppo bene, lo sa. L'ha trovato il modo di spiegare come avrebbero fatto a superare il riconoscimento delle impronte digitali senza il suo aiuto? E l'iride?»

Le spalle da boscaiolo sexy del commissario, sempre vigorose e possenti, forgiate da anni di rugby, tennis e pesi, crollano all'improvviso.

«Ha parlato con Volpaton, Lo Cascio? Avete controllato gli alibi di tutta la squadra per la sera del 20 luglio? Tra l'altro proprio ieri sera» dice scartabellando tra i fascicoli e le cartellette ammucchiate sulla scrivania «è arrivato un documento che... Ecco!» annuncia prendendo in mano un foglio pieno di timbri. «I consulenti scientifici del MIT di Boston hanno individuato con assoluta precisione la fascia oraria in cui si è verificato il furto: tra le 20.30 e le 22.10 del 20 luglio, la sera precedente all'inaugurazione. Questo ci può aiutare parecchio.» Con un singhiozzo, il vicequestore si mette di nuovo a sedere sulla sua poltrona. «Commissario Lo Cascio, nelle piene funzioni del mio ruolo non posso più evitare di farle questa domanda.» E sembra che stia lottando contro le lacrime quando aggiunge: «Ha il diritto di farsi assistere da un avvocato. Dove si trovava quella sera? Secondo i registri e le telecamere del commissariato, risulta che lei avrebbe lasciato il suo ufficio tre minuti prima delle 20. Cosa mi dice?».

Per una volta nella vita, il commissario Salvatore Lo Cascio rimane senza parole. Dov'era quella sera?

* * *

Casa di Alice, Mestre, sabato 9 marzo, ore 18.47

Mi viene una specie di attacco di panico a sapere che tutte le cose importanti che sono state rubate ai nostri amici adesso si trovano a casa mia. Ma fondamentalmente, va anche bene... Il problema è la Gioconda: continuo a pensare che Camillo ci si potrebbe fare le unghie, e questa cosa mi sta facendo impazzire.

Vespy dev'essere andata fuori a farsi le sue solite minchiate di yoga, così cerco di non pensarci, mettendomi un po' sul divano, e decido di guardarmi qualcosa su Netflix. Accendo la tv, che per qualche strano motivo si connette subito su Rai1. Ma quando ho guardato Rai1 l'ultima volta? Ah giusto, ieri sera c'era Sanremo.[1]

Invece adesso sta passando un'edizione speciale del Tg1, ma cosa ci sarà di così speciale? Qualche rapper di questa edizione di Sanremo ha fatto scandalo?

«Ed eccoci con una notizia dell'ultima ora, la notizia più attesa: il mondo finalmente potrà tirare un sospiro di sollievo perché oggi chi ha rubato la Gioconda ha un volto. In diretta da Mestre e in collegamento straordinario anche con TF1, CNN, BBC, NHK, Fox News, Al Jazeera, CCTV, lascio la linea alla nostra inviata Sofia De Toni.»

[1] Attenti tutti. Ultimamente Sanremo è sempre a febbraio, ma per il libro mi serviva fare così, sennò poi dovevo spostare tutte le date e sarebbe uscito un casino, che già sono esaurita e discalculica di mio.

Oh mio Dio, ho il cuore in gola. Quindi adesso Vespasiana confesserà il furto in diretta nazionale?

Mi sto sentendo male. È finita. Fra dieci minuti verranno decine di agenti dell'Interpol in tenuta antisommossa, butteranno giù la porta, mi metteranno subito in manette, poi perquisiranno la casa e troveranno di sicuro la Gioconda da qualche parte. Questo significa che entro domani sarò in prigione in Francia, in una cella putrida e puzzolente. E i miei gatti? La zia Rosanna si ricorderà di comprargli i croccantini giusti, quelli che piacciono a loro? Devo stendermi sul divano tirando su le gambe, perché ho un calo di pressione, mi sento svenire.

«Buonasera, siamo qui fuori dal municipio di Mestre» esordisce Sofia con voce sexy ma professionale, davanti al portico. Mentre la guardo mi viene un brivido ricordandomi di averla vista a manina col commissario quella volta. Dal balconcino del primo piano, insieme alla bandiera italiana è esposta ancora pure quella francese, che nessuno da luglio a oggi si è mai preoccupato di togliere. Mentre io ripeto gli esercizi di respirazione che mi ha insegnato Vespasiana, e mi chiedo se stia per venirmi un infarto, Sofia continua a parlare. «Oggi è un giorno importante, che finalmente segna una svolta in questa brutta vicenda che avrebbe dovuto far rivalutare l'immagine di Mestre e invece l'ha affossata davanti agli occhi del mondo. Chi ha rubato il sorriso della Gioconda stasera è qui con noi per la prima intervista in esclusiva al Tg1» esclama con orgoglio, gonfiandosi come un pettirosso. «Con una confessione in mondovisione.»

In mondovisione? Oh mio Dio... Chiudo gli occhi per

un attimo, preparandomi alla catastrofe di vedere accanto a Sofia i boccoli di Vespasiana e il suo sorriso a 372 denti da Instagram con cui spiegherà come ha fatto a intrufolarsi in quel bunker e portare via 'sta benedetta Gioconda. ("Dove cavolo l'ha cacciata poi?" mi chiedo infilando una mano nelle profondità del divano – da cui recupero comunque un caricabatterie, una pallina dei gatti e un Pan di Stelle.) E invece ecco che sullo schermo del televisore, davanti a me, non vedo Vespasiana, ma tre maranza. Tre ragazzi sui vent'anni con il Moncler tarocco, le braghe larghe, le Nike TN, gli occhiali da sole e il taglio di capelli alla Tony Effe.

«Come vi chiamate?» chiede Sofia avvicinando il microfono a ognuno di loro, a rotazione.

«Siamo Cristian, Kevin e Gioele, siamo conosciuti come i freschi di zona.»

«Avete rubato voi la Gioconda, quindi?»

«Eh sì, bro, vogliamo confessare, l'abbiamo presa noi, bro.»

«E perché?» chiede la giornalista.

«Eh così, fra, per un video virale.»

«E dove l'avete messa?»

Gioele si gira verso Kevin. «Fra, tu ti ricordi dov'è?»

«Boh.»

«Come boh?»

«L'avevo data a te, chiaro, bro.»

«Ma io pensavo che la prendessi tu, chiaro, fra.»

«Eh, fra, ma lo sai che io ho l'ADHD, chiaro che mi dimentico dove metto le cose.»

«Comunque seguiteci su TikTok, raga! Siamo anche su Twitch, oh, bella raga!»

Oh mio Dio.

* * *

Commissariato di Mestre, sabato 9 marzo, ore 18.57

Lo Cascio è tornato a sedersi alla sua scrivania e sta leggendo per la milionesima volta il fascicolo della Gioconda. Si massaggia con le mani i capelli sempre più pazzi, con l'aria di uno che ormai non ne può più e vorrebbe solo andarsene a casa sua a guardarsi *Prison Break* in televisione mangiando la sua pasta alla norma. Per fortuna con l'aiuto di Antonio – il suo insostituibile agente Volpaton, il suo caro amico Antonio, sempre così dolce e gentile – riescono a gestire la quotidianità abbastanza bene, ma oggettivamente questo maledetto Giocondagate è al di là delle sue possibilità. È troppo. Troppo veramente. Non gli sovviene proprio dove si trovasse *quella sera*. Se almeno Antonio potesse aiutarlo a ricordare... Ma dov'era Antonio, *quella sera*? Che cos'è che ha sempre di così importante da fare, da qualche tempo a questa parte? Da *quanto* tempo a questa parte?

E, per coronare le rotture di coglioni, squilla il telefono. È il vicequestore: «Lo Cascio, ha sentito? È tutto finito! Siamo liberi!».

«No, dottore» risponde lui sobbalzando. «Anzi, le posso dire che per quanto riguarda il mio alibi...»

«Lo Cascio! Ma che alibi e alibi! I colpevoli hanno appena confessato il furto della Gioconda in diretta mondiale! Altro che i monaci tibetani, gli infiltrati dei servizi segreti deviati canadesi o gli acrobati nani del circo ungherese... Sono tre normalissimi ragazzi di Mestre che hanno avuto il coraggio di prendersi le proprie responsabilità. La polizia francese li ha già arrestati e li sta trasferendo in un vecchio carcere... ehm... di massima sicurezza a Parigi. Può seguire tutto in diretta dal loro profilo TikTok.»

«Ma cosa sta dicendo, vicequestore? Tre normalissimi ragazzi di Mestre? E come hanno fatto?»

«Commissario, allora non capisce? Possiamo andare IN FERIE! Abbiamo non uno, ma addirittura tre rei confessi e sono tutti contenti così. Non le sembra meraviglioso? Vada subito a farsi il suo biglietto per la Sicilia, chiami sua madre, festeggi, si organizzi per il trasferimento! SIAMO LIBERI!»

La prima cosa che viene in mente di fare al commissario è mandare un messaggio ad Alice.

Quelli sono tuoi amici influencer?

No, ma hanno trovato un'ottima strategia per fare 5 milioni di follower in un'ora

* * *

Commissariato di Mestre, lunedì 11 marzo, ore 8.03

«Antonio, la vedo strano. Perché fa quella faccia? Dovrebbe essere contento di diventare commissario, no? E io sono felice di lasciarle questo ufficio» dice Lo Cascio, anche se nel suo tono di voce e nei suoi occhi non c'è assolutamente nulla che riporti alla felicità. «Se lo merita» gli dice mentre lo abbraccia e si sforza di trattenere le lacrime. Di sicuro non è per il dispiacere di lasciare Antonio, né per la vista di quel ridicolo zainetto di Winnie the Pooh che la signora poi non è mai più venuta a riprendersi – sebbene lui lo abbia conservato per puro spirito di servizio, sapendo che intanto la signora aveva già recuperato il portafoglio, che il giorno dopo la denuncia era stato ritrovato intatto in un cassonetto poco distante dal supermercato. No, sarà magari un po' di allergia alla polvere.

«Commissario!» esplode Antonio con lo sguardo stravolto. «Io le devo parlare.»

«Basta però con questo lei! Perché non mi chiami semplicemente Salvatore? Ora siamo colleghi... magari anche un po' amici?» propone con dolcezza. «Sei *tu* il commissario di Mestre, adesso.»

«Oh, Salvatore!» sussurra Antonio in un singhiozzo.

«Antonio, tutto bene?» chiede Lo Cascio preoccupato.

«No.»

«Non stare in piedi... Siediti, per favore.» E lo accompagna alla solita sedia su cui Antonio ha sparso tonnellate di briciole, in tutti questi anni di lavoro insieme. Però questa volta Salvatore non fa il giro del tavolo per mettersi sulla poltrona grande, ma si siede accanto a lui.

«Salvatore!» mormora Antonio con gli occhi bassi. «Io... ti ho mentito per tanto tempo, e me ne vergogno, ma ora è arrivato il momento di confessare.»

Mentito? Confessare?

«Che sta succedendo, Antonio?» gli chiede Salvatore con voce ferma e autorevole. La voce di un poliziotto pronto ad accettare qualsiasi verità, perfino la più scomoda, e affrontarne le conseguenze, anche se il suo cuore trema. Perché le cose giuste sono le cose giuste, le regole sono regole: e questo vale per qualunque persona.

Antonio fa un respiro profondo, poi finalmente trova il coraggio di alzare gli occhi e incontrare i suoi.

«Io non posso accettare la promozione a commissario.»

Salvatore lo guarda in silenzio, e lui, muovendo freneticamente le braccia e le gambe come se le parole che ha appena detto gli avessero fatto l'effetto di cinquanta caffè, riprende: «Sto malissimo! Sono mesi che non dormo più! E adesso che hanno arrestato quei ragazzi tutto si è velocizzato! Melania mi ha detto che devo venire a parlartene perché passo le notti sveglio...». Antonio prende una piccola pausa e un altro grosso respiro. «Commiss... Salvatore, io non posso più fare questo lavoro!»

«Antonio, perché mi dici questo?» sibila Lo Cascio gonfiando il petto, con gli occhi a fessura e la sua migliore espressione da sbirro. «Che cos'è che mi devi confessare? Eh?»

«Una cosa gravissima! Io ho capito che questa non è la mia strada!»

«Non è la tua... strada? E quale sarebbe la tua strada?»

«Io... qualche mese fa, dopo la cena del Redentore, grazie alla storia di Luigino, ho aperto gli occhi sul fatto che non è mai troppo tardi per diventare se stessi e mi sono iscritto a un corso, in silenzio e di nascosto da tutti. Ho studiato notte e giorno ma non ho detto niente perché per me era solo un gioco, una passione, ma poi... ho capito che è questo che devo fare nella vita. È la mia vocazione dell'anima, capisci, Salvatore? Quindi non posso più fare il commissario. Mi dispiace, non voglio deludervi, è una bellissima opportunità, ma io... non ce la faccio. Vi chiedo scusa, veramente» racconta singhiozzando come un bambino di cinque anni.

«Che corso è, Antonio?» gli chiede con dolcezza Lo Cascio.

Quella domanda scatena il miracolo: le spalle di Antonio si raddrizzano, gli ritorna il sorriso, gli occhi si riempiono di luce e le lacrime scintillano sul suo viso come brillanti da dieci carati ciascuna. «È un corso per creare tappeti erbosi verticali.»

«Non ho capito.»

«Tappeti erbosi verticali!» si infiamma Antonio. «Avere un giardino in casa è il futuro! Svegliarsi la mattina e avere l'erbetta in soggiorno, guardare la televisione e respirare profumo di verde. Ci sono varie funzioni, e tramite un'irrigazione interna si può portare il profumo di erba appena tagliata, oppure il profumo di pioggia. Una cosa geniale, in questo mondo che ormai si cementificherà sempre di più. Ho aperto una start-up, commissario. Con i risparmi di una vita.»

«Ah. Be'... Che dire... Insomma, mi sembra un bellissimo progetto, Antonio.»

«Il fatto è che io...» e Antonio perde di nuovo il suo splendore per tornare ad accasciarsi sulla sedia. «Io non posso fare il commissario, e lei... tu... devi andare in Sicilia, quindi mi odi per questo, vero? Mi dispiace così tanto! Ci sto troppo male!»

«Antonio, io non...»

«Sono una delusione, lo so.»

«Antonio, ma che cosa dici?»

«Ahhh, ho rovinato la nostra amicizia per inseguire i miei sogni.»

«Antonio. Io non voglio tornare in Sicilia» dice Lo Cascio, scandendo molto bene ogni parola.

Antonio si blocca e tira su col naso.
«Come, scusa?»
«Io voglio restare a Mestre.»
«Perché?»
«Perché io qui sto bene. Sono felice. L'ho rivalutata molto in questi anni e mi rendo conto che qui ho trovato la mia pace.»
Antonio si illumina.
«Salvatore, vuoi comprare un tappeto erboso?»
«Ne prendo due, Antonio!» gli risponde il commissario con le lacrime agli occhi. «Uno per la camera da letto e uno per il soggiorno.»

12

E fai crollare i grattacieli, i meteoriti,
gli angeli
I satelliti, squarci in due la notte, guardami
Che sono sotto casa tua che scalpito

Gazzelle, *Grattacieli meteoriti gli angeli*

Casa di Alice, Mestre, sabato 16 marzo, ore 9.32

Giorni di convivenza con Vespasiana: 243
Vesciche ai piedi: 3
Bugie dette nel pronunciare le promesse matrimoniali: incalcolabili.

Oggi è il grande giorno.

Io e Vespasiana ci stiamo preparando in fretta e furia per il matrimonio di Piercoglione e mi stanno girando i coglioni per il fatto che non mi posso vestire di nero, visto che ai matrimoni "fa brutto".

Quindi ho optato per un abito rosa confetto che ho trovato nell'armadio mezz'ora fa e che ho pensato potesse essere più che sufficiente. Questo la dice lunga sulla mia voglia di partecipare al grande evento. Mi guardo allo specchio: sembro Peppa Pig sotto effetto di allucinogeni. Non importa, già è tanto che non stia tirando pacco.

Dopo essermi truccata e piastrata i capelli, mi infilo le prime scarpe che trovo: delle comodissime decolleté nere con il tacco basso e il laccetto alla caviglia. Le sto giusto allacciando quando sento un urlo alle mie spalle.

«AAAAHHHHH!»

Dietro di me c'è Vespasiana, con la mano sulla bocca e in viso un'espressione che racchiude panico e terrore. «COS'HAI LÀ?»

«Oddio, DOVE?» le chiedo iniziando a saltare su me stessa. «Nooo... Aiuto, ho qualcosa addosso? Un ragno? Una cavalletta? *Brrr!* Che schifo!»

«Ma no! Tranquilla...» mi dice lei mettendosi a ridere. «Anche se forse una cavalletta mi farebbe meno impressione di quello che sto vedendo là sotto» e mi indica i piedi con la punta di un dito, come se non volesse avvicinarsi neanche da lontano. «Quelle! Che scarpe sono? Non vorrai mica venire al matrimonio così?»

«Perché? Hanno il tacco e sono comode...»

«Mio Dio, sono orrende, e poi... nere... Che schifo! Non puoi venire così! Qualcosa ce l'avrai, non è possibile...» Si mette a frugare con impegno nella mia scarpiera e infine esclama orgogliosa: «Ecco!», porgendomi dei tacchi quindici rosa con i brillantini. «Puoi mettere queste.»

«Vespy, queste sono delle scarpe che ho comprato tipo per bellezza, non posso metterle, non ci so camminare.»

«Mettile e basta» mi intima.

«Va bene.»

Le indosso e faccio tre passi. Al quarto sono attaccata alla porta per non cadere e riesco già a sentire il punto esatto in cui tra un quarto d'ora avrò le vesciche.

Poi, sempre reggendomi alla porta del bagno, impossibilitata a fare qualsiasi altro movimento se non voglio provocare una scossa sismica che potrebbe far crollare le

Dolomiti, guardo Vespasiana che è tornata a sistemarsi con la massima attenzione i boccoli, e qualcosa attira la mia attenzione.

«Sei strana oggi.»

«In che senso?»

«Sei più bella... Più luminosa. Cos'hai fatto?» Poi mi concentro sul vestito rosa che indossa e di botto capisco che cosa è cambiato. «... Non hai niente di dorato addosso! È la prima volta da quando sei arrivata. Non hai quell'ombretto dorato, nessun vestito dorato... Cosa ti è successo?»

«Boh. Mi sono stufata. E poi un'armocromista su Instagram mi ha detto che sono estate, quindi devo usare i colori freddi. Ci ho pensato, sai, tutto quell'oro piaceva solo a Giustino, alla fine dei conti. Lo indossavo per farlo contento, ma con il passare del tempo mi ero talmente abituata che pensavo piacesse pure a me.»

«Madonna, pensa se oggi arriva al matrimonio con l'elicottero, facendo svolazzare tutto, scende con i ballerini e fa uno spettacolo per te, cantandoti una canzone... e tu, Dea, Donna di Grande Potere, ti sei vestita di rosa! Ah ah ah!»

«Sai che me ne frega. Non mi metterò più cose dorate» proclama tranquilla, spruzzandosi una goccia di profumo sui polsi.

«Eh, ma posso dirti che effettivamente stavi di merda?»

«Eh, stavo di merda anche con Giustino. Adesso mi vestirò solo ed esclusivamente di rosa.»

«Be', Vespy, solo ed esclusivamente di rosa, insomma, non è che adesso...»

«Dai, muoviamoci che siamo in ritardo» mi interrompe lei, mettendosi ancora un tocco di rossetto rosa.

«Sì, Vespasiana, okay. Io inizio ad avviarmi... con questi tacchi non so quanto ci metterò ad arrivare all'auto.»

* * *

Chiesa dei Santi Toni e Bepi, Mestre, sabato 16 marzo, ore 10.20

«Varda là, Alice!» esordisce la Ornella, indicando un posteggio che però mi viene rubato immediatamente sotto al naso.

«Ma te si proprio casso, te te fa rubar i posti migliori!» dice la zia Rosanna, mentre continuiamo a cercare.

«No, questo xe massa distante, go el deambulatore, no posso camminar massa!»

«Ah, chee trappoe! Te par de aver trovà parchegio e invesse i se mette co chee trapoette!»[1]

Dopo venti minuti di giri e falsi allarmi, sono riuscita a trovare un buco dove parcheggiare la mia Punto scassata ed entriamo in chiesa con le nostre maranteghe del reparto geriatria che siamo passate a recuperare in via dei Goldonassi: la zia Rosanna, la Ornella e la Teresina, tutte truccate, con la permanente appena fatta, il rossetto e l'immancabile sialle. Finalmente hanno un'occasione per indossare i vestiti comprati per l'inaugurazione della Gioconda!

La chiesa è tutta addobbata di fiori bianchi ed è piena zeppa di gente. Davanti all'altare è già pronto Piercoglione, con la bocca che sorride forzatamente e gli occhi di un uomo che sta per essere condannato all'ergastolo.

1 Le Smart.

La Chiaretta arriva un minuto dopo di noi con Giangiorgianno e i bambini. Ormai ha la pancia così grande che sembra esplodere nel suo vestito blu. Si accascia sulla nostra stessa panca, proprio accanto a me, quindi mi avvicino subito per sussurrarle: «Ma tu avresti mai pensato che un giorno io e te saremmo state sedute vicine al matrimonio di Piercoglione?».

Lei mi risponde sogghignando, ma c'è poco da ridere per me quando mi si gela il sangue a vedere l'arrivo del commissario, elegantissimo in completo, bellissimo… "OMMMIODDDIO ALICE, BASTA" ordino a me stessa con un grosso sospiro, sforzandomi di voltare la testa dall'altra parte per non vederlo proprio. "Io sono INCAZZATA CON LUI." Dietro sfilano la Melania e Antonio, che stamattina sfoggia una cravatta con le banane. Ma a giudicare da quello che abbiamo potuto vedere finora, non è l'outfit più notevole di questa cerimonia, visto che Luigino è arrivato in felpa e jeans, con un giubbotto che sembra quello che usa per dare da mangiare alle galline. A posto.

Ecco che arriva il momento della marcia nuziale. La sposa avanza al braccio del padre, Piercoglione la guarda (con il solito sorriso stile paresi e gli occhi terrorizzati), ma basta che la sposa si giri un attimo a sistemarsi l'abito e si volta anche lui, però verso di noi, per fare l'occhiolino a me e poi alla Chiaretta.

Quando arriva il momento delle promesse e Piercoglione dice: «Io ti sarò sempre fedele», non riesco a trattenermi e inizio a tossire per coprire la mia risata. La Chiaretta, uguale. Vespasiana si copre la bocca con la mano. Stiamo per morire soffocate, nel tentativo di non scoppiare a ridere; le piccole pacche che ci diamo a vicenda, anziché calmarci, ci fomentano peggio.

«Smettetela o mi piscio addosso, vi ricordo che sono incinta!» sussurra la Chiaretta, e a questa frase iniziamo a ridere ancora di più. Sembriamo la fila dei bambini che fanno i deficienti in chiesa, con le vecchie davanti che si girano e ci fanno: «SHHH!».

* * *

Ristorante Da Albano e Romilda, Favaro Veneto, sabato 16 marzo, ore 12.40

In qualche modo la cerimonia finisce, gli sposi escono tra le congratulazioni dei presenti, e dunque dopo le foto – ma soprattutto dopo essere stata per quarantacinque minuti in piedi con i tacchi, e vi giuro che sto malissimo – finalmente andiamo al ristorante.

Il posto è enorme, con un giardino super elegante, petali di rosa per terra, fiori ovunque, e i tavoli con i segnaposti. Indovinate un po'? Il segnaposto con il mio nome è allo stesso tavolo del commissario Lo Cascio, molto elegante, ma con i capelli completamente fuori controllo: non ce l'ha quest'uomo un barbiere di fiducia?

Dopo un aperitivo che dura fin troppo, durante il quale Piercoglione saluta tutti gli invitati ringraziandoli di essere lì nel giorno più importante della sua vita e cose del genere, la zia Rosanna, la Ornella e la Teresina parlano solo di come è vestita la sposa e, quando ci sediamo al nostro tavolo, la zia dice la sua: «Sapete cosa mi ha insegnato *Terra amara*?».

«Cossa, Rosanna?» chiede la Ornella.

«Che l'amore xe na roba complicada. Xe sempre soeo disgrassie, bisogna farse furbe e stare da soe. Ecco perché mi vojo star da soea.»

«E te serviva *Terra amara* par capirlo?» chiedo io, ma non mi ascolta nessuno, perché sono tutti fomentati a dire ognuno che cos'è che ha capito dell'amore (guardando *Terra amara* e non solo).

- Teresina: «Par mi l'amore xe sta quando a Ornella a me gà comprà a poltrona con l'alzata assistita nel negozio nuovo che hanno aperto!».
- Luigino: «Be', mi go amore solo per mi stesso e per le galline...».
- Beatrice: «L'amore par mi comincia quando ti pensi che sia finio. Sensa offesa Luigino!».
- Ornella: «Par mi l'amore no se presenta sempre come che te pensi ti. Ti te pensi de sposarte un uomo e alla fine l'amore è la Teresina col deambulatore».
- Mariano non dice niente, sorride e guarda i nuovi calzini della Piuma: le maranteghe sono andate apposta al mercato e gli hanno regalato uno stock di tutti i colori.

Io e il commissario attacchiamo a parlare uno sopra l'altro, farfugliando qualcosa a caso e poi piombando contemporaneamente in un silenzio imbarazzato. Ma per fortuna Luigino si alza in piedi con il giubbotto da galline addosso, e sbatte il cucchiaino sul bicchiere mentre fa delle strane smorfie con la bocca e dei vocalizzi a bassa voce. Tutti lo guardano. «Ascoltatemi! Io non vi ho fatto un regalo materiale, perché ho capito che nella vita le cose più importanti non sono quelle che si possono comprare. Allora in queste settimane vi ho preparato una sorpresa...» dice con voce commossa, ma abbastanza alta da farsi sentire da tutta la sala. «Una canzone per gli sposi e per tutti noi!» Grande applauso, mentre Luigino si dirige alla postazione del dj, che lo aspettava con aria complice.

Tra un prosecco e uno spritz, tutti sono pronti ad ascoltare Luigino, che gasato per l'emozione prende il microfono come Frank Sinatra, si avvicina al centro della sala e intona con moltissimo impegno... *Tu scendi dalle stelle.*

Mentre lo guardiamo un po' sconvolti, Antonio si alza e invita la Melania a ballare un lento; poi, sulle note di "o Ree del Cieeeeeelo", si inginocchia davanti a lei tra gli applausi chiedendole di sposarlo.

* * *

Ristorante Da Albano e Romilda, Favaro Veneto,
sabato 16 marzo, ore 13.25

Hanno appena servito il primo, quando la Chiaretta si alza dal suo tavolo e viene verso di me.

«Alice, ti devo parlare.»

«Adesso?» chiedo mentre mi infilo in bocca un boccone di tagliolini ai funghi porcini e tartufo.

«Sì. Vespasiana, vieni anche tu.»

Ci alziamo in modalità FBI, cercando di non dare troppo nell'occhio. Io ho i tacchi che mi stanno massacrando i piedi, quindi cammino come un orangotango.

Impossibile non dare nell'occhio. Me li ero tolti sotto al tavolo, stavo così bene che quando la Chiaretta mi ha chiesto di alzarmi mi è preso male.

«Sentite, ragazze,» dice la Chiaretta davanti allo specchio «io mi sento responsabile nei confronti della moglie di Piercoglione.»

Io e Vespasiana la guardiamo con gli occhi sbarrati.

«Voglio dirglielo» continua.

«Dirle cosa?»

«Che lui l'ha tradita con me per tanto tempo. E che questo bambino potrebbe essere suo. È da ore che mi metto nei suoi panni e mi sento male per lei.»

Oh mio Dio, la Chiaretta vuole rovinare un matrimonio, ADESSO! Ma scherziamo? Io voglio finire le portate, sono venuta qua praticamente solo per mangiare.

«Chiaretta...» le dico nel panico «per carità, io sono fiera di te... Però tra tutti i giorni in cui potevi dirglielo, hai deciso che il momento adatto era oggi?»

«Non lo so... è che oggi io mi sento...» Sembra che abbia le lacrime agli occhi.

«Senti, capiamo che vuoi essere onesta, ma non è il giorno giusto» dice Vespy, per fortuna.

«Forse avete ragione.»

«No, dico, hai avuto dei mesi per pensarci... Se proprio volevi, forse potevi farlo prima che dicesse sì» sussurra Vespy.

«Per ora lascia le cose così. Poi ci penseremo insieme a cosa fare» aggiungo io. «Intanto andiamo a sentire com'è il secondo.»

Basta poco per far tornare il sorriso a tutti: quando il dj mette la musica, Vespasiana e la Chiaretta si buttano in pista. La Chiaretta, con una pancia più grande di lei, balla come una pazza con Vespasiana che la segue.

Io col piffero che vado a ballare, con questi tacchi è già tanto che sia riuscita ad andare al bagno, quindi resto seduta al tavolo.

Anche le maranteghe si alzano e, come se fossero a una sagra, improvvisano una specie di tarantella sulle note di *A far l'amore comincia tu*. Quando la Teresina torna ballando verso il tavolo per coinvolgere anche Luigino, Antonio e la Melania si scambiano uno sguardo e si alzano all'unisono per andare pure loro a raggiungere le maranteghe in pista.

Oh, che bello. Mi sto godendo il mio momento di solitudine da muso da can, sorridendo alle mie amiche scatenate e sfilandomi le maledette scarpe sotto la tovaglia, tanto dagli altri tavoli non se ne accorgeranno, quando mi si gela il sangue.

Rimettendo il telefono in tasca con aria seria, il commissario rientra dalla porta della sala e si dirige verso il suo posto con un sospiro, rivolgendo appena un'occhiata distratta al secondo di pesce che lo aspetta ormai freddo; ma non fa neanche il gesto di prendere la forchetta.

Con gli occhi fissi sulle persone che stanno ballando, appoggia le mani (le sue bellissime mani!) sulle gambe e se ne sta seduto immobile al nostro tavolo, in silenzio. Quindici interminabili minuti di silenzio.

Finché, senza preavviso, alza lo sguardo su di me e, sopra i tovaglioli appallottolati e i bicchieri mezzi pieni di vino, mi guarda negli occhi da una parte all'altra del tavolo rotondo.

«Senti, Alice, la finiamo?» mi dice piano (mamma mia, la sua voce...). «Sono stufo di questa situazione. Sono stufo che tu sia arrabbiata con me, mi sono rotto i coglioni di tutta questa situazione assurda. Dai, balliamo.»

Lo guardo. Ma se non posso neanche alzarmi in piedi?

«Balliamo? Ma cosa vuoi da me?» gli rispondo. «Ti rendi conto di come ti sei comportato? Tu mi dici che il mio lavoro è una merda e che non vuoi una relazione, poi mi baci, però due giorni dopo ti incontro in giro con un'altra e adesso mi dici così? No, non ho voglia di ballare con te.»

Salvatore fa un grande sospiro, si alza e viene a sedersi nel posto accanto al mio, portando con sé il bicchiere e versandosi platealmente due dita dalla bottiglia di vino che mi sta davanti, così se qualcuno sta notando il suo spostamento penserà che lo abbia fatto solo per quello.

Beve un goccio di vino, pianta gli occhi nei miei e mi dice: «Del lavoro ti ho già spiegato, ho sbagliato. Però quel giorno guarda che anche tu eri a manina con un altro. E per il resto... il fatto è che... non credo che sia vero che non voglio una relazione».

Oddio, che cazzo ha appena detto?

«Cioè, non la voglio, è vero.»

Ah ecco, okay.

«Eh. Allora, vedi» puntualizzo picchiettando sul pavimento le punte delle scarpe (che nel frattempo mi sono reinfilata in fretta e furia), rischiando così di far esplodere qualche brillantino e farlo schizzare su qualcuno seduto agli altri tavoli.

«Sì, con le altre non mi interessa una relazione» mi fa lui con quella voce (QUELLA VOCE), come se mentre lo dice a me lo stesse spiegando un po' alla volta anche a se stesso. «Io la voglio *con te*.»

Oh mio Dio.

«Ho un po' paura di una relazione, però non voglio perderti. Insomma, hai capito?»

Che cazzo sta dicendo?

«In che senso?»

«Nel senso che io sento qualcosa per te, Alice.»

«Schifo?»

«Dai, non fare la cretina. Lo sai, lo sappiamo entrambi.»

«No, ma guarda che io non ti voglio. Tra tutti gli uomini della Terra, tu saresti l'ultimo che sceglierei. Ti sei dimostrato un villano.»

«Quindi vuoi che finisca tutto?» dice con la voce mozzata.

«Certo. Basta. Io non voglio più vederti. Ormai è tardi, dovevi pensarci prima. Adesso basta.»

Lui continua: «A me dispiace di averti detto quelle cose. Io ci tengo a te. Io ti voglio bene... Anzi... qualcosa di più di bene. Sto facendo psicoterapia e...».

«No, Salvatore. È inutile che mi dici queste cose.»

«Quindi è questo quello che vuoi?»

«Sì. Voglio che chiudiamo.»

«Okay.» Guardando il bicchiere di vino che ha davanti, lo tracanna tutto e ricomincia a fissare il vuoto.

* * *

Ristorante Da Albano e Romilda, Favaro Veneto, sabato 16 marzo, ore 14.18

In verità vorrei essere capace di dirgli delle parole più d'effetto per questa chiusura, ma non ci riesco. Mi sento strana (saranno gli antipasti o la sua dichiarazione totalmente inaspettata?); comunque non ho neanche il tempo di riflettere su un finale più in sintonia con tutte le puntate di *Bridgerton* che Vespasiana mi ha obbligata a vedere, perché dopo tre secondi dal nostro ultimo contatto visivo sento un «Aiutooo» provenire dalla pista da ballo e mi giro di scatto in quella direzione, trovando la Chiaretta immobile che guarda per terra con le gambe aperte e una pozza di acqua sotto di lei. Le si sono rotte le acque… Ironia della sorte, proprio al matrimonio di Piercoglione!

Mi alzo di scatto e, barcollando sui tacchi con la grazia di un elefante, mi dirigo verso di lei.

Giangiorgianno è completamente ubriaco, sta ballando con Luigino *Il ballo del qua qua*. Io e Vespasiana lo guardiamo.

«Giangiorgianno!» urlo, ma lui nemmeno sente. «Giangiorgianno, alla Chiaretta si sono appena rotte le acque!»

«Ma no, state tranquille, non è successo niente» dice lei, chiudendo le gambe e passandosi una mano sul vestito fradicio, come se si trattasse di un minuscolo granello di polvere da spazzolare via.

«Ma Chiaretta, cosa dici?»

«No, tranquille. È tutto sotto controllo. Ho programmato il parto fra due settimane in clinica a Padova, dunque non posso partorire oggi. Mi accompagnate in bagno a darmi una sistemata?»

Io e Vespasiana la guardiamo allibite.

«Chiaretta, presumo sia un po' troppo tardi.»

Mentre procede a testa alta e piccoli passi verso il bagno, lei fa no con la testa, sicura e calmissima, come se mi stesse insegnando la vita.

«Alice, non dire scemenze, ho prenotato il cesareo in una clinica costosissima a Padova fra due settimane, perché il mio bambino è un Ariete. Se nasce oggi mi viene fuori un Pesci, ma io non voglio assolutamente un Pesci. È un segno troppo emotivo, piangerebbe sempre. Voglio un bambino forte.»

«Scusa?» le chiedo io incredula.

«Ma fidati! Saprò io!»

«Chiaretta, hai rotto il cazzo» le dico, guardando di nuovo verso suo marito, che continua a ballare e tracannare vino e che non ha assolutamente capito nulla di cosa è successo. «Non credo che oggi Giangiorgianno potrà accompagnarti all'ospedale.»

«Okay, Alice, portiamola noi, sennò questa partorisce qua» mi dice Vespy, tirando fuori tutta la lucidità possibile. La prende per un braccio e devia la traiettoria della nostra passeggiatina in direzione dell'uscita. «Ce le hai le chiavi della macchina? Andiamo subito all'Angelo Bepi.»

«NO!» urla lei, iniziando a divincolarsi. «Io non voglio andare all'Angelo Bepi! Ho prenotato la clinica a Padova!»

«Chiaretta, io non ti porto a Padova! Ci vogliono quaranta minuti, adesso tu partorisci all'Angelo Bepi e basta! Non c'è tempo» le dico trovando anch'io una sorta di pilota automatico totalmente efficiente nel bel mezzo di questo momento di panico. Addirittura non sento più neanche dolore ai piedi, perché le mie doti che mi permettono di tenere sotto controllo la situazione mi rendono perfettamente lucida. Questa è una cosa che capita a chi soffre di ansia: tu stai sull'attenti tutta la vita, però poi, quando succede qualcosa per davvero, sei prontissimo.

«Sì che ce l'abbiamo il tempo!» si lamenta lei, forse sperando di commuoverci. «Mancano due settimane...»

Ma noi la ignoriamo e la portiamo sottobraccio verso l'uscita. Tutti gli altri non si sono accorti di niente, continuano a ballare e a bere vino; ma quando passiamo davanti al commissario, lui si volta a fissarci sconvolto.

«Volete che vi accompagni io?» dice alzandosi.

«No, levati!» gli rispondo senza neanche guardarlo, mentre la Chiaretta inizia a lanciare grida disumane e a piegarsi in due per il dolore.

* * *

Ospedale dell'Angelo Bepi, Mestre, sabato 16 marzo, ore 15.31

Arriviamo nella piazzola del pronto soccorso dell'ospedale con lei che ormai urla come se la stessero sgozzando, mentre Vespasiana scende dalla macchina in corsa e va a chiamare qualcuno volteggiando sui tacchi.

«Fatemi un'epidurale, subito! FATEMI UN'EPIDURALE!» urla lei agli infermieri che la stanno aiutando a infilarsi nella sedia a rotelle con cui la portano in velocità verso la sala parto.

Noi le stiamo dietro e dal corridoio sentiamo distintamente, al di là della porta, la dottoressa che annuncia: «Signora, è troppo tardi per l'epidurale. Vedo la testa».

«SIETE DELLE STRONZE! Questo ospedale è una merda!» urla la Chiaretta alle infermiere, mentre io e Vespy ci guardiamo in silenzio.

«CHIAMATE LE MIE AMICHE, ALTRIMENTI NON PARTORISCO! FATELE ENTRARE SUBITO!»

Ci fanno entrare e ci fanno indossare i copriscarpe monouso blu ai piedi, sopra i tacchi. Sembriamo delle deficienti, ma ci mettiamo alle nostre postazioni: una a destra e una a sinistra, vicino alla Chiaretta, che ci stritola le mani e continua a urlare. Urla, urla, e malgrado mi trovi in una specie di stato di shock credo che stiamo urlando anche noi, perché ci sta rompendo le ossa.

Poi, un ultimo urlo e il bambino esce.

«A chi assomiglia? A chi assomiglia?» fa subito la Chiaretta, stremata.

Io e Vespy ci guardiamo in faccia e annuiamo all'unisono. Mi chino un po' verso la Chiaretta, le faccio una carezza sul viso sudato e stravolto e le sussurro all'orecchio: «Come ci aspettavamo... un po' a Giangiorgianno e un po' a Piercoglione».

«Adesso levatevi, voglio stare col mio bambino» annuncia lei.

Usciamo dalla sala parto sfinite, come se fossimo noi ad aver partorito. Mi accascio vicino a Vespasiana su una delle sedie in corridoio e la prima cosa che faccio è togliere i tacchi e infilare i piedi nudi nei copriscarpe di plastica dell'ospedale. Non oso immaginare come sono ridotta, ma sono felice che sia andato tutto bene, anche se alla fine il bambino è inesorabilmente un Pesci e non l'Ariete che la Chiaretta desiderava. Accanto a me, Vespasiana ovviamente è ancora perfetta, se non fosse per le mani violacee, e non ha mezzo boccolo fuori posto, come se fosse appena uscita dalla parrucchiera.

Stiamo appena iniziando a rilassarci un attimo quando

in fondo al corridoio vediamo Giangiorgianno, che corre come un pazzo e sbanda dappertutto.

«DOV'È?» urla quando ci riconosce.

«È qui dentro, vai» gli dico.

Lui entra e dopo mezzo secondo dall'altra parte della porta sentiamo la Chiaretta che gli grida: «Sei la solita testa di cazzo! Dovevi ubriacarti proprio il giorno del parto?!».

«Ma tu avevi detto che avresti partorito tra due settimane!»

«Non lo sai che possono anche capitare degli imprevisti, a volte?»

Vespy mi sorride.

«Comunque... anch'io vorrei trovare l'altra mia metà della mela.»

«Vespy, questi sono i discorsi di chi non ha capito un cazzo della vita. Tu non devi trovare la metà della mela. TU SEI GIÀ UNA MELA. Intera. Una mela estremamente rompicoglioni, ma intera.»

«E tu?»

«E io sono una mela che è caduta per terra dal terzo piano ed è tutta ammaccata, ma è comunque una mela intera.»

Silenzio.

«Però almeno un po' di zucchero sopra, tipo una mela caramellata?»

Ci penso su. Effettivamente, una mela caramellata non sarebbe male. Quando ero piccola, nell'Era del Facocero degli Appennini,[2] mi piaceva tantissimo.

2 Più o meno l'epoca delle elementari, prima della trasformazione in Bue Muschiato.

«Per esempio, il commissario... Vorrei qualcuno che mi guardasse come ti guarda lui» continua lei.

Io mi metto a ridere. «Ma sei scema? È un cretino!»

«Ma sei scema tu! Si vede lontano un miglio che ti ama!»

«Vespasiana, ti prego. Non mi ama. È solo il suo ego di merda» rispondo continuando a ridere.

«Cosa ti ha detto prima? Vi ho visti che parlavate.»

«Ha detto che non vuole una relazione.»

«Oh no...» mi dice lei mettendosi una mano sulla bocca.

«Con le altre. Ma che vuole qualcosa con me.»

«E che cosa?»

«Boh. Dice che tra noi c'è qualcosa... che prova qualcosa... Boh.»

«E tu?»

«Gli ho detto di no. È uno stronzo!»

«MA SE NON FAI ALTRO CHE PENSARE A LUI DA MESI!»

«Mi ha trattata male.»

«Ma quante volte ti ha chiesto scusa?»

«Tante.»

«Appunto. Perché devi perdere qualcosa senza nemmeno averci provato?»

Resto in silenzio per qualche secondo, ma non faccio altro che pensare alla mela caramellata, e all'amore, che magari nella vita non è sempre come te lo immaginavi. Qualcuno, per esempio, direbbe che "l'amore no se presenta sempre come che te pensi ti".

«Vespasiana, scusami. Devo andare.»

«Dove vai?»

«Devo andare.»

Mi alzo e la abbraccio forte, sussurrandole all'orecchio: «Vespasiana, ti devo dire delle cose molto importanti. La prima è che devi restituire subito tutto quello che hai rubato ai nostri amici; la seconda è che devi ricomprarmi i Pan di Stelle; la terza è che devi togliere immediatamente la Gioconda da dove l'hai nascosta a casa mia; la quarta è che ti devi trovare al più presto un lavoro e una casa per i fatti tuoi; e la quinta è che l'amore lo trovi lavorando su te stessa, non rubando le cose agli altri. Okay?».

Mi stacco da lei, le sorrido e con un sospiro di gioia infinita lancio le scarpe accanto alla panchetta.

«Tieni 'ste scarpe del demonio che mi hanno rovinato i piedi, io devo andare in un posto. Ci vediamo stasera a casa. Ti voglio bene.»

In quel momento, Vespasiana è troppo impegnata a ricambiare l'abbraccio della sua amica e a rendersi conto di essere stata scoperta, per accorgersi della notifica sul cellulare che la informa di un bonifico istantaneo da due milioni di dollari appena ricevuto da Giustino, con la causale: *I have been a fucking shit! Sorry.*[3]

[3] Spoiler: non pensate che questo significhi che Vespasiana tornerà con Giustino. Semplicemente, dopo essere stato lasciato da Taylor con una vile telefonata, esattamente nello stesso modo in cui lui aveva scaricato Vespasiana, si è reso conto di essere stato un codardo. Per farsi perdonare, le manderà periodicamente dei bonifici da due milioncini di dollari, che tanto per lui sono spiccioli, ma per lei sono abbastanza per non cercare un lavoro, per levarsi finalmente dai piedi (così Alice e i suoi gatti ritroveranno la pace in casa propria) e per girare il mondo in cerca di ritiri spirituali, portando anche Luigino a visitare la vera Bali, e non Bari.

Epilogo

Corro fuori dall'ospedale con i piedi nudi nei copriscarpe monouso blu, mi infilo in macchina e guido verso casa del commissario, superando i limiti di velocità fino a che, svoltando su viale Cojonaldi, non rischio di imballare una coppietta di storditi che camminano mano nella mano con i cuoricini sugli occhi.

«Oh, ma la smettete di limonare e guardate la strada, che a momenti vi tiravo sotto?»

Ripartendo a baetton intravedo nello specchietto retrovisore che i due innamorati sono Sofia De Toni del Tg1 e Giovanni di Tinder, che tra l'altro continuano ancora a limonare sulle strisce pedonali. Forse vogliono morire, ma adesso non è un problema mio.

Sono arrivata. Come al solito non c'è parcheggio, quindi lascio la Punto in doppia fila. Suono tre o quattro volte il campanello del commissario e sto già pensando che dev'essere fuori, quando improvvisamente mi viene a rispondere al citofono.

«Chi è?»

«Sono Alice.»

Lui si affaccia alla finestra con una maglietta bianca mezza bagnata e i capelli grondanti: mi sa che era sotto la doccia quando sono arrivata.

«Ma come cazzo hai parcheggiato?» D'altronde, è pur sempre un poliziotto.

«Fammi salire.»

Mentre faccio le scale, con il cuore che mi batte a mille e il tempo che si dilata come se anziché al terzo piano Salvatore abitasse nell'attico di qualche grattacielo infinito dove non si arriva mai, ripenso che è vero, io sono una mela intera. Sono stati anni allucinanti. Ho sofferto come un cane, ho il terrore di tutto, ma alla fine adesso voglio essere una mela caramellata.

Lui mi apre la porta. I capelli, sempre più pazzi, gli fanno piovere goccioloni sulla maglietta e penso che non abbia avuto il tempo per mettersi il suo Ugo Bosso, perché intorno a lui non c'è nessun alone di boscaiolo. Mi guarda. Poi guarda i miei piedi, avvolti nei copriscarpe monouso blu e fa una faccia strana.

«Senti, io sono una mela intera, sono ammaccata e probabilmente ho pure il verme solitario, perché ho sempre fame... Però tu... Ma perché hai dell'erba appesa sul muro?»

«Lascia stare...»

Allora io torno a guardarlo e gli dico, piena di passione: «Caramellami».

«Eh...?» risponde lui aggrottando la fronte.

Ci sono tanti modi per spiegare un concetto. In questo caso, anziché mettermi qui a raccontargli tutta la storia, direi che preferisco fare un'altra cosa. Quindi semplicemente faccio un passo avanti verso di lui, lo guardo negli occhi e lo bacio. Lui mi afferra e mi spinge contro la parete, per fortuna non quella con l'erba appesa, ma quella che adesso sembra l'unica cosa stabile attorno a noi. Il cuore mi esplode, speriamo bene... che già sono mezza infartata per i piani di scale. Finalmente lo sento davvero. Lui, senza Ugo Bosso, solo lui, i suoi capelli pazzi, la sua pelle calda, le sue braccia forti che mi sollevano con una facilità imbarazzante (ma come fa?!). Poi il suo respiro si mescola al mio...

E voi, esagerati come sempre, vorreste sapere di più, vero? Eh no! Te pol mainarte! Ecco. Così adesso io e il commissario stiamo tipo insieme. Più o meno. Senza troppe etichette, che poi mi agito. Alla fine cosa cambia se ci frequentiamo, o lui è il mio fidanzato, o se ci sposeremo, faremo figli, compreremo una casa con la staccionata bianca e due labrador... Cosa importa se siamo una coppia, una squadra, due partner in crime (anzi, no: quello magari no, per carità, che lui a queste cose ci tiene). Siamo io e lui. Due mele ammaccate e caramellate che proveranno a vedere cosa succederà, con calma, per il momento senza troppi obblighi, perché comunque ricordatevi che io sono muso da can e voglio starmene tranquilla a casa mia coi gatti.

E vissero tutti felici e contenti.

Almeno finché uno dei due non si romperà i coglioni.

Mona Lisa, Mona Lisetta,
sorridimi ancora per l'ultima volta, vieni qui,
facciamo festa.
Tu conosci la vita, tu lo sai come va:
ho superato quei pennacchi e ora l'amore mi sorriderà.

Sono stata brava e ho restituito tutto… O quasi!
Ma lo sai che la gente, come i pianeti, attraversa tante fasi.
E mentre intingo un biscotto che si crede il cielo intero,
la tisana di fango mi sussurra un domani sincero.

Mona Lisa, Mona Lisetta,
conto le stelle sul biscotto, ne vedo undici esatte.
Per ognuna farò una cosa, precisa e perfetta.
Uno: mi stiracchio con grande ardore.
Due: mi concedo un respiro migliore.
Tre: trovo la forza per dirti addio.
Quattro: dove ti mando questa volta lo decido io.
Cinque: ti auguro di fare un bellissimo viaggio.
Sei: ti prometto che con il tuo volo sopra l'oceano
troverò libertà e coraggio.
Sette: lascio andare un ricordo stonato.
Otto: mi guardo allo specchio e mi faccio un saluto.
Nove: sorrido come te, senza motivo.
Dieci: sollevo la testa e mi sento viva.
Undici: prendo un morso di stella, ne assaggio
un frammento,
fiduciosa che l'amore verrà col suo tempo.

Un anno dopo

Nel salotto della zia Rosanna il televisore è acceso, e lei, la Ornella e la Teresina mangiano di gusto il loro risotto coi bruscandoli, mentre guardano attente e in silenzio *Terra amara*. Ma proprio quando sta per essere rivelata una sconcertante verità sul piccolo Adnan, all'improvviso lo schermo si oscura per un istante, lasciando spazio alle inconfondibili note del Tg1, per un'EDIZIONE STRAORDINARIA.

«Signore e signori» annuncia la giornalista Sofia De Toni dalla consolle del telegiornale, impeccabile più che mai, ma con la voce rotta dall'emozione. «Ci colleghiamo in diretta in mondovisione con Miami dove, al culmine di inesauste ricerche, la polizia italiana, coordinata dal commissario di Mestre Salvatore Lo Cascio e coadiuvata dall'intelligence di quarantasette Paesi del mondo, ha finalmente rintracciato questa mattina la nostra amata Gioconda, rubata un anno fa – come certamente ricorderete – in occasione di un prestito da parte del Louvre.»

«AH, MARIA VERGINE!» esclama la Ornella mentre le si sposta la dentiera per l'agitazione.

«Tasi, Ornella, varda che ghe xe Lo Casso!» la rimprovera la Teresina, che per la tensione ha immediatamente un attacco di cervicali. Sullo schermo del televisore scorrono le immagini delle spiagge di Miami, con palme dappertutto e ragazzi abbronzatissimi che pattinano in rollerblade sul lungomare, sotto al brillante sole tropicale.

Le telecamere mostrano un'enorme villa con piscina, circondata da un parco pieno di alberi, e poi zoommano sul commissario Lo Cascio che mette le manette ai polsi di una ragazza in completino ginnico, che cerca di nascondere il viso con una mattonella da yoga, urlando: «Non c'entro niente! L'ho ricevuta via posta!», mentre si infila nella macchina della polizia americana con le lucette rosse e blu sul tettuccio.

«Gli inquirenti stanno ancora accertando le circostanze e il movente di questo eccezionale furto, ma non c'è dubbio ormai che l'autrice sia una ricca casalinga di Miami: Brianna Gonzales. Ad accorgersi del quadro una domestica, che ha prontamente avvisato le autorità. I tre giovani mestrini ingiustamente incarcerati sono stati rimessi in libertà questa mattina stessa» dice Sofia, mentre loro tre, che ormai hanno raccolto 17 milioni di follower, documentano il momento in diretta su TikTok.

«Te vedi 'sti giovani, sempre co chel teefonin in man!» esordisce la Teresina, scuotendo la testa con disapprovazione. «No ghe xe più reigion!»

«Ah, te pol mainarte, noialtre ai nostri tempi saltavimo i fossi par longo,[1] questi se no i ga el teefonin no

[1] Noi ai nostri tempi saltavamo i fossi per lungo.

i va gnanca in bagno! Che bruta gioventù! Dai, desso magnemo, se no diventa fredo.»

Riprende *Terra amara*, con un'immagine del piccolo Adnan.

«Vara che bel bambino, ghe someja tanto a queo dea Chiaretta» dice la Ornella, mentre la Teresina annuisce.

«Eh, sì! O go visto scorsa settimana, el ga proprio a bocca de so papà Giangiorgianno...» ribatte la zia Rosanna. «Xe el naso che no capisso da dove che lo ga ciapá...»

I DIA IO
R T M TR !
CER

Ringraziamenti

Come potrete immaginare, vi sto scrivendo questa piccola dedica direttamente dal divano, col pigiama con i gattini, con la copertina addosso e la borsa dell'acqua calda sullo stomaco.

Onestamente non avrei mai pensato che il mio primo libro, *Dieci cose che ho imparato da Jessica Fletcher*, sarebbe stato accolto così bene, e invece è successo, ed eccoci qua con il secondo.

Grazie di cuore a voi che mi leggete, a chiunque mi sia stato vicino, alla casa editrice, a Marina Mercuriali, la mia editor, e in particolare ad Angela Lombardo, la mia coach di scrittura e la voce siciliana del libro, per aver reso possibile tutto questo.

Grazie alla mia famiglia e ai miei amici, non farò nomi, voi sapete già tutto.

Tante coccole alla mia piccola principessa Emi, al mio amore grande Ettorino, al perfido Camillo Amore di Mimo Mimo e ai miei bellissimi Bisontini. La mamma vi ama e vi amerà sempre!

Grazie anche a chi mi ha fatto del male nella vita in

generale, ma in particolare nell'ultimo anno. Credetemi: non sarei mai riuscita a inventare questa storia senza di voi.

L'altro giorno una persona mi ha scritto su Instagram: «Sembra che tu abbia un carattere forte, ma in realtà mi sa che sei una persona molto fragile».

Ecco, non vi farò grandi discorsi perché mi annoio perfino io, però diciamo che un conto è essere forti di natura, come gli squali, e ne conosco di persone inscalfibili, che non si fanno buttare giù da niente, e che sono sempre state così.

Un altro conto è essere fragili di natura. Io non sono uno squalo... Sono un lamantino. Il lamantino, chiamato anche mucca di mare (ironia della sorte), è un mammifero molto goffo e lento, che mangia tanto e che passa le sue giornate cercando cibo (nella sua vita questo riveste una grande importanza).

A volte, però, i lamantini finiscono nei guai senza nemmeno accorgersene, come me, e si arenano.

Perché?

- Esplorano senza troppa attenzione: sono attratti da qualche novità e si spingono in zone in cui l'acqua diventa troppo bassa per poter tornare indietro. Magari lo fanno perché amano l'acqua calda, ma poi si trovano bloccati. Un po' come me quando mi infilo in situazioni di merda pensando sia una buona idea e poi non so più come uscirne.
- Basse maree improvvise: se l'acqua si ritira, possono restare arenati. A volte capita che la vita ti metta di fronte a qualcosa che tu non vorresti.

In quei casi, per esempio, io resto lì, seduta per terra a braccia conserte, guardando un punto fisso sul muro e piangendo.

- Ferite da imbarcazioni: se un lamantino è stato ferito o è debilitato, può avere difficoltà a nuotare, e finire spiaggiato. Come me, quando mi fido troppo delle persone sbagliate e poi ne pago le conseguenze.
- Dipendenza dall'acqua calda: i lamantini non tollerano bene l'acqua fredda, quindi possono spostarsi verso scarichi di centrali elettriche. Se la temperatura cambia all'improvviso, possono restare bloccati in zone inadatte. Piercoglioni.

Ecco. Però poi, quando l'acqua tocca el cueo, te impari noar.[1]

Quindi, se anche tu sei un lamantino, a un certo punto capisci che non arriverà nessuno ad aiutarti, e provi con tutte le tue forze a salvarti da sola.

Dedico questo libro a tutti i lamantini.

Alice

P.S. Un caro saluto a Miranda Marsa!

1 Quando l'acqua tocca il culo, impari a nuotare.

Finito di stampare nel mese di aprile 2025
su carta Holmen con fibra vergine proveniente
da foreste sostenibili holmen.com/paper
presso Elcograf S.p.A. – Stabilimento Cles (TN)

Printed in Italy